二度転生した少年はSランク冒険者として平穏に過ごす

~前世が賢者で英雄だったボクは来世では地味に生きる~

4

十一屋 翠

illustration
がおう

リリエラ【冒険者ランク：B】

自身を助けてくれたレクスに恩返しするため彼とパーティを組んでいる少女。レクスの訓練を受けメキメキと力を上げている。

レクス【冒険者ランク：S】

二度転生し念願叶って冒険者となった少年。本人にその自覚はまったくないが並外れた能力を持ちあっという間にSランクに昇格。憧れだった自分達だけの拠点を自身で建造した。

チームドラゴンスレイヤーズ
【冒険者ランク：F】

ジャイロ、ミナ、メグリ、ノルブの4人組パーティ。修行の成果もあって新人とは思えないほどに成長している。

モフモフ

この世を統べるべく生まれた世界の王(自称)。レクスを倒す機会を狙うが本人にはペット扱いされている。名前はあくまで仮称。羽が好物。

あらすじ

賢者、英雄と二度転生し今度の人生こそ自由に暮らしたいと願う少年レクス。憧れの冒険者になり目立たぬように行動しているつもりの彼だがあっという間にSランクへ昇格した。

拠点建築を終え、ギルドへ依頼を受けに向かうと王都周辺に大量発生している魔物の討伐作戦に駆り出される。それは国家転覆を目論む人間達による影響だったが圧倒的な力で瞬く間に一帯を制圧しクーデターは人知れず解決された。

そして、王都が落ち着き冒険者を募集しているという海の町に向かうレクス達。次々に襲い掛かるモンスターを片付けているとそれが魔人の仕業によるものであることを知る。レクスはジャイロや途中で出会った軍隊と協力し魔人の計画を阻止し町の平和を取り戻すのだった。

第7章

第8章

第7章

第58話　天空大陸と天空人

「うわっ、何あれ!?」

リリエラさんが空を見て驚きの声をあげる。

それもその筈、空に浮かんでいたのが雲ではなく島だったからだ。

それも大量に浮かんでいる。

「あれは空島ですよ」

「空島？」

「ええ、見た通り空に浮かぶ島です。ここスカイランドの空には、沢山の島が空に浮いているんです。今日はこの近くに居ないみたいですけど、空島の中には大陸と同じ大きさの天空大陸なんてのもあるんですよ」

「空飛ぶ大陸!?　一体どうやって飛んでいるの!?」

リリエラさんは初めて見る空島が珍しいのか、何度も空島を見ては驚いている。

活動の拠点を変える事にした僕達は、世界中の珍しい土地を巡る事にしたんだ。

そしてその最初の場所として、僕はリリエラさんをこのスカイランドへと連れて来たんだけど、
どうやらこの場所はリリエラさんのお気に召したみたいだね。

「空島の土や岩の中には、魔力に反応して宙に浮く性質を持ったグラビウムという鉱石が含まれているんです。グラビウムは空島の物質の中にしか含まれていなくて、空気中の魔力や自然界の生物が発する魔力に反応するくらい敏感なんですよ。だから誰かが魔法を使わなくても、あんな風に無人の島が空に浮かんでいられるんです」

「な、何それ!?　そんなものがあったら魔法を使わなくても空を飛び放題なんじゃゃないの？」

そう、リリエラさんの言葉は正しい。

かつてはグラビウムを抽出する為に空島や天空大陸からグラビウムが取りだされて多くの飛行マジックアイテムが開発された。

けれどより便利で効率的な飛行魔法が開発された事によってグラビウムを使ったマジックアイテムは下火になり、またグラビウムの過剰な採掘で空島や天空大陸が崩壊しかねないと判断され、正式にグラビウムの発掘は禁止されたんだ。

「いえ、どのみちマジックアイテムでも飛行魔法でも人間が自由に飛ぶにはそれなりの魔力が必要なので、それなら自在に動ける飛行魔法の方が便利だという事になってグラビウムを使ったマジックアイテムは随分前に廃れたんですよ」

グラビウムは外部の魔力に反応して宙に浮く性質があるから魔力要らずに思えるけど、マジックアイテムとして自由に動かすためには外部の魔力には反応しないようにしないといけないんだ。

だって使用者以外の魔力に反応したら、誤作動の元だからね。

で、それなら飛行魔法で飛ぶタイプの方が制御が楽じゃないかと判断された訳さ。

「何でそんな古代のマジックアイテムの事情を知っているのかすっごく気になるんだけど、まぁレクスさんだものねぇ」

と、何故か諦めた様に溜息を吐かれる。

いやいや、そのあたりの事情は図書館にでも行けば知る事が出来ると思いますよ。

ちなみに、件の飛行魔法や飛行魔法で動くマジックアイテムを開発したのは僕だったりする。

空島の保護の為と、上司からグラビウムを使わないで済むマジックアイテムを作れと命じられたからなんだよね。

うん、いきなりの無茶振りは本当にやめて欲しい。

「けど天空大陸が見当たらないなぁ。確かこのあたりだと思ったんだけど」

「別の場所にあるんじゃないの？」

「いえ、あの大きさなら、かなり遠くにあってもすぐに分かる筈なんですよ」

だというのに、見えるのは空島ばかりだ。

それに空島ってこんなにあったかなぁ？

なんだか見覚えのない妙に大きな空島もあるし。

「ねぇレクスさん。こんなところで見上げてないで、実際に空島を見に行ってみない？　せっかく私も飛行魔法を使える様になったんだしね」

とそこで、リリエラさんが空島観光を提案してくる。

「ええ、良いですね」

「よーっし、それじゃあ自分の魔法で空島へゴーよ！」

リリエラさんが待ってましたと言わんばかりに同意する。

飛行魔法を覚えたばかりだから、使いたくてうずうずしていたみたいだね。

「キュウ！」

モフモフも賛成と言わんばかりに同意の鳴き声をあげる。

「うん、行こうか！」

僕達は飛行魔法で空に飛びあがり、空島へ向かって飛んで行く。

「あら？　アレは何かしら？」

と、リリエラさんが指を指した先に、キラキラとした光の筋が天から落ちていくのが見えた。

「綺麗……まるで空から宝石が落ちているみたい」

光の筋を見たリリエラさんが溜息を漏らす。

「あれは……ああ、あれは滝ですね」

「え？　滝!?　空に滝!?　どういう事!?」

空に滝と言われて、リリエラさんがどういう事だと困惑の声をあげる。

そして同時に光の筋に近づいてきた事で、リリエラさんの目にもそれの正体がはっきりと見えたんだ。

「アレは……水？　水が空から降ってきてる!?」

そう、僕達が見ていた光の筋は、空から降ってきた大量の水に反射した太陽の光だったんだ。

「見てください。あの水の上に大きな空島があるでしょう？　あの空島の端から落ちた水が空の滝になって、その光がキラキラと輝いていたんですよ」

とても単純でありふれた真実。分かってしまえばどうという事の無い事実だったけれど……

「凄いわ……」

何もない筈の空に生まれた奇跡の光景として、リリエラさんの胸に深い興奮を与えていたんだ。

更に水は下の空島に落ちて大きくしぶきをあげ、空中に小さな虹を作っている。

「本当に綺麗……」

空から降る滝は僕達を歓迎するように幻想的な光景を見せて楽しませてくれていた。

僕達は空島の上空へと上がり、その全容を視界に収める。

「凄いわ！　空に浮かんでいるのにちゃんと島になっている!!」

興奮したリリエラさんが言う通り、空島はただの土と岩の塊なんかじゃなく、その上には木や草が生い茂っていて、泉や川も見える。

そこから流れて来た水が島の端へと向かって行き、天空の滝を作っていたんだ。

滝の中には魚や水棲の魔物の姿が見え、空島には独特な生態系が築かれている事を教えてくれる。

と言うか、魔物はともかく魚がいるって事は、あの空島は元々天空大陸の一部だったのか、それとも誰かが空島に魚を放流してそれが繁殖したのかな？

「キュウ！」

見るとモフモフが空島の滝に飛び込んで、魔物や魚達を襲って食べていた。

ははーん、成る程ご飯が食べたくてついてきたんだな？

モフモフは滝を器用に泳ぎまわりながら魚達を追い詰めてゆく。

「ギュウっ！」

そして誘導した魚達を空中へと追い出すと、飛行魔法を駆使して魚達をパクパクと丸呑みにしながら空を縦横無尽に飛び回る。

　時折口直しとばかりに鳥や空を飛ぶ魔物も襲っているあたり、栄養バランスに気を使っているのかな？

　とはいえ、ちょっと暴飲暴食が過ぎるから、後でダイエットをしないとね。

「キュウッ!?」

　あれ？　なんか突然体をビクリと震わせたモフモフがこっちに怯えた眼差しを向けて来た。

　もしかしてダイエットをさせようとしたのを察したのかな？

「ねぇレクスさん、あの雲の上にも空島があるのかしら？」

　空島の上にある雲の中から降って来る滝を見て、リリエラさんがそんな事を聞いてくる。

「多分あると思いますよ。グラビウムの含有量と島に住む生き物の多さによって空島の高度は変わりますからね」

「雲の上の島かぁ……」

　リリエラさんがキラキラした目で空島の上の空を見つめている。

「あっ、近くに町がありますよ。今日はあそこで一泊しましょう！」

　丁度空から地上を見たら、近くに町がある事に気付いた。

「そうね、そろそろ私もお腹が空いたっていうか、いい加減魔力がヤバいわ。ちょっとはしゃぎ過ぎてたみたいね」

「あっ、それなら僕が抱えて飛びましょうか？」

「い、いいから！　そういうのはしなくても良いから！」

うっかりリリエラさんが魔力切れを起こさない様にと気を使ったんだけど、リリエラさんには断られちゃったよ。

うーん、ちょっと気を使い過ぎたかな？

リリエラさんは僕と違って実績を積んできた立派なBランク冒険者であり、なによりパーティの仲間だ。

対等な相手であるパーティメンバーからそんな気遣いをされたら、プライドが傷つくのも当然だよね。

「……あービックリした。空からお姫様抱っこされながら町に降りたら絶対大騒ぎになるに決まってるじゃないの……」

「はい？　何か言いました？」

「な、何でもないから！　それより早く町に行きましょう！」

おっといけない。リリエラさんの魔力がピンチだったんだ。

「ええ、それじゃあ行きましょうか」

空島見学を終えた僕達は、宿を探す為に地上へと戻る事にする。

「あのね、レクスさん……」

とそこでリリエラさんが僕に近づいて小さく語り掛けて来る。

「はい？　何ですか？」

「あのね……連れてきてくれて、本当にありがとう……私、本当に感動したわ」

リリエラさんは先程までの興奮が残っているのか、頬を火照らせながら笑みを浮かべる。

「世界には、こんなに凄い光景が沢山あるのね！」

……うん、すっごく良い笑顔だ。

故郷を救う為に、ずっと自分を犠牲にしてきたリリエラさんが、やっと手に入れた自由だもんね！

もっともっと凄い光景を見せてあげなきゃ！

「ええ、もっと凄い光景が一杯ありますよ！　空一面に広がる溶岩の雲で覆われた炎獄山脈や、地上のあらゆる場所から雷が空に向かって登っていく雷神荒野、それに全ての命が凍り付く結晶海峡！　どこも凄い光景ですよ！」

「あっ、そういう凄いは遠慮します」

えーっ!?　本当に凄い場所なのにー!?

◆

「いらっしゃいお客さん」

宿に入ってきた僕達に、カウンターの従業員さんが元気に挨拶をしてくる。

「一人部屋を二つとあとペットを1匹良いですか？」

「悪いね、今日は混んでるから、二人部屋が一つしかないんだ。あとペットはおしっこやウンチをしなければ良いよ」

二人部屋かぁ。

「私は別に構わないわよ。昔はお金が無くて男女一緒に相部屋で泊まる事は多かったから」

ふむ、リリエラさんが良いならいいか。

「分かりました。じゃあ二人部屋で。あとこっちもちゃんと躾けてあるから大丈夫です」

「キュウ！」

モフモフが問題ないと手をあげる。

「あはは、何だか分からないけど可愛いね。それと二人部屋は一泊銀貨1枚だよ。食事を付けるなら一食につき銅貨4枚」

「結構高いわね」

銀貨1枚と聞いて、リリエラさんが眉を顰める。

「おや？　お客さんは天空人様の降臨を見に来たんじゃないのかい？」

「『天空人様の降臨？』」

何それ？

「知らずに来たのかい？　ふーん……そりゃ運が良い」

従業員さんはニンマリとした笑みを浮かべる。

「運が良い？」

「この町はね、空から現れた天空人様に守られた町なのさ」

「『空から現れた天空人様？』」

ええと、何かの伝説かな？

「おっと、その顔は信じていないね？　でもね、天空人様は実在するのさ」

「ええと、どういう事なんですか？　というか天空人様って何？」

正直チンプンカンプンだ。

「この町は元々戦火を逃れて来た開拓者の村だったんだけど、土地柄なのか昔から多くの魔物に襲われていたんだ」

「……っ」

魔物に襲われていたと聞いて、リリエラさんが苦い顔をする。

「せっかく開拓した土地を奪われてたまるかと私達のご先祖は必死で抵抗し、時には冒険者を雇って町を防衛したそうだよ」

従業員さんは慣れた語り口で僕達に昔話を聞かせる。

もしかしたらお客さんが来るたびにこの話をしているのかもしれない。

「そうして村は町へと発展し、私達のご先祖は魔物に対抗する為の防壁を作ったり、大規模な自警団を設立していった。そんなある日、とても大きくて恐ろしい魔物の群れが町を襲った。皆は必死で戦ったんだけれど、壁は破壊され、自警団の戦士達も次々に倒されていった。国はご先祖達を見捨て、冒険者達もとても割に合わないと逃げていった」

冒険者さん達が逃げたと聞いて、僕は苦い気持ちになる。

「もうだめだと、皆が諦めた時奇跡は起きたんだ。空から光り輝く槍が放たれ、魔物の群れがあっという間に一掃された。そして空を仰ぎ見たご先祖達は天空から翼の生えた騎士団が降りて来るのを見たんだ」

「「翼の生えた騎士団!?」」

何それ!?　そんな種族聞いた事も無いよ!?

「翼の生えた騎士団は地上に降りると、怪我をした人々を治療し、魔物達の残党を追い払ってくれた。彼等は、自分達を神の御使い、天空人と言ったそうだよ」

「神の御使い……」

そんなのまるで神話の天使じゃないか。

「しかも、今日はその天空人様が天から降りてこられる日なんだ」

「今日!?」

ええ？　ちょっと待って!?　伝説じゃないの!?

「天空人って、本当に居るの!?」

リリエラさんも信じられないと目を丸くしている。

「居るさ。私も毎年見ているからね」

「毎年!?」

そんなに頻繁に来るものなの!?

「そうさ、私等のご先祖と天空人様は、契約を結んだんだ。毎年天空人様に貢ぎ物を送る代わりに、私達の町を守ってくれるって契約をね」

「その貢ぎ物を送る日が、今日ってことですか？」

「そういう事！　だから今日は何処の宿も値段が高いのさ！」

「……」

僕はリリエラさんを見ると、リリエラさんも僕を見る。

「「泊まります!!」」

「毎度！」

天空人かぁ。一体どんな人達なんだろうね。

◆

「ええと、こっちが儀式の祭壇だっけ」

「人が多いわね」

部屋を取った僕達は、さっそく従業員さんに教えられた貢ぎ物の儀式が行われると言う儀式の祭壇に向かった。

こういう時、荷物を置く必要のない魔法の袋は便利だね。

「うーん、これは時間がかかるなぁ。屋根から行きましょうか」

「……まぁ、しかたないわね」

宿の人からも儀式が見たいのなら急いだほうが良いと言われていた為、リリエラさんも上から行く事を同意する。

「でも飛ぶのは無しよ。ここで飛んだら色んな意味で騒ぎになるわ」

「分かってますよ」

うん、確かに空からやって来た天空人が来る日に、僕達が空を飛んだらへんな誤解をされかねないよね。

まぁ僕達には羽が生えていないから、間違われる事もないだろうけど。

「よっ！」

身体強化魔法で跳躍力を向上させた僕達は、近くの家の屋根に飛び乗る。

そして屋根の上から儀式の祭壇らしき場所を見つけた僕達は、屋根を駆け、家と家の間を跳躍して祭壇へと向かって行く。

そして、祭壇に近づいた時、前方から大きな歓声が沸き上がった。

「何!?」

「リリエラさん、祭壇の上！」

僕達は途中の家の屋根で止まると、祭壇の上空を見た。

「嘘……」

リリエラさんが思わず声を漏らす。

それはとても荘厳な光景だった。

上空の雲の間に大きな円状の穴が開き、そこから太陽の光が漏れる。

そしてその穴から、10対の翼がゆっくりと降りて来た。

「本当に羽が生えている……」

「あれが天空人？」

「「「「おぉぉぉぉぉぉっ！！！」」」」

背中から羽を生やし、白銀の鎧を纏った10人の騎士がゆっくりと地上に近づくと、町中から歓声が上がる。

「何かしらアレ？」

リリエラさんが疑問に思ったのは、彼らの中央にある大きな円盤だろう。

何しろ円盤の大きさは直径10メートルはあったからだ。

天空人達は円陣を組み、それぞれ円の内側の手で円盤を支えていた。

そして、天空人の騎士団が地上に近づいた時、その声は聞こえた。

『天の盟約に従い、我等は約定を果たす。汝らは地の盟約に従い、我らに豊穣の証を捧げる。これこそは天と地の聖約なり！』

「これは、拡声魔法？」

おそらく町中に響いたであろう声を、僕は魔法によるものだと推察する。

そして天空人達が手にしていた槍を外へと向ける。

円陣が一転して太陽の様な陣形へと変わり、更に外に向けた槍の先端に淡い光が灯る。

次の瞬間、槍の先端から眩い光が放たれ、天空が美しい光に彩られた。

「「「「おぉぉぉぉぉぉっ！！！」」」」

雲の切れ間から降り注ぐ光の中から放たれた光はとても荘厳な輝きに思え、地上で見守っていた人々が歓声を上げる。

「おお、偉大なる天の御使いよ！　盟約に従い、我らよりの貢ぎ物を受け取り給え！」

司祭とおぼしき恰好をしたお爺さんが大きな声をあげると、天空人達が祭壇近くまで降りてくる。

そして祭壇に登って来た人達が天空人達が支える円盤の上に次々と貢ぎ物を並べていき、その間にも天空人と司祭の問答は続いている。

「あっ、アレお皿だったのね」

「それにしても食べ物が多いような？」

祭壇に置かれた貢ぎ物は、野菜や干し肉、それに魚と言った食料品ばかりだった。

一応それ以外の品もあるけれど、金品は少なめだ。

「さっき豊穣の証って言ってたし、それが食べ物の事なのかしらね？」

「ああ、それはあるかも」

ふーむ、大地の神に今年一番に収穫した作物を献上する儀式みたいなモノなのかな？

そうして、天空人と司祭の間で問答の様な会話が終わると、貢ぎ物も載せ終わったらしく、天空人達が再び空へと上がっていく。

ああ成る程、今の問答は、貢ぎ物を載せ終わるまでのパフォーマンスなんだな。

そして、空に上がった天空人は再び槍を構えると、今度は斜め上に向かってさっきの光を放ち、ゆっくりと回転しながら空へと昇って行った。

再び町中から歓声が上がり、その声は天空人達の姿が雲の上に消えるまで続くのだった。

◆

「それにしても、天空人なんて種族が存在していたのねぇ」

うん、それには僕も驚いた。

かつて英雄だった僕は、大抵の種族と出会った事がある。

エルフ、ドワーフ、フェアリー、ラミア、マーメイド、それに魔人。

それらの種族は味方だったり敵だったりで様々だったけれど、それでも天空人という種族と出会ったのは初めてだ。

しかも背中から羽が生えた種族なんて、魔人くらいしか見た事がない。

まぁ、ハーピィとか人間に似た羽の生えた魔物なら見た事あるけど、あいつ等は会話が出来ないからなぁ。

どっちかっていうと、人間に似た姿を持つ鳥の魔物なんだよねハーピィって。

「人間に味方する神の使いかぁ。まるで神話の存在よね」

「ですねぇ」

って言うか、そんな存在が実在するのなら、なんで前世では魔人との戦いで力を貸してくれなかったんだろう？

凄いと言うよりも、何でという疑問の方が大きい気がする。

うーん、気になるなぁ。

天空人、一体何者なんだろう？

そんな疑問で頭が一杯になった僕は一つの結論に到達する。

「……よし、天空人の国に行ってみよう！」

そう、疑問に思ったのなら調べるまで。

前々世の師匠も、知りたいのならそれが女湯であろうとも突撃してみろと言って女湯を覗いて半殺しの目に遭っていた。

……うん、今の思い出は無しで。

ともあれ、未知の存在に興味を持ったのなら、その生態を調べる為に生息域を調査するのは当然の事だ。

「え？　大丈夫なの!?　相手は神聖な空からの御使いなんでしょう!?」

僕の提案にリリエラさんが驚きの声をあげる。

「だからですよ。正直僕は天空人なんて存在は知りません。それに天空大陸が見当たらない事も気になるんです。もし彼らがずっと昔から空に住んでいたのなら、きっとその事も知っていると思うんですよ」

「まぁ、そうかもしれないけど……」

「それに、空島の更に上にある国なんて、凄く気になりませんか？」

僕がそう質問すると、リリエラさんは腕を組んでうーんと考え込む。

そしてなんとも言い難い表情でこう言った。

「……まぁ、それは、気にならない事も無いわね」

「ですよね！」

そう、僕達は冒険者。

日銭を稼ぐ為に命を懸け、未知の世界を見る為に危険に自ら飛び込む職業！

そんな僕達の目の前に、見た事もない光景があるなら、立ち上がらない理由がない！

ついでに何で前世では魔人の戦いに協力してくれなかったのかも聞いてみよう！

「それじゃあ明日は天空人の国へ行きましょう！」

「お、おー……！」

「キュウ！」

◆

「結構肌寒いわね」

翌朝、僕達は天空人の国を目指して、空を飛んでいた。

目指すは雲の上から降って来る滝の上。

「そろそろ雲に近づきます。中に突入すると、空島の下側にぶつかる危険があるので、雲を回り込みながら上に上がっていきます」

「分かったわ」

僕達は雲の中に入らない様に注意しながら、上昇していく。

「雲が途切れる。上に着きましたよ」

僕達は雲を飛び越え、雲海の上へと到達した。

「凄い……」

リリエラさんが雲海を上から眺める光景に絶句する。

空の上のさらに上は、青空しかなく、太陽の光が照り付ける。

そして視界の下には、一面の白い雲の海。

そしてその中には……

「あった。空島だ。それも大きい！」

雲の中にあった空島は、これまで見てきた空島の中でも一際大きかった。

大陸と言う程ではないけれど、それでも小さな国くらいの大きさはあるんじゃないだろうか？

「空の上なのに本当に大地が広がってる。小さな島が色々詰め込まれた空島の群れとも違うわ」

リリエラさんの言う通り、この空島は地上の光景を切り取って雲の上に浮かべた様な姿だった。

幻想的だけど幻想的じゃないと言うべきか。

「さぁ、行きましょう」

「え、ええ。そうね……」

初めて見る巨大な空島の光景に戸惑っているリリエラさんの手を取り、僕達は空島の中央に向けて飛び始めた。

◆

「見た事もない動物が一杯居るわ」

リリエラさんが空島の動物達を見て興奮気味に声をあげる。

「あれはボールラビットですね。見た通りボールの様に丸いウサギで、走るんじゃなくて跳ねて移動します」

「キュキュウ!?」

モフモフがなにやら興奮しているけど、あれはお前の親戚じゃないからね。

確かに見た目はモフモフしているけれど、お前とは明らかに生態が違うからね。

リリエラさんが空島の動物に夢中になっているので、代わりに僕が周囲を観察する。

そして、暫く飛び続けたところで、明らかに自然物ではない物を発見した。

「あっ、見てください。あそこに村が見えますよ？」

僕は空島の上に人工物である村を発見する。

「本当ね。村だわ……というか村？　んー、でもなんか……」

リリエラさんが何やら納得いかない感じで首を傾げている。

「どうしました？」

「ええっとね、地上の人達よりも天空人って凄いのよね？」

「らしいですね」

宿の従業員さんもそう言っていたし、魔物達から町を守ってくれていたんだから、実際凄いんだとは思う。

「なのに、何で村なのかしら？　それに見た感じそんなに凄そうにも見えないのよねぇ」

「あー、確かに」

言われてみれば本当に村だ。

なんと言うか普通に地上の村と同じ感じだ。

「近くで見たら違うかもしれませんし、とりあえず行ってみませんか？」

「そうね」

僕達は天空人の村へと飛んで行く。

「近づいてみたけれど、やっぱり普通の村よねぇ」

「村ですねぇ」

見えるのも普通の家だなぁ。

強いて違いをあげるとすれば、天空人の村には柵が無いって事か。

これはおそらく地上と違って狼なんかの害獣が居ないからなのだと思う。

「とりあえず降りてみますか」

僕達は天空人の村へと降りていく。

村に柵や門が無いので、一旦外で降りる必要も無いだろう。

すると地上、というか天空人の村からざわめきが聞こえて来る。

村の人達がこっちを指さして何かを騒いでいるみたいだ。

「あれ?」

その光景を見てふと僕は違和感を覚えた。

「どうしたの?」

「いやあれ、天空人の村なのに皆羽が生えていませんよ」

「え?」

そう、天空人達は地上で見た天空人達の様に背中から翼が生えていなかったのだ。

どういう事だろう?

「ほんとだ。羽が生えてない」

ううん、理由は分からないけれど、とにかく最初は友好的に接してみるとしよう。

僕は村に着地すると、笑顔で村の人達に挨拶をした。

「こんにちは、天空人の皆さん」

すると、村の人達は目を丸くして固まる。

「あれ？　皆さんどうしました？」

「「「「に、人間が羽もないのに空から降りて来たーっっっ!?」」」」

あれ？　何で驚いているの？

っていうか、皆さんにも羽が無いじゃないですか。

第59話　天空騎士団と空舞う翼

「「「「に、人間が羽もないのに空から降りて来たーっっっ!?」」」」

天空人の村へやってきた僕達だったけど、何故か当の天空人達から驚かれてしまった。

「え？　別に空を飛ぶくらい普通でしょう？　あなた方天空人も空を飛んで地上に降りるんです
し」

「いや、騎士様はそうだがアンタは羽もないのに飛んでたじゃないか!?」

近くに居た天空人のおじさんが腰の引けた様子で自分の背中を指さしながら指摘する。

「ええ、飛行魔法を使えば空くらい飛べますよ」

「ひ、飛行魔法!?　それって失われた太古の魔法の事じゃねぇか!?」

飛行魔法と聞いて場が騒然となる。

というか失われた太古の魔法？

おかしいな、天空人は背中の羽で空を飛ぶはずなのに、この人達の背中には羽が生えていないし、
飛行魔法を失われた魔法なんて言って驚いている。

自力で空を飛べるなら、飛行魔法なんかに驚く必要もないだろうに。

「もしかして貴方達は飛べないんですか？」

もしかしてだけど、この人達と天空人は別の種族なのかな？

「と、飛べる訳ないよ。俺達は騎士様達とは違うんだ。ずっとこの天空島から出ずに暮らしてる」

やっぱり、どうやら天空人というのは、騎士様という羽の生えた人達の事を言うみたいだ。

でもだとするとこの人達は一体何者なんだろう？

あっ、もしかしてこの人達と天空人は別の種族だったりするのかな？

地上でも複数の種族が暮らしているんだから、空島の種族がそうでもなんの不思議もないよね。

「あのー、貴方達は何者なんですか？　天空人とは違うんですか？」

「何者って、俺達は天空人だよ。それよりアンタ等こそ何者なんだ!?　この天空島でアンタ等みたいな恰好をした人間は見たことがないぞ!?」

あれ？　この人達も天空人？　でも羽が生えていないよね？

一体全体どういう事なんだろう？

「飛行魔法を使える人間なんて初めて見たぞ。もしかしてアンタ等は別の空島から来た人間なのか？」

どうやら彼等は僕達を別の空島から来た天空人だと勘違いしたみたいだね。

さて、どう答えたものかな。

「いえ、僕達は地上からやって来た冒険者です。天空大陸を探してやってきたんです」

別に秘密にする必要も無いので、僕は当初の目的を村の人達に告げる事にした。

「天空……大陸？　なんだそりゃ？」

あれ？　天空大陸を知らない？　ずっと空の上で暮らしてきたのに？

これは一体どういう事だろう？　まさか天空大陸が無くなってからこのあたりにやってきた種族なのかな？

うーん、これじゃあ天空大陸の情報は得られそうもないね。

しかたない、ここはもう一つの疑問である天空人について聞いてみよう。

なんで貴方達には羽が生えていないのか、この村は天空人の村なのに何故こんなに慎ましいのか、そもそも天空人って何なのかとかの疑問をね。

「ところでこの村なんですが……」

と、僕が村の事を聞こうとしたその時、村の人達が空を見上げて声を上げたんだ。

「騎士様がいらっしゃったぞ！」

僕達も同じように上空を見ると、昨日地上の町で見た羽を生やした騎士達が空から降りてきた。

「騎士様、あの者達です」

村の住人らしいお爺さんが僕達を指さして騎士に話しかけている。

あれ？　これってもしかして通報されたのかな？

「そこの二人！　貴様等が我が国に不法入国した不埒者か！　何の目的でやって来た！」

騎士達の指揮官らしき人が僕達に強い口調で詰問してくる。

っていうか、いきなり密入国扱い!?

うーん、下手な事を言うとこじれそうだし、ここは素直に答えるとしよう。

「こんにちは天空人の騎士様。僕の名前はレクス、そしてこちらは旅の仲間のリリエラさんです。

僕達は天空大陸を探してこの土地にやってきたんです。天空大陸はこのあたりにある筈なのですが、ご存知ありませんか？」

けれど騎士の指揮官は僕達の言葉に首をかしげながら言った。

「天空大陸……だと？　そんな大昔の大陸などとうの昔に砕けて滅びたわ！」

「ええ!?」

天空大陸が砕けて滅びただって!?

そんな馬鹿な!?　小さな空島ならともかく、あんな馬鹿でっかい天空大陸がそんな簡単に砕ける訳がないよ。

「確かに我等が暮らすこの天空島がかつての天空大陸の名残であるという伝説は、古文書にも書かれておる。だがそれはずっと昔に書かれたおとぎ話だ！　そんな物を探しに来たなどという言い訳が通じると思うな！」

「空島が天空大陸の名残!?　どういう事ですか!?」

一体どういう事なんだ!?

けれど騎士達はそれに答える事なく槍を構えて僕達を囲み込んだ。

騎士達が構えた槍の先端に淡い光が生まれる。

多分地上で行われた儀式で使った光を放つつもりなんだろう。

見た感じ、光属性の攻撃魔法を放つマジックアイテムなのかな？

「本当の事を言わねば聖なる槍より放たれる裁きの光で貴様等は消し炭になるぞ。お前達は他の空島より来たスパイだろう？」

今度はスパイ扱い!?　なんでそうなる訳!?

「いえ、だから僕達は地上から来たんですって」

「嘘はつくなと言った筈だ。羽をもたない下等な地上の人間が空に上がってこれる訳がなかろう。ここにやって来れるのは我等天空人だけだ！」

成る程、どうやらこの人達は僕達が飛行魔法を使える事を知らないから信じられないんだね。

だったら実際に空を飛んで証明して見せよう。

「僕達は本当に地上から来たんです。証拠もありますよ」

「証拠だと？」

「ええ、ほらこうやって、飛行魔法で空を飛んでやってきたんです」

僕は飛行魔法を発動させて宙に浮かび上がる。

「「「と、飛んだぁーーっ!?」」」

飛び上がった僕を見て、騎士達が驚きの声を上げる。

「馬鹿な!?　羽も使わずに空を飛んだだと!?」

「ねっ？　飛んでいるでしょう？」

「さ、さては貴様等、我等のものとは違う羽の力で飛んでいるのだな！　一体何を使っている！」

んー？　何で飛行魔法って信じて貰えないかな。

「だから飛行魔法ですって」

「飛行魔法を使える者などとうの昔に滅びたわ！　そうだ、そうでなくてはならんのだ！」

そうでなくてはならん？　もしかして飛行魔法を使える人間が居たら都合が悪いのかな？

なんだか良く分からないけど、どうにも面倒くさい事情がありそうな予感がしてきたよ。

「この者達を捕らえろ！　抵抗するようなら殺しても構わん！」

うわっ、飛行魔法を使えると分かったらさっき以上に物騒な雰囲気になっちゃったぞ。

って言うか、殺しても構わないとは酷くない!?

「どうするのレクスさん？　戦う？　それともおとなしく捕まる？」

今まで黙って状況を見守っていたリリエラさんが、僕に戦うかどうか方針を聞いてくる。

「うーん、おとなしく捕まってもこちらの話を信じてくれるとは思えませんね。ここは降りかかる火の粉を振り払うとしましょうか」

逃げても追ってくるだろうしね。

「そうね、同感だわ。明らかに話が通じていないもの。いえ、聞くつもりがないかしら？」

僕達は背中合わせに武器を構える。

「抵抗するか！　構わん、殺せっ！」

隊長格の騎士が命じると、騎士達が槍から光を放って攻撃してくる。

「リリエラさん、頭を下げて！」

「ええ！」

僕の言葉に背後のリリエラさんが応じる。

「うわっ!?」

「えっ!?」

突然僕等が頭を下げてしゃがみこんだ事で、周囲を囲んで槍を構えていた騎士達は、僕達を挟んで反対側に居た仲間同士で攻撃をしてしまった。

うん、完璧に同士討ちってヤツだね。

「ぐわぁぁっ！」

「ひぃっ!?」

仲間の攻撃を受け、騎士達の豪奢な鎧が大きく傷つく。

「隊長、味方に当たってしまいます！」

「馬鹿者！　敵に向けて攻撃せんか！」

まぁ囲み込んで飛び道具を一斉に発射すれば、当然こうなるよね。

っていうか、本当に味方に当てたから驚いたよ。

避ける気配がないから、味方の攻撃が当たっても大丈夫な調整をしているか、防具によっぽど自信があるのかと思ったけどそんな事なかったし。

攻撃を回避してから突撃しようと思っていたから、逆にこの状況に戸惑っちゃったよ。

リリエラさんもなんとも言えない表情で騎士達を見ているし。

ともあれ、いつまでもボーッとしてる訳にはいかないね。

「はぁっ!!」

僕は身体強化魔法で強化した速度で騎士達の懐に飛び込むと、相手の鎧と武器を破壊しついでに剣の柄で殺さない程度の打撃を与えて彼等を無力化する。

「せい！」

次いで動いたリリエラさんは、僕と違って容赦なく騎士達に攻撃していく。

相手の槍を自分の槍で払いながら、浅い攻撃を小刻みに繰り返して上手く敵の装備の隙間に攻撃を当てていく。

「ぐわぁぁ！」

「馬鹿な！　我等の武具が効かないだと!?」

騎士達は驚いているけど、これは武器の性能の問題じゃなくて実戦経験の問題だと思うな。

「ギュギュウーッ！」

「うわぁっ!?　何だこの生き物!?　やたらとすばしっこくて攻撃が当たらないぞ！」

「ぐわぁっ！　や、止めろ、鎧で爪を研ぐな！　齧るな！」

あっちの騎士達はすっかりモフモフにおもちゃにされてるなぁ……

モフモフも命を奪うつもりはなさそうだから、放っておいて大丈夫かな？

「けど、うーん……」

正直言って練度が低過ぎる……生まれて間もないモフモフに弄ばれているし、とても実戦経験があるように見えないんだよねぇ。

ともあれ、僕達は容赦なく騎士達を無力化していった。

「そ、そんな……王に選ばれし我等天空騎士団が……」

「ひ、光の槍さえ当たれば！」

騎士の一人が何度も僕達に向かって槍の光を放ってくる。

当たればって言われても、さっきの同士討ちした時の様子を見た感じだと、たいした威力なさそうなんだよね。

僕は試しに騎士の放った槍の光を自分の魔法で迎撃する。

「フォトンランサー！」

騎士の放った槍の光は、僕の魔法によって簡単に破壊された。それどころか碌に相殺される事もなく相手の持っていた槍まで届いて一気に破壊してしまったんだ。

「うわぁぁぁっ!?」

「え!?　嘘っ!?　そんなに脆いの!?」

まさか相手の武器まで壊してしまうとは思ってもいなかったので、逆にこっちがビックリしちゃったよ!?

「ば、馬鹿な!?　光の槍が破壊されただと!?」

「あ、ありえん！　これは王より賜った武具だぞ!?」

「うーん、そのマジックアイテム、あんまり性能が良くないですね。一般的なマジックアイテムと比べると下の上ってところかな？　というか、不自然に性能が低い様な……」

「な、何だと!?」

「我等が王より賜った武器の力が下の上だと!?」

騎士達が愕然とした顔で自分達の武器を見る。

「キュウ！」

と、そこでモフモフがさっき僕が倒した騎士の一人に飛び乗ると、その羽に噛み付いた。

「あっ!?　コラ、モフモフ！　食べちゃ駄目だ！」

「……ペッ！」

しかし何故かモフモフは騎士の羽を齧るのをやめて唾を吐き捨てた。

「あれ？」

天空人の羽は不味かったのかな？

ともあれ、僕達はあっさりと騎士達を返り討ちにしてしまった。

それも拍子抜けするくらい簡単に。

正直、前世の一般兵よりも弱かったんだけど、一体どういう事なんだろう？

「そ、そんな馬鹿な……」

「これが天空人？　なんていうか期待はずれね」

リリエラさんも天空人の騎士が予想以上に歯ごたえが無かった事で、首をひねっている。

「き、騎士様がやられたぞーっ！」

そして遠巻きに戦いを見守っていた村人達が、騎士がやられた事で慌てて逃げ出していった。

「あら、皆逃げちゃった」

まぁ別に僕達は村の人達に恨みがある訳でもないから、わざわざ追う必要も無いけどね。

「リリエラさん、大丈夫でしたか？」

「ええ、こっちは大丈夫よ」

見ると地面にはうずくまった騎士達の姿があった。

でも全員が軽傷どまりなのは、リリエラさんがしっかり手加減してくれたからみたいだね。

「さすが、お見事です」

僕はリリエラさんの戦いぶりを褒めたんだけど、リリエラさんは微妙そうな顔になる。

「褒めてくれるのは嬉しいけれど、貴方の戦いぶりを見ていたら、とても手放しで喜ぶ気にはなれないわね」

リリエラさんは相変わらずストイックというか、自分に厳しいなぁ。

「さて、それじゃあ彼等に話を聞くとしましょうか」

あくまで誤解が原因なので、僕は誤解を解くべく話し合いを再開する事にする。

リリエラさんも彼等の命を奪わないように気をつけてくれていたしね。

「ええと、さっきの指揮官はっと」

僕はさっきこちらを一方的にスパイ認定した騎士を探す。

「あれ？　居ない？」

そう、さっきまで命令をしていた指揮官の姿がなかったんだ。

これは逃げたか？

「いや……っ！」

僕は体を半身そらして横方向に回避する。

そしてその直後、光の線が僕の居た場所を通り抜けた。

「やっぱり、不意打ちか！」

僕は反射的に剣に魔力を乗せて斬撃を放った。

魔力によって生まれた斬撃が飛び、不意打ちをしてきた騎士を吹き飛ばす。

「ふっ、峰打ちさ」

「え？　峰……？　どこに？」

魔力で生み出した飛ぶ斬撃は、使い手の調整で威力を調整できる。

反射的に反撃してしまってもうっかり大怪我させる事のない便利な攻撃なのさ。

そのはずだったんだけど……

「ぐわぁぁぁ!?」

だというのに、何故か飛ぶ斬撃は騎士の鎧を簡単に破壊し、更には騎士の背中の羽まで真っ二つに切断してしまった。

「うわわっ!?　ごめんなさい!!」

しまったやりすぎた、早く回復魔法をかけないと!

上位の回復魔法なら切断した肉体を繋ぎなおすくらい訳ない。すぐに回復すれば後遺症だって残らない。

「……って、あれ?」

「どうしたのレクスさん?」

慌てた僕は急いで倒れた敵指揮官の羽を治療しようとしたんだけど、その羽からは赤い血がまったく流れていなかった。

それどころか、羽の中身は肉でも骨でもなかった。

「この羽、これマジックアイテムだ」

「ええっ!?」

そう、羽の中身は金属と魔術触媒が詰まった、作り物の偽物だったんだ。

「一体どういう事なんだ?」

どうやら天空人の正体は、僕達が考えていたような神秘的な存在じゃないのかもしれない。

第60話　天使の羽と悪魔と握手

「これ、マジックアイテムだ」

なんと天空人の背中の羽は本物ではなく、マジックアイテムだったんだ。

「に、逃げろー！」

マジックアイテムに気を取られていたら、ボロボロになった騎士達が慌てて逃げ出した。

「どうする？　追いかける？」

リリエラさんが騎士達を捕まえるかどうか聞いてくる。

「別に敵って訳でも無いですし、放っておいていいですよ。情報をくれそうな人はここに居ますし」

と、僕は倒した指揮官を指さす。

「とりあえず回復魔法だけかけて装備を調べるとしましょう」

僕は指揮官にヒールの魔法をかけて傷を治してから装備を外す。

「やっぱり鎧も槍もマジックアイテムですね。ただ、性能的に聖なる槍と言うにはちょっと名前負けしていますねぇ」

ってていうか、ただのマジックアイテムに聖なるなんてつけると、教会関係者が怒るぞー。

もしかしたらこの空島には教会関係者が居なくて、気にする必要がないのかもしれないけど。

「レクスさん、貴方初めて見るマジックアイテムの詳しい性能が分かるの!?」

「さっきの戦闘とこの空島の立地を見る限り、性能的には地方の防衛隊に与えられる型落ちのマジックアイテムじゃないかと思います」

「地方の防衛隊に与えられるマジックアイテム!?　ちょ、ちょっと待って、これはマジックアイテムなのよ!?」

あっ、いけない。今は時代が違うんだった。

「ああいえ、この武器が使われていた時代に、そうやって型落ちの武器が配備されたんだろうって思ったんですよ。この村を見る感じ、都市に配備される最新の武器を支給された様には見えませんし、さっきの同士討ちでも鎧は損傷しましたけど、命に係わる重傷にはなっていませんでした」

「な、成る程、さっきの戦いでそこまで分かったのね……っていうか、そんな少ない情報でそこまで分かるなんて、どれだけマジックアイテムに詳しいのよレクスさん……」

「いえいえ、大した知識じゃないですよ。ちょっとマジックアイテムの知識があれば、誰にでも分かりますから」

「……そもそも、普通の人間はマジックアイテム自体そうそう見ないんですけど……」

えっ!?　そうなの!?

「でも、それにしてはおかしいわね」

「何がですか？」

「天空人はあの町を強力な魔物から守ったんでしょ？　だったらもっと強い筈じゃないの？　正直、

さっき戦った感触じゃDランク……ううん、下手するとEランク冒険者程度の実力しかないわよ」

おおっ、さすがリリエラさんだ。

さっきの戦闘でそこまで察していたなんて。

けどそうなると……

「それなんですが、二つ推測があります」

「どんな？」

「一つは当時の天空人がもっと強かった可能性」

これは本当に単純な推察だよね。

戦うべき相手が居なくなって、天空人が訓練を怠った可能性。

前世や前々世でも安全な地域の騎士団の練度は酷かったからなぁ。

「二つ目は？」

「たまたま天空人のマジックアイテムが魔物と相性が良かった、です。このマジックアイテムは見た目は槍ですけど、実際の性能は攻撃魔法を放つ事がメインの飛び道具です。なので相手が空を飛べない魔物なら、攻撃の届かない上空からこの武器で攻撃を続ければ接近戦をしなくても勝てます。ついでに光属性に弱ければ猶更強く見えます」

「成る程ね。天空人があの強さならその可能性が一番高そうね」

「ただ問題は、この羽がマジックアイテムだったという事なんですよね」

僕は指揮官から取り上げた羽を解体して構造を把握する。

「って、壊して良いの？」

「もう壊れていますし、ちょっと解体するだけですよ。後でちゃんと直しますし」

「直せるんだ……」

ふむ、見た感じこれは普通のマジックアイテムじゃないな。

というかコレって……

「リリエラさん」

「何？」

「昨日空島が何故浮くのかを説明しましたよね」

「ええ、確か空島の土や石にはグラビウムって魔力に反応して浮く鉱石が含まれているのよね？」

「ええ、その通りです。そしてこの羽にも、グラビウムが使われている事が分かりました」

「ええっ!?」

「ほら、中心につけられたこの石がグラビウムの結晶ですよ」

僕は羽の付け根、左右の羽同士を接続する中心のプレートに固定された虹色の結晶を指さす。

「綺麗な石ね」

「これに魔力を通す事で、天空人は飛行魔法を使わずに空を飛んでいたみたいですね」

「じゃあやっぱり、天空人は羽の生えた天使じゃなかったって事？」

「さっきの指揮官の話から総合すると、多分この人達はかつて天空大陸で暮らしていた人間の末裔なんじゃないかと思います」

「天空大陸の人間の末裔!?」

そう考えると色々と納得がいくんだよね。

「何が原因だったのかは分かりませんが、この指揮官の話が本当なら天空大陸が破壊され、その災害の影響で飛行魔法を使える人間が居なくなってしまったんだと思います。もしかしたら普通の空を飛ぶマジックアイテムもそれで失われたのかも。で、たまたまどこかに残っていたグラビウムで動く骨董品のマジックアイテムを倉庫から引っ張り出してきて彼等は空を飛ぶ手段を確保したんじゃないでしょうか」

真相はそんな所かな？

「天空人の存在にも驚いたけど、その天空人が古代人の末裔だったなんて更に驚きだわ」

リリエラさんが目を丸くして意識を失っている指揮官を見る。

「何を言っているんですか、リリエラさんも古代人の末裔ですよ」

「ええっ？」

僕の言葉にリリエラさんが驚きの声をあげる。

「ついでに僕も古代人の末裔です。だって、現代に生きる人間は全員古代人の末裔じゃないですか。別の種族って訳でもないんですし」

「あっ……うーん、言われてみればそうなる……のかしらね？」

僕の言葉にリリエラさんも納得する。

うん、だから僕も天空人なんて種族の名前を聞いて驚いたんだよねぇ。

そんな種族前世でも前々世でも聞いたことなかったから、一体どこからやって来たのかと首を捻りっぱなしだったよ。

このマジックアイテムと指揮官の話でようやく謎がつながった感じだね。

「う、うう……」

「あっ、指揮官が目を覚ましましたよ」

僕は目を覚まして首を振っている指揮官の前に立つ。

「さて、それじゃあ色々と教えて貰いましょうか」

「お、お前は!?」

指揮官は武器を構えようと手を突き出すけれど、その手には何も握られていなかった。

だって意識を失っている間に僕が取り上げたからね。

「わ、私の武器が、鎧が!?」

「ついでに言うと羽もですよ」

「っ!?」

僕の言葉に首を捻って後ろを見る指揮官。

「な、無い!?　私の羽が無い!?」

うん、取り上げたからね。

「わ、私の羽は何処だ!?」

「ここです」

僕は地面に横たわる解体された羽を指さす。

「わ、私の羽がぁぁぁぁ!?」

指揮官がよたよたと這いずりながら羽に近づく。

「ああ、なんという事だ！　陛下からお預かりした羽を失ったとなれば私は、私はぁぁぁぁ！」

陛下から預かった？　と言う事はこの羽は支給品なのかな？

「羽が壊れた事がバレると何かマズいんですか？」

「当然だ！　羽と槍は我が国にとって神聖な装備！　他に替えの無い貴重な品なのだ！　もしこの事がバレたら、私は処刑されてしまう！」

まぁ骨董品だしなぁ。動いていたことが不思議なくらいの状態だったからね。

けれど処刑とはまた物騒だなぁ。

いや、本当にこのグラビウムを使ったマジックアイテムしか地上に降りる手段が無いのなら、そのくらい貴重な扱いになるのか。

壊れた羽を調べた感じじゃあ、これを修理できる職人も居ないみたいだしね。

けど、これはチャンスだね。

「悪い顔してるわねぇ」

「キュウン」

はい、後ろの一人と1匹はお静かに。

「そこのお人、良いお話があるんですが」

「はぁ？」

半泣きになっていた指揮官が何の用だとこちらを見る。

「それ、直してあげましょうか？」

「……何？」

僕からの提案に一瞬キョトンとした指揮官だったけど、言葉の意味を理解して目を丸くする。

「で、出来るのか!?　直せるのか!?」

ガシッと僕の肩を摑んで必死の形相になる指揮官。

「ええ、僕の質問に答えてくれるのなら、直してあげますよ」

「何でも聞いてくれ!!」

うわー、本当に切羽詰まっているんだなぁ。

さっきまで僕を殺そうとしていた指揮官だけど、今は靴でも舐めそうな勢いで僕に縋りついてきている。

騎士としてその振る舞いはどうなのかなぁ……

「さっき陛下とかこの国って言ってましたけど、この空島は国家なんですか？」

「そ、そうだ、この周辺の空島は天空王陛下によって統治された国、その名も神聖天空王国セラフィアムだっ!!」

「ぶはっ」

「レ、レクスさん!?」

な、なにその凄い名前!?　前世でそんな凄い名前の国、聞いた事が無いよ!?

一体誰が命名したの!?

しかも国の名前に神聖とか付けるなんて、前世の教会関係者が聞いたら不敬だぁー！　って怒鳴り込んでくるレベルだよ!?

「ええと、大丈夫レクスさん？」

僕の様子がおかしいと気付いたリリエラさんが気遣ってくる。

「ええ、大丈夫ですよ。ちょっと意表を突かれただけですから」

ネーミングに驚いたけど、やっぱり聞いたことの無い国名だなぁ。

明らかに天空大陸が存在していた時には無かった国の名前だね。

だって僕が知らなかったとしても、こんな凄い名前なら絶対当時の知り合いの誰かが喜々として話題にしていた筈だし。

「さっき飛行魔法を使える人間は居ないって言っていましたけど、飛行魔法が使えるマジックアイテムは存在しないんですか？　このマジックアイテムはグラビウムで飛ぶ機構みたいですけど」

「グラ？　何だそれは？」

あれ、自分で使っている道具の事も知らないの？

うーん、指揮官クラスがこれだと、情報を得るのは難しそうだなぁ。

「ところで、天空大陸はなんで崩壊したのか知ってますか？」

「知らん。ただ子供の頃にこの空島はかつて天空大陸と呼ばれる巨大な空島の一部であったと両親からおとぎ話で聞いたのだ」

「それは他の住人も普通に知っている話なんですか？」

「定番の昔話だ。かつて天空を支配していた偉大な世界の王とその民がこの天空大陸で暮らしていたが、邪悪な魔の民が侵略してきた事で戦が始まった。そして王の英断で魔の民を退ける事に成功したが、その代償として天空大陸は砕け散ってしまったという物語だ」

ふむ、魔の民っていうのは間違いなく魔人の事だろうね。

そして天空大陸は戦争によって破壊されてしまったと。

ただ、かつて天空を支配していた偉大な世界の王って何？

僕の記憶が確かなら、この天空大陸に暮らしていたのは……

「レクスさん、何か来るわ！」

指揮官から情報収集をしていたら、リリエラさんが空を指さして警戒の声をあげる。

「あれは……」

リリエラさんの視線の先の空が銀色に輝いていた。

探知魔法を発動させると、そこに１００人近い反応を感じる。

「天空騎士団の本隊だ」

指揮官が青ざめながら空を見上げる。

成る程、さっき逃げ出した騎士達が仲間を呼んで来たんだね。

「は、早く羽を直してくれ！　羽を壊したとバレたら私は罪人として捕まってしまう！」

羽が壊れた所為で、この指揮官も複雑な立場になっているみたいだね。けど……

「いやー、ちょっと間に合わないですねぇ」

うん、騎士団が向かってくるスピードを見た感じ、とても修理は間に合いそうもないや。

「そ、そんなぁ!?」

「どうするレクスさん？　さっきの騎士達は大した強さじゃなかったけど、本隊の強さも同じとは限らないわ。なによりあの数を相手にするのは危険ね」

リリエラさんは近づいて来る敵の数を見て撤退した方が良くないかと提案してくる。

けれど、逆かな。これは丁度良いタイミングとも言えるよ。

「いえ、迎撃しましょう。彼等を倒せばもっといろんな情報が聞けそうですから」

そう、部隊長クラスの指揮官じゃ大した情報を得る事は出来なかったけど、あの規模の指揮官ならより多くの情報を得る事が出来るだろう。

「リリエラさんは下がっていてください。魔法で一気にカタを付けます」

あの数の敵と一人一人戦うなんてそれこそ無謀だからね。

あっ、でももし魔法を防がれたら、その時は直ぐに引こう。

「ん、わかった」

リリエラさんが素直に後ろに下がると、モフモフも僕の後ろに待機して寝っ転がる。

「キュフーウ」

欠伸までかいてやる気ゼロって感じだなぁ。

羽が作りものだったのがよっぽどお気に召さなかったのかな。

「キューン」

ひっくり返って手足をダラーンと伸ばしている。

うわぁ、やる気が無いにも程があるよモフモフ。

「じゃあ、ささっと終わらせようかな」

僕は騎士団が攻撃の間合いに入るのと同時に、準備していた魔法を発動させた。

「ハイエリアマナブレイクッ!!」

騎士団が武器を構えると同時に、僕は対マジックアイテム用の範囲魔法を放った。

僕を中心に放たれた魔法の波動は、全方向に向けて放射状に広がる。

そして騎士団の槍から魔法の光が放たれるよりも先に彼等の下へ到達した。

「う、うわっ!?　な、何だ高度が下がって……!?」

「ひ、光が!?　槍の聖なる光が出ない!?」

「うわぁぁぁ！」

騎士達の羽が次々に制御を失って地上へ落ちていく。

「エアクッション！」

そのまま地面に激突してしまったら大惨事なので、僕は衝撃吸収魔法を弱めに発動させて、落ちて来た騎士達が大怪我しないように受け止めた。

「なに今の!?　羽を壊してもいないのに敵が勝手に落ちてきたわ!?」

リリエラさんの言う通り、今発動した魔法からは炎や氷といった目に見えるものや風の様に感じるものが放たれなかった。

けれど確かに放たれたものがあったんだ。

「今のは目に見えない波動を放つ魔法ですよ」

「目に見えない波動を放つ魔法？」

「ええ、その名もマナブレイク。魔力の流れを狂わせる対マジックアイテム用の魔法です」

「対マジックアイテム用の魔法!?　そんな魔法聞いた事も無いわ!?」

まぁ対マジックアイテム用の魔法はあまり使い勝手の良い魔法でもないからね。

昔、マジックアイテム全盛期の時代にとある国がマジックアイテムを全身に装備したフルプレートならぬフルマジックアイテムの軍団を設立したんだ。

その軍団が猛威を振るった事で、各国はそれに対抗する為、マジックアイテムを一時的に無力化する魔法をこぞって研究したんだよね。

そうして開発されたマジックアイテム無効化魔法攻撃を受けた軍団は、全身に装備したマジックアイテムが無力化してただの重りになってしまい、まともに動けなくなったところで一気に撃破されたんだ。

以降各国はマジックアイテムに頼りきりになるのは危険だと判断して、戦略ががらっと変わる事になったんだよね。

うん、この魔法を最初に作ったのは僕なんだけどね。

そして各国がマジックアイテムに頼り過ぎない戦いをする様になった事で、マジックアイテム無力化魔法は次第に廃れていったんだ。

「とはいえ、あくまでも一時的にマジックアイテムを無力化する為のものなので、しばらくしたらまた使える様になります」

ちなみにこの魔法はマジックアイテム対策なので、普通の魔法には効かなかったりする。

あと前回のメガロホエールに埋め込まれた様な巨大過ぎるマジックアイテムにも効果は薄いんだよね。

マジックアイテムに流れる小さな魔力経路の流れを乱す魔法だから、大規模な魔力を乱すには向かないんだよ。

もしあの騎士団が普通の飛行魔法で空を飛んでいたら、この魔法はあまり効果を発揮しなかった事だろう。

でも現実は違う。

唯一の飛行手段を奪われた彼等は、僕達を攻撃する為に高度を下げて来たとはいえ、それなりの高さから落ちてしまった。

衝撃吸収魔法をかけておいた事で死人こそ出ていないものの、ほぼ全員が落下の衝撃で怪我をしたらしくうずくまって苦しみ、背中の羽は無残に折れてしまっていた。

「それじゃあ助けますか」

「え？　助ける？　敵なのに？」

さっきは戦うと言ったのに助けると聞いて、リリエラさんが困惑する。

「最初から全滅させるつもりはありませんでしたよ」

僕の目的は別の所にあるからね。

「ディスタントエリアヒール！」

騎士団の傍にやって来た僕達は、彼等を遠隔範囲回復魔法で治療する。

「うう、い、痛みが消えていく……？」

「もう痛くないでしょう皆さん？」

「!?」

僕が声をかけると、騎士達が驚いてこちらを見る。

「まだ痛い所がありましたら、治療しますよ」

「ふ、ふざけるな！　総員飛翔！　敵を空中から囲んで槍の光で殲滅《せんめつ》しろ!!」

「「「「はっ!!」」」」

騎士団を指揮する騎士の命令を受けて、騎士達が飛びあがる。

けれどその羽は無残に折れていた為に、騎士達はピョンピョンとジャンプするばかりだ。

「な、何故飛べん!?」

「た、大変です団長！　羽が折れています！」

「なんだと!?　貴様陛下から借り受けた神聖な羽を壊すとは何事か！」

と、団長と呼ばれた指揮官が怒鳴るけど、その団長の羽も折れているんだよねぇ。

「で、ですが団長の羽も折れています!!」

「何……!?」

部下の騎士の言葉に団長が首を捻って後ろを見ると、そこには無残に折れた自分の羽があった。

「……っ!?」

団長の顔が驚愕に歪み、さらに真っ青になっていく。

「……っ!?　……っぁ!?」

言葉も出ないっていうのは、こういう事を言うんだろうなぁ。

「さて皆さん！」

僕はひと際大きな声をあげて騎士達を振り向かせる。

「傷の具合はいかがですか？　おや皆さんの背中の羽が大変なことになっていますね。どうもその羽が壊れるととても困った事になるそうですが、直す事はできないんですか？」

「な、なな、直せるなら直しておるわぁぁぁ！」

うんうん、騎士団長がこの反応だと言う事は、やっぱり修理する事は出来ないみたいだね。

ダメージがゼロにならない様に、衝撃吸収魔法を弱めにかけておいて正解だったね。

「おぉぉぉぉ、陛下から賜った羽を失ったと知られたら、我が家は破滅だ……」

騎士達が絶望的な顔になって項垂れる。

やっぱりこの人達にとって羽は特別なモノみたいだね。

「ところでその羽なんですが、直せると言ったら……どうしますか？」

「「「「な、なんだと!?」」」」

団長のみならず、全ての騎士達が顔をあげてこちらを見る。

「直して欲しいですか？」

「ほ、本当に直せるのか？」

「ええ、皆さんが僕達とお友達になってくれるのならお近づきの印に直して差し上げますよ。あっ、でも僕達は他国のスパイとして疑われているんですよね。それじゃあ残念ですけど、仲良くなるのは無理っぽいですね」

ちらりと僕は横目で騎士達を見る。

すると騎士達は互いの顔を見合って頷き合う。

「「「「我々はスパイなど見ませんでした！　そして私達とお友達になって下さいっ!!」」」」

「ええ！　喜んで！」

「……とんでもない脅迫を見たわ」

「キュウゥン」

何故か肩を落とすリリエラさんと、呆れたと言わんばかりのジャスチャーをするモフモフ。

何をおっしゃいますか二人共。
平和的解決が一番ですよ？

第61話　壊れた城と近衛騎士

「おお、飛べる！　飛べるぞ！」

「やった、俺達はまた飛べるんだ！」

見上げれば、歓喜の声をあげて騎士達が空を飛んでいた。

騎士団の羽を直した僕達は、彼等の主である天空王が住む天空城へと向かう事にした。

「おお、本当にレクス殿は羽もなく空を飛べるのですな！」

飛行魔法で飛び上がった僕達に騎士団長のカームさんが驚きの声を上げる。

「レクス殿達も何かのマジックアイテムを所持しておられるのですか？」

「いえ、僕達が使っているのは飛行魔法ですよ」

「飛行魔法!?　というと、あの失われた魔法ですか!?」

全員の羽を直している間、僕達はカームさん達から色々な話を聞いていた。

彼等は天空王と呼ばれる王様に仕える騎士団で、普段は天空城という場所で働いているんだって。

そして普段は飛行能力を持つ魔物から空島を守っているとの事らしい。

「それにしても直してもらった羽は素晴らしい！　以前に比べ驚くほど思い通りに動きます！」

「それに速度も格段にあがっていますよ団長！」

騎士達は僕が修理した羽の性能に大喜びだ。

「メンテナンスもせずにずっと使い続けていたみたいですからね。直すついでに整備して、ついでに古い部品を新しいものに替えておきましたよ。だいたい壊れる前の3割増しの性能になってます」

「3割!?　こりゃ凄い！」

「羽が直った途端現金なものねぇ」

リリエラさんは羽が直ってはしゃいでいる騎士団の人達に呆れているみたいだ。

「本当に直して良かったの？　それに性能まで良くしちゃって」

やり過ぎだと、リリエラさんの目が語っている。

「いえ、むしろこれで良いんですよ」

僕はそっとリリエラさんにささやく。

「僕が彼等のマジックアイテムを直す事が出来たという事実が何より重要なんですよ」

「レクスさんが直せた事が？」

リリエラさんが眉を顰めて首を傾げる。

「ええ、彼らはマジックアイテムの使い方は知っていますが、直す事は出来ません」

「……あっ、そっか」

リリエラさんがそういう事かと納得の声をあげる。

「マジックアイテムを直せない彼等は、レクスさんが壊れたマジックアイテムを直せると知ればうかつに手を出せなくなる」

僕はにっこりと笑みを浮かべて頷く。

そう、僕が彼等のマジックアイテムを直せると分かったなら、彼等は僕達に敵対的な行動を取る事が難しくなる。

もちろん捕まえて無理やり直させようとしたり、脅して直し方を教えさせようとする人も居るかもしれない。

けれどそれは、向こうが僕達を生け捕りにする為に手加減しないといけないって事だ。

もし今後天空人と戦いになった場合、これは大きなアドバンテージになるし、そうでなくても交渉のカードとして使える。

技術の蓄積って大事だね。

「レクス殿、我らの城が見えてきましたぞ！」

先行する騎士が示した先に、建物の影が見えてくる。

けれどその姿は……

「あれが……城？」

その城の姿を見た僕は、思わず首を傾げてしまう。

「え？　あれが？」

同じものを見たリリエラさんも同様に困惑する。

「あれは城と言うよりも……砦？」

そう、それは城と言うよりは要所を守る砦のようだった。

「アレこそが我等が王の住まう城、天空城です！」

騎士達が誇らしげに声を上げるから、どうやら本当に城みたいなんだけど……

「あれが……城かぁ」

◆

「これは、壊れた砦を直して使っているのかな？」

城の近くまで来た事で、天空城の詳細が見えて来る。

天空城は半壊した砦を利用しているらしく、ところどころ色の違う素材で補修されていた。

その姿はまるで戦時中の応急処置だ。

一応塗料を塗って色は統一しているけれど、近づくにつれて素材の違いによる建物表面の質感の違いが浮き彫りになってくる。

「レクス殿、リリエラ殿、あちらの中庭に降りてください」

カームさんの誘導に従って中庭に降りると、城の中から騎士団と同じく羽の生えた騎士達がやってきた。

「おお、カーム団長！　不法入国者は無事捕らえる事が出来たか!?」

カームさんに話しかけてきたのは、他の騎士達よりも装飾の施された鎧を纏った騎士だった。

よく見ると城の中から現れた騎士達の鎧は皆装飾が施されている。

もしかして近衛兵とかかな？

「近衛隊長、それなのだが……」

やっぱり近衛兵か。

カームさんが近衛隊長から視線を外し、僕達の方をちらりと見る。

「ほう、その者達が不埒な不法入国者か。ふん、予想通り下賤な顔をしている」

いきなりご挨拶だなぁ。でも下賤な顔ってどんな顔なんだろう？

「あ、いやそのだな……」

カームさんが口ごもる。

彼は近衛隊長に対して僕達の事をどう説明するつもりなんだろう？

「どうしたのだカーム団長？」

「そのだな、彼は……そう、彼は旅のマジックアイテム技師なのだ！」

「はぁ!?」

カームさんの突然の発言に、近衛隊長がコイツ何を言っているんだ？　という顔でカームさんを見る。

「いや本当なのだ。我々の羽が長年の酷使で性能に問題が見られる事は貴公も知っているだろう？

だが彼に羽を修理して貰った事で、その問題が解決したのだ！」

「修理だと!?　貴公は陛下からお借りした羽をどこの馬の骨とも分からぬ不審者に見せたのか？」

「うっ、いやそれはだな……そ、そう、先程の出撃で部下の羽が著しく不調になってしまってな。このままではじきに使えなくなるのが目に見える程だったのだ」

「……」

カームさんの言葉に近衛隊長が眉を顰める。

半信半疑、というよりは無信全疑って感じだなぁ。

「ならばと思い私は彼に言ったのだ。もし本当に直せるのなら直してみろとな。それが出来たら信用してやろうと。その結果彼は見事に羽を直し、それどころか我らの羽の中でも一、二を争う程番性能が良くなったのだ」

カームさんが後ろを見ると、部下の一人が空を浮き上がって高速で飛行し、複雑な空中機動を披露する。

「「「おおおっ!?」」」

「な、何だあの動きは!?」

「凄い！　まるで本物の鳥の様な、いやそれ以上の動きだ！」

空を飛ぶ騎士の動きを見て近衛兵達が驚くと、僕に羽を修理された騎士達も一斉に空に舞い上がって同じように複雑な機動で空を駆け躍る。

「見ろ、あのような飛び方を出来る羽は我が騎士団だけでなく、貴公らの近衛騎士団にも残ってるまい？」

カームさんが真剣な様子で近衛隊長を説得する。

「なんと……信じられん事だが、確かに見違える様な動きだ」

「これ程の腕前のマジックアイテム技師だ、手荒な真似をして捕まえるよりは、友好的に接するべきだろう？」

カームさんの説得を聞いた近衛隊長は、納得がいかなかったみたいだけど、先程空を飛んで曲芸を披露した騎士の羽に目を向け、うぬぬと唸った後にこちらに鋭い視線を向けた。

「成る程、貴様がマジックアイテムの技師だと言うのは理解した。だが何の目的で我が国にやって来た？　その理由を聞かせて貰おうか」

ここで僕はこれまで何度も繰り返した理由を口にする。

「僕達は古の天空大陸について調べに来ました。そしてこの空島で出逢った天空人の皆さんから、この空島がかつての天空大陸の名残だと聞き及んだのです。だから僕達は、その顚末を、何らかの情報を知っている人から、なぜそんな事になったのかを教えてもらいたいんです」

うん、この国の上層部なら、そのあたりの情報を知っている可能性が高いからね。

正直国に関わるつもりはないけれど、さすがに大陸が一つなくなっているのはちょっとどころじゃなく気になる。

マジックアイテムの修理でうまく取引が出来ると良いんだけど。

「おとぎ話の天空大陸か。確かに子供の頃に良く聞いた話ではあるな。だがそれが貴様等がマジックアイテム技師である事となんの関係がある？」

まぁ無いんだけどね。

そもそも僕はマジックアイテム技師じゃないし。

どちらかと言えばマジックアイテム開発もやっていた方なんだよね。

でもまぁ、今回はその設定を利用させてもらう事にしよう。

「かつて天空大陸では多くの素晴らしいマジックアイテムが開発されていたと聞いています。僕はその素晴らしい文明の遺産を調べ、古代のマジックアイテムに使われた技術を現代に蘇らせたいのです」

うん、これなら旅の技術者っぽい言い訳になるよね。

「成る程、確かに理解できんでもない理由だ。だが、やはり貴様等は怪しいな。そもそも、我等が受け継いできたマジックアイテムを、突然やってきた旅人などにはいそうですかと見せる訳にはいかん！　こんな時期にやってきた事も怪し過ぎるからな。貴様等はやはり捕らえる事にしようか！」

けれど近衛隊長は僕達の事情をにべもなく却下して再び捕まえようとしてきた。

「ま、待ってくれ近衛隊長！　彼等は有用な技術を持っているんだ。あまり乱暴な真似はしないでくれ！」

カームさんの懇願に、近衛隊長は鼻で笑う。

「何を生ぬるい事を。そもそもたとえ有用な技師だとしても、拘束もせずにつれて来るとは何事か！　使えるというのなら、牢に放り込んで鎖につないで逃げられないようにすれば良いのだ！」

近衛隊長が手を振ると、周囲の近衛騎士が僕達を囲む。

「その二人を捕らえろ！　だが利用価値のある者達だ、殺すなよ！」

「「「はっ！」」」

近衛騎士達が剣を抜いて僕達に襲い掛かって来る。

この可能性は確かに考えていたけど、やっぱりこうなっちゃったか。

この光景、前々世で出会った貴族達を思い出すなぁ。

魔人と戦う為の新技術の提供をする代わりに、複数の国家がこれまでの遺恨を水に流して手を取り合おうって話になったんだけど、前々世で僕の所属していた国と敵対していた国の王様達が、技術を伝える為の使者としてやってきた僕を捕まえて、技術だけを手に入れてから約束を反故にしようとしたんだよね。

もちろん返り討ちにしてさっさと逃げ出したけど。

あれからどれだけ経ったか分からないけれど、貴族達のやる事は変わらないなぁ。

「レクスさん、アレは倒して良いのよね？」

前々世の事を思い出してうんざりして居たら、リリエラさんが確認をする様に聞いて来る。

「ええ、大怪我を負わせてしまっても僕が治しますから、今度は手加減無用でかまいませんよ」

「分かったわ！」

何度も襲われたにもかかわらず、僕達は友好的に接してきた。

それは初めて会う未知の国の人達だから、お互いの価値観のズレが原因で敵対したりしない様にと考えての事だ。

カームさん達とは最初に戦う事になってしまったけど、でもその後でちゃんと話をしたら分かって貰えた。

でも近衛隊長は、同じ天空人であるカームさんが間に立って説得してくれたにもかかわらず、僕達を捕まえて言う事を聞かせようとしてきた。

流石の僕も、いい加減我慢の限界だよ！

何より、大切な仲間であるリリエラさんを危険にさらす訳にはいかない！

「ふん、我等に歯向かうつもりか！　我等近衛騎士は選ばれた騎士、陛下をお守りする神聖天空王国最強の騎士だぞ！」

そんな事知った事じゃない。相手がどんな偉い人間であっても、理不尽には全力で立ち向かう。

それが今の僕、賢者でも英雄でもない、冒険者レクスの生き方なんだ！

「「「とぉぉっ!!」」」

光を帯びた近衛騎士達の剣が僕達に襲い掛かる。

どうやらこの剣も槍と同じでマジックアイテムみたいだね。

「けど、どんなに凄い武器でも、当たらなければ意味が無いよ！」

僕は体を斜めにして剣を回避しつつ、近衛騎士の剣を根元から切断する。

「ば、馬鹿な!?　俺の剣が!?」

自慢の剣を破壊された近衛騎士が驚愕する。

それだけでは済まさないよ。

僕は近衛騎士達の背中の羽を切断し、更に鎧の結合部を切って彼等を丸裸にする。

とどめに支えを失って地面に落下していく鎧を真っ二つに切断してみせた。

「うわぁぁぁ、羽がぁぁぁ!?」

「よ、鎧がぁぁぁぁ!?」

装備を破壊された近衛騎士達が悲鳴をあげる。

「スパーククラウドッ!!」

「「「があぁぁぁぁっ!?」」」

そしてあらゆる装備を失った近衛騎士達に対し、僕は集団捕縛用の雷雲魔法を放って彼等を無力化させた。

「せいっ!!」

一方でリリエラさんも槍のリーチを活かして騎士達を牽制《けんせい》し、隙を見ては鎧の隙間に槍を突き入れて彼等を動けなくしていく。

「あっ、しま……って鎧ごと貫いちゃった……これなら隙間を狙う必要もなかったわね」

と、鎧を貫ける事を知ったリリエラさんは、途中から隙間狙いを止め、足狙いで近衛騎士達を次々と無力化していく。

うーん、あんなに簡単に貫けるなんて、近衛騎士の鎧は装飾優先で性能がいまいちなのかなぁ?

「ば、馬鹿な! 我等近衛騎士団の鎧は我が国で最上級の鎧だぞ!? それをあんなみすぼらしい槍で貫けるはずが……」

「誰の槍がみすぼらしいですってぇーっ!」

「ひぃぃぃぃっ!」

あっ、槍を馬鹿にされて怒ったリリエラさんの攻撃で、あっという間に装備をボロボロにされちゃったよあの人。

あそこまで壊されると、直すよりも新しく作り直した方が早そうだなぁ。

それにしても、リリエラさんの戦い方は相手の機動力を削ぐ、渋い……けれど堅実な戦い方だ。

そして残った近衛騎士達は動けなくなった仲間達が邪魔をして上手く立ち回れなくなっていく。

「上だ! 空から攻撃しろ!」

業を煮やした近衛隊長の命令を受けて、騎士が慌てて羽を使って空に舞い上がる。

けれど彼等の使う羽はグラビウムを使った旧式のマジックアイテム。

対してリリエラさんに教えたのは、効率の良い後期の飛行魔法だ。

両者の速度の差は歴然で、その様子は大人と子供の勝負と言えた。

リリエラさんが無詠唱の飛行魔法で空に飛びあがれば、あっという間に羽ばたいた近衛騎士達を抜き去って上空に陣取る。

うん、リリエラさんもすっかり飛行魔法を使いこなしているね！

同時に、追い抜きざまに放った槍の一振りで、近衛騎士達の羽は真っ二つに切断されていた。

「「「うわぁぁぁぁっ！！！」」」

羽を失った近衛騎士達が地面に落ちる。

十分な高度を得る前に落ちたから、大怪我はしてないみたいだ。

「てい！」

僕は残った近衛騎士達の中に飛び込み、彼らの間をすり抜けざまに剣と魔法で吹き飛ばしていく。

「おのれ！」

「待て、うかつに攻撃するな！　同士討ちになるぞ！」

やっぱりというか何と言うか、さっきの騎士達と同じく近衛騎士達も実戦経験が乏しい感じだ。

乱戦になった瞬間、その動きは精彩を欠いていた。

まぁ乱戦になる前から動きはいまいちだったんだけど。

ずっとお城で王様の護衛をしていたから、あまり戦う機会がなかったのかな？

「ええい、何をやっている！　相手はたかが二人だぞ！」

近衛隊長が怒声をあげるけど、近衛騎士達は身体強化魔法で能力を向上させた僕達の動きにとてもついてこれていない。

あれ？　そういえばこの人達、身体強化魔法を使ってないぞ？

そういえば飛行魔法も使えなかったし、何よりこの人達の戦い方には、軍人特有の洗練された技術を感じない。

おかしいな、彼らも騎士なら代々戦闘技術が伝わっていると思うんだけど？

これも僕の知らない天空大陸崩壊が関係しているんだろうか？

そんな事を考えながら戦っていたら、近衛騎士達は数分とかからず戦闘不能に陥っていた。

「お、おのれぇぇぇ!!」

近衛隊長が剣を振り上げて僕に襲い掛かって来るけれど、頭に血が上った攻撃なんて回避するのは容易で、僕はその攻撃をバックステップで回避すると、勢い余って地面に叩きつけられた剣を切断する。

更にバランスを崩した近衛隊長の背中の羽も根元から切り捨てた。

「わ、私の剣がぁぁぁぁ!?」

「剣だけじゃないですよ」

僕は指で足もとに落ちた羽を指摘する。

近衛隊長はその羽を見た後、首を回して自分の背中から生えている筈の羽に視線を送る。

けれどそこには羽はなく、両手でペタペタと羽が無いか探し始める。

そして背中の肩甲骨の間あたりに手を触れ、切断された羽の根元に触れる。

「は、羽が……」

近衛隊長が真っ青な顔になってへたり込む。

「さて近衛隊長さん」

僕はへたり込んだ近衛隊長に向かって笑みを浮かべる。

「マジックアイテムの修理はいかがですか？」

「……」

真っ青な顔の近衛隊長がカームさんを見る。

するとカームさんがとても優しい微笑みを浮かべて頷いた。

それを見た近衛隊長は、全てを察したのか大きく肩を落として項垂れる。

そして肩を震わせながら、こう言った。

「……お、お願いします」

第62話　天空王と受け継がれし名

「天空王の玉座はこちらです」

あの後、敗北を認めた近衛隊長さんは羽を始めとした装備一式を直す代わりに天空王の下へと案内する事を受け入れてくれた。

けど、あの程度のいざこざで済んで良かったよ。

前世じゃ死ぬまで抵抗しようとする人達が多かったから、動けなくするのに苦労したんだよね。

「しかしアレですな。レクス殿の技師としての腕は見事と言わざるを得ませんな。こうして城の中であっても羽を使って自由に飛べるのですからな！」

近衛隊長が愉快そうに語りながら決して広いとは言えない通路をゆっくりと飛行する。

「は、ははは……これ程の技術を惜しげもなく提供できる方に勘違いで襲い掛かってしまい、本当に申し訳ありませんでした……」

「もういいですよ近衛隊長さん」

と、こんな感じで、近衛隊長さんはさっきから事あるごとに僕達に謝罪の言葉を繰り返してくるんだよね。ちゃんと謝ってくれたからもう良いのに。

「ところでこの城はなんでこんなボロボロなんですか？　というか、そもそもここは城じゃなくて砦なんじゃ……」

　とりあえず王様の居る場所まではまだかかりそうだから、僕はこの城を見た際の違和感について質問してみた。

　この城、補修はされているものの、近くで見ればそこかしこに補修跡が見られる。

　ここまで補修するくらいなら、いっそ新しい城を作った方がいいんじゃないのかな？

「それについては我々も良く知らないのです。伝え聞くには初代天空王陛下が、ここを城と定めたとの事なのです」

　ふーむ、何か理由があってここを本拠地として選んだって訳なんだね。

「でも直すなら同じ材料を使って直せばいいんじゃないの？　なんでこんなに継ぎ接ぎみたいな補修をしている訳？　城ならもっと見栄えを気にすると思うんだけど」

　僕達の雑談に交じって、リリエラさんもこの城について思った疑問を口にする。

　でもリリエラさんの疑問は尤もだ。

　これじゃあとても王様の暮らす城に見えないもんね。

「それは……」

　一瞬近衛隊長はカームさんに助けを求めるように視線を送るけど、カームさんが全く反応しなかったので溜息を吐いて質問に答えた。

「この空島の岩や鉱物は少々特殊でして、建材として使う為には色々と加工が必要なんです」

　ああ、グラビウムの事だね。

「昔はそれらを何とかする手段があったんですが、今はもうその技術も失われてしまって。それで特殊な加工をせずに使える建材で補修したら、この様な継ぎ接ぎになってしまったそうなんです」

確かに、わずかな魔力でも浮き上がってしまうグラビウムを含んだ素材が建物の建材として使われたら、継ぎ目を固定する為の接着剤が固まる前に建材が浮き上がって、隙間が出来たりしちゃうだろうからね。

きっと過去にそうした事例があったから、同じ建材を使っての修復は諦めたんじゃないかな。

「そんな状態でもここを本拠地として使い続けたのね」

リリエラさんの言う通り、それでもここを本拠地として使わざるを得ない理由があったんだろう。

それとも単純にこの砦が必要だったのか……疑問は解決するどころかどんどん増えていくね。

「でも、こういう歴史の謎を紐解くのも冒険者の旅らしくてワクワクしますよね！」

「……ふふ、そうね」

消えた天空大陸と謎の種族、そして継ぎ接ぎになってまで使われ続けてきた砦。

まるで大剣士ライガードの物語の様だよ！

ふふ、ライガードの物語の中でも屈指の人気エピソードである、海底迷宮の冒険譚を思い出す謎のオンパレードだね！

……あれ？　そういえばメガロホエールの事件を解決した帰りに海底の町を見つけたけど、もしかしてあれも海底迷宮の冒険に関係していたりしたのかなぁ？

◆

「ここが天空王陛下のおわす玉座の間です」

「ここが？」

玉座の間の扉と言うには、普通のドアだなぁ。前世や前々世で飽きる程見た玉座の間はもっと大きくて無駄に豪華だったんだけど……

なんて事を考えていたら、近衛隊長が玉座の間の扉をノックする。

「陛下、バルディでございます」

あっ、近衛隊長ってバルディって名前なんだ。

「……入れ」

「失礼いたします」

中から返事が聞こえると、近衛隊長、いやバルディさんがまず先に入る。

「どうぞお入りくださいレクス殿、リリエラ殿」

カームさんが僕達を促したので、それに従って謁見の間に入るとその後ろからカームさんがついて来てドアを閉めた。

「これは……」

部屋の中に入った僕の目にまず映ったのは、壁際に所狭しと置かれた鎧の群れだった。

それはまるで主を護衛する騎士達の様で、部屋に入ってきた人間を威嚇している様にも見えた。

「というかこれって……」

「遅かったな。不法入国者とやらは捕らえたのか？」

前方から聞こえてきた声が、鎧に目を奪われていた僕の意識を引き上げる。

部屋の奥には大きな机が置かれ、その奥に一人の男性が座っていた。

「あれが天空……王？」

それはまさしく王様だった。

頭に冠を被って肩から赤いマントを羽織った、いかにもな王様ルックの男性だ。

ただ、その豪奢な姿は、あまりにもこの部屋に不釣り合いだった。

何しろこの部屋は、玉座と言うよりも明らかにただの仕事部屋だったんだから。

大きな机はそれなりに良い物みたいだけど、それはあくまで砦の責任者が座るにはというレベルで、とても王様が座る玉座や机には見えなかった。

だからいかにも王様然としたその恰好は、部屋とのミスマッチもあって逆に大きな違和感を僕に与えていたんだ。

「陛下、遠方よりいらした客人をお連れいたしました」

そう言って、バルディさんが僕達の事を天空王に紹介する。

「こちらは旅のマジックアイテム技師のレクス殿と、その同行者であるリリエラ殿です」

「客人？　マジックアイテム技師？　何を言っておる？　余が命じたのは不法入国者の逮捕だぞ？　何故このような怪しげな者達を連れて来た？　余はそのような命令はしておらぬぞ？」

けれどバルディさんの報告に天空王は怪訝な顔になる。

まぁ捕まえるように命令した筈が賓客扱いで連れてきたんだから、奇妙に思うのも分かるけどね。

でも、僕達を捕まえるように言ったのは天空王本人の命令だったんだね。

てっきりカームさんやバルディさんが現場の判断で決めたのかと思っていたよ。

「そ、それが……こちらのレクス殿は相当な技術を持つ技師でして、我が国にとって非常に有益な人物と判断し連れて来た次第です」

「それがどうしたと言うのだ！　余は捕らえよと命じたのだぞ！　さっさとその者達を捕らえよ！」

しかし天空王の命令に対して、カームさん達はまったく動こうとしない。

「どうした!?　何故余の命令を聞かん!?」

命令に従わないカームさん達に天空王が激怒する。

「じ、実は、こちらの方々はとんでもない強さでして、我等騎士団が総出で当たったにもかかわらず手も足も出ませんでした」

「我等近衛騎士団も……同様です」

カームさんとバルディさんが申し訳ありませんと天空王に頭を下げる。

「お前達が勝てぬ相手だと!?」

天空王が信じられないといった顔で僕を見てくる。

「初めまして天空王陛下、僕は旅の冒険者で名をレクスと申します」

とりあえず笑顔で挨拶しておこう。

カームさん達が束になっても勝てなかったと伝えてくれたんだから、向こうも警戒して短慮な行動はしてこないだろうしね。

と、思っていたんだけど、天空王の反応は僕の予想の真逆だった。

「黙れ下郎！　平民ごときが余に話しかけるなど不敬の極みであるぞ！」

しまった、これは話が通じないほうの貴族だったみたいだ。

貴族は、話の通じる貴族とにかく平民のことなど知った事かと自分の都合だけを押し付けてくる貴族とに分かれる。

大抵の貴族は平民の事なんてどうでもいいと思っているんだけど、前者の貴族達は自らの利益になるなら会話が成立する。

でも後者の貴族は利益とか状況とか関係なく、単純に下の立場の者の話を聞く気が無いんだよね。

自分より立場が下の者はどんな命令であっても喜んで従い、尊い存在である自分に対して一切の反抗はしないとかたくなに信じているんだ。

「余を誰だと思っておる！　余はかの魔人戦争の時代から天空大陸を支配してきた、偉大なるセラフィアム王家の末裔なるぞ!!」

ほらやっぱり。

思い通りに行かなかったらとにかく家の名前を持ち出してくるのは前世の貴族とおんなじだね。

本当にうんざりするパターンだよ……って。

「セラフィアム王家？」

その名を聞いた僕は、思わず聞き返してしまった。

「そうだ！　かつて天空大陸を統べた偉大にして唯一無二の支配者セラフィアム王家だ！」

「何ですかそれ？」

いやホント何それ？

「な、なに!?」

王家と聞いて僕がひれ伏すとばかり思っていた天空王は、僕の予想外の反応に戸惑う。

だって僕もセラフィアム王家なんて名前を聞いたのは生まれて初めてなんだもん。

それこそ前世でも前々世でも聞いた事のない名前の王家だ。

「ふ、ふん。無知な貴様に教えてやろう。セラフィアム王家とは、かつてこの空に存在した巨大な空島、天空大陸を統べていた偉大なる王家の名なのだ！」

「いやいやそれは嘘でしょう」

間髪いれず僕は天空王の言葉を否定した。

「な、なんだと!?」

天空王はさっき自分が魔人戦争の頃から続く王家だと言ったが、そもそもそんな王族は天空大陸には存在しない。

少なくとも、僕が魔人と戦っていた時代には存在していなかった名前だ。

「天空大陸の王族はスカイアーク、ライサンドラ、オーシルフェス、ストルムバル、クレウダムの5王家のみ。魔人との戦いが行われていた時代にセラフィアム家なんて王家の名前は存在すらしていませんでした」

「な、何をいい加減な事をっ!?」

天空王が否定しようとするけど、そうはさせない。

「いい加減な話などではありません。当時天空大陸は5つの国が支配しており、他の国が入り込む余地などありませんでした。何故なら5つの王家によって天空大陸を支配していた事から、天空大陸の王達は5星王と呼ばれていたからです。6つ目の王が居たら6星王になってしまうでしょう？」

そう、5星王達によって天空大陸は隅から隅まで統治されていたから、そこに6の国が入る隙間なんてどこにもなかったんだ。

「なんと、そのような話は初めて聞きましたぞ」

「うむ、天空大陸が滅びる前の文献は散逸して久しいと亡き父上もおっしゃっていたからなぁ」

と、天空人であるカームさん達まで驚きで目を丸くしている。

天空大陸が崩壊した原因を知らなかった事といい、どうやらカームさん達天空人は過去の記録を失っているみたいだね。

「これは地上の国にある図書館へ行き、天空大陸関連の古文書を調べれば明らかになる事です」

当時でも5星王についての本は結構出ていたからね。

なにせ空に浮かぶ大陸の王家だ、その言葉だけでも見栄えが良いと想像できるってものだよね。

とにかく沢山の本が出ていたから、この時代でもどこかの図書館に色々と残っている事だろうし。

……まぁ、大抵はゴシップ雑誌ばかりなんだけどね。

「そんな大昔の知識を知っているなど……貴様、一体何者なのだ！」

天空王が苦々しい顔で僕を睨みつけてくる。

あれ？　天空王は僕の言葉に疑問を感じなかったの？

カームさん達だって首を傾げて半信半疑な様子なのに。

もしかしてこの人……

「僕はただの冒険者ですよ、天空王陛下」

僕は一歩前に出る。

「それで、貴方は一体何者なんですか？　存在しない王家の王様？」

「……っ！」

天空王は何も答えない。でも僕を憎らしげに見るその目が、何よりも雄弁に自らの正体を語っていた。

「ク、クク……」

と、その時だった。突然天空王の表情がグニャリと歪む。

「ククッ、クハハハハハッ!!」

「へ、陛下!?」

突然大笑いを始めた天空王の様子にカームさん達が目を丸くする。

「ふん、良くもまぁそんな昔の王家の話を知っていたものだ」

天空王が僕の言葉を認める。同時にそれは、自分が偽者の王様だと認めた事でもあった。

「だが少々喋りすぎた様だな。貴様等を捕らえて何者か調べるつもりだったが、それを知っていた以上、もはや生かしてはおかん！」

あっ、これは定番の口封じタイムかな。

前世でも悪さをしていた貴族達がよく同じようなセリフを言っていたからなぁ。

だからこの後の展開にもおおよその予想が出来るよ。

でも天空王が偽者の王様だと知った今のカームさん達が天空王の命令に素直に従うとは思えない。

少なくとも、その動きは明らかにいつもより鈍くなってしまうだろう。

「我が忠実な騎士達よ、主の命に従え！」

天空王が声を上げると、室内に飾られていた鎧達が、ギシリという音と共に一斉に動き出した。

「こ、これは一体!?」

カームさん達が突然動き出した鎧を見て動揺する。

「要人警護用のメイルゴーレムだね。普段は美術品なんかに偽装して城や砦の要所に配置しておき、いざ施設内部が戦いになったらゴーレム達が防衛戦力として起動して侵入者と戦うんだ」

でもカームさん達家臣がこの事を知らなかったって事は、天空王はカームさん達家臣の事を信用していなかったって事なのかな？

「ほう、良く知っているな。さすがマジックアイテム技師というだけの事はある」

メイルゴーレムの事を知っていた僕を天空王が褒めてきたけど、それは感心したからと言うよりは嘲りと憐みを感じさせる声音だった。

「そう、それこそが歴代天空王がこの半壊した砦を城に選んだ理由でもある。王が有事に陥った際の切り札とする為にな！　フハハハハッ！」

メイルゴーレムを従えた天空王が高笑いをする。

「ゴーレムが戦力なのは分かったけど、なんでこの砦に固執するわけ？　ゴーレムが大事ならそれを持って別の場所に城を建てればいいだけじゃないの」

リリエラさんがゴーレムに驚きつつも疑問を口にする。

「それが出来なかったのは……おそらくですが、あのゴーレムがこの基地の防衛専用として配備されたからだと思います。多分ゴーレム達はなんらかの方法でこの基地でしか運用できない様に制限がかけられているんですよ。だからそれを知っていた天空王の先祖はこの砦を自分達の本拠地として使う事にしたんだと思います」

そして僕は天空王を、正しくは彼が座る魔力に溢れた椅子を指さして言った。

「そして貴方が座っているその椅子こそ、ゴーレム達に命令を下す為のマジックアイテム、つまりは基地を支配する玉座なんだ！」

僕の推理を聞いた天空王が楽しそうに手を叩く。

「ハハハハッ！　よくぞそこまで分かった、褒めてやろう！　だが知っていると戦えるでは意味が違うぞ！　このゴーレム達こそ、かつて天空大陸最強の兵士として名を馳せた存在なのだからな！」

天空王が愉快そうに笑い声をあげる。

「このゴーレム達が動き出した以上貴様等に勝ち目は無い。ここで貴様等を殺し、我が正体が外部に流れない様にしてくれよう」

確かに、今まで自分達を支配していた王家が実は偽者だって民にバレたらマズいもんね。

「ゴーレム達よ、その者達を殺せ！」

天空王の命令に従って、ゴーレム達が動きだす。

ギシリと軋んだ音を立て、マジックアイテムであろう剣を抜刀するゴーレム達。

一見すると整備不良のゴーレムだけど油断はできない。

美術品に偽装したゴーレムは、盗難対策に強力なものが多いんだよね。

しかもそう言ったゴーレムを所有しているのは金持ちや権力者が多いから、金に糸目をつけない改造を施されている奴が多いんだ。

おそらくこのゴーレム達の挙動がぎこちないのも、敵を油断させる為の偽装の可能性が高い。

性格の悪い技師のゴーレムの中には、わざと弱そうに見せて油断を誘い、懐に入ってきた瞬間に正体を晒して襲い掛かって来るのがいるんだよね。

うん、誰のゴーレムとは言わないぞ。

「へ、陛下、おやめください！」

「そ、そうです。レクス殿の技術は有用です！　命を奪うのはやり過ぎです！」

カームさん達が僕達を襲うよう命令した天空王を止めようと前に出る。

「ええい日和りおって！　ゴーレムよ！　そこの腑抜け共を拘束してしまえ！」

「「へ、陛下!?」」

僕達だけを擁護した事で、カームさん達にまでゴーレムが襲い掛かる。

部下の提言にも取り合わないどころか拘束しようだなんて、酷い主だなあ。

「さぁ、やってしまえ！」

ゴーレム達が剣を振りかぶってこちらに向かってくる。

「っ！」

リリエラさんが槍を構えて迎撃しようとしたけど、僕はそれを手で制する。

「僕に任せてください」

このゴーレム達がどれだけ危険か、まだ分からないからね。

僕は慌てることなくゴーレム達に手を向けると、静かに魔法を放った。

「バーストウェイブ!!」

手の平から扇状に魔力の衝撃波が放たれ、襲い掛かってきたゴーレム達を迎え撃つ。

さぁ、どう出るゴーレム達？

「ってあれ？」

だけど予想に反してゴーレム達はあっさりと僕の放った衝撃波によって吹き飛ばされてしまった。

え？　え？　どういう事？　僕、大した魔法は使ってないよ!?

「う、うわぁぁぁぁっ!?」

吹き飛ばされたゴーレム達は、そのまま主である天空王の方に向かって飛んでゆく。

はっ!?　もしかしてわざと吹き飛ばされて下がる事で天空王の護衛に回るつもりなのかも!?

僕の範囲魔法を見た事で、主を守るために護衛を優先しながらの戦闘に変更したのかな？

だとしたらかなり高性能のゴーレム……

「ぐびゃっ!?」

と思ったんだけど、ゴーレム達は着地する様子もなく吹き飛ばされ続け、そのまま執務机を破壊しながら天空王にぶつかってしまった。

「あ、あれえ……？」

本当にどうなってるの？　もしかして本当にただの整備不良だったの？

「グヘッ……」

ゴーレムの下敷きになった天空王が、潰れたカエルみたいなうめき声をあげる。

うーん、これはあれかな？

羽と同じでメンテナンス不足で、本来の実力を発揮できなかったってやつかな？

「ば、馬鹿な……ゴーレム、だぞ!?　天空大陸の主力兵器として恐れられた……兵器、なのだぞ!?」

「いやー、どれだけ高性能のゴーレムでも、メンテナンスを怠れば実力を発揮させる事は出来ませんよ。このゴーレム達、どうもメンテナンス不足で動作不良を起こしていたみたいですから」

「な、なんだと……!?」

今度こそ天空王が言葉を失って項垂れる。

まぁこれも一種の自業自得というやつかな？

僕達を襲おうとしなければこんな事にはならなかったわけだし。

「さて、それじゃあ知っている事を洗いざらい教えて貰いましょうか？」

こまめに道具のメンテナンスをしなかったのが貴方の敗因だよ。

第63話　古き真実と宝物庫

私達の前には玉座から引きずり降ろされ、床に正座させられている天空王の姿があった。

うーん、王様が正座させられているなんて、なかなか見れない光景ね。

レクスさん曰く、マジックアイテムである玉座に他の機能があると厄介だから離れさせたって言ってたけど、実際は何度も襲われた事でいい加減怒っているのかもね。

温厚なレクスさんが怒ったのは驚いたけど、いつものとんでもなさを見てると、このくらいの方が人間らしい気もするから複雑な気分ね。

「さて、じゃあまずは何故貴方が王族を名乗っていたのか、そこから教えて貰いましょうか？」

そう言いながら、真っ二つにされたゴーレムの頭が突き出される。

「ひぃ!?」

次はお前がこうなるぞって言わんばかりね。

まぁ、レクスさんの性格を知っていれば、そこまでしないのは分かるんだけど。

うーん、それにしても怒っているレクスさんの姿は新鮮だわ。

「わ、我々の祖先は、かつて天空大陸で暮らしていた人間だった……」

「う、うう……」

やっと観念したらしく、天空王が話を始める。

「だが魔人達との戦いの末期、天空大陸は敵から凄まじい猛攻を受けたそうだ。それは天空大陸を支配する為とも、天空大陸に魔人を倒す為の秘密兵器が運ばれた為とも噂されたそうだ」

「じゃあ天空大陸は魔人によって破壊されたという事ですか？」

よほど天空大陸について知りたかったのか、レクスさんが今まで見た事が無いくらい真剣な顔で天空王の話を聞いている。

まぁ実際私もちょっとドキドキしているんだけどね。

だって数千年以上昔に存在していた伝説の天空大陸崩壊の真相だなんて、歴史的大発見じゃない？

「詳しい話は余も知らぬ。天空大陸を魔人の拠点である別の天空大陸にぶつけたとも、天空大陸を対魔人兵器の材料として使った、はたまた襲ってきた魔人達を撃退する為に発動させた兵器が暴走したとも言われているが、祖先の残した古文書には詳細は書かれていなかった。分かっているのは、天空大陸は崩壊し、我等が逃げて来たという事だけだ」

え？　それじゃあ結局天空大陸が崩壊した詳しい理由は分からない訳？　なんだかガッカリねぇ。

「それではあなた達が王家を騙った理由は？」

「わ、我々の祖先の正体は崩壊する天空大陸から逃げて来た難民なのだ。かろうじて逃げ延びた空島での暮らしを安定させる為、不安に怯える人々を纏める為には、指導者として新たな王家を作り出す必要があったと古文書には書いてあった……」

「王家を作る？」

突然そんな事を言われて、私は面食らってしまった。

何で王家を作る必要があるの？　そんな事しなくても、皆を纏めるなら村長なり何なりにすればよかったじゃない。

「成る程、確かにその選択は仕方ない部分もありますね」

けれどレクスさんにはその理由が分かったみたい。

「どういう事レクスさん？」

「歴史を見ても王族を自称する事自体はさほど珍しい事じゃないんですよ。過去の歴史でも本当に王族の血を引くのか良く分からない、自称謀殺された王様の隠し子や征服された国の王族が圧政を敷く王に立ち向かったなんて話は多いですから」

意外にもレクスさんは天空王が偽者の王族だと知っても、それを咎める様な事は言わなかった。

それどころかよくある事とあっさり認めてしまった。

「人間、自分の暮らす土地以外の事には疎いものですから、知らない国の王族って設定は皆を纏めるのに都合が良かったんでしょうね」

「なんで知らない国なの？　知ってる国の名前を出した方が良くないかしら？」

だって突然知らない人が私は国の王族だ、お前達従えって言っても、本当かって疑われると思うんだけど。

私の疑問にレクスさんが苦笑する。

「あー、それをやると今度は別の問題が出てくるんですよ」

「と言うと？」

「確かに知っている国の貴族だと告げれば、あの国の貴族なのかと理解させやすいです。でも、それだとこの天空大陸が壊滅したのはお前達貴族がちゃんと仕事をしなかったからだーって怒りの矛先が向きかねないんですよ」

そっか、自分達の住んでいた場所がめちゃくちゃになっちゃったんだもんね。

そんな時に自分達の国の王族が現れれば、そりゃあ怒るわ。私でも怒る。何やってたんだーって。

「そしてどこかの国の王族を名乗ったとして、王侯貴族の情報に半端に詳しい人が居たり、難民の中にその国と敵対していた国の人間が居た場合もやはりトラブルの元になります。だったらいっそ知らない別の国という事にした方が良いでしょう」

成る程ね。そう考えると、知らない国の名前を名乗った方が理に適ってるわね。納得だわ。

「でも知らない国の王族を名乗って大丈夫？　何処にあるとか聞かれて、もしその近くに住んでいる人が居たらバレちゃうと思うんだけど」

「多分ですけど、当時は天空大陸の中ではなく、遠い別の空島にある小国から外交の為にやってきた王族って設定だったんじゃないでしょうか？」

へぇー、よくそんな事思いつくわねぇ。

「あとは当時の難民達の指導者層が協力して情報を操作すれば、架空の王族を作り上げる事は難しくなかったでしょう。集団を纏める以上、よほどのカリスマでもない限りは協力者がいた筈です。おそらくはその協力者の子孫が今のこの国の貴族なんだと思うんです」

ちらりとレクスさんが天空王を見ると、何でそこまで分かったといわんばかりの顔で呆然としていた。

どうやらレクスさんの推理は正解だったみたいね。

っていうか、まるで学者さんみたいに当時の歴史に詳しいけど、本当この人は何者なのかしらね？

戦士としても魔法使いとしても一流で、回復魔法も使えてマジックアイテムを直したり作ったり出来て、家を建てる事まで出来て更には学者顔負けに歴史に詳しい。

……軽く思いだしただけでもとんでもないわね。

うーん、本当に何者なのかしらこの人？

ご両親は普通の村人っぽかったし。

ああ、そう言えばミナさん達がレクスさんの村で修行していたんだっけ。

こんどそのあたりの話を聞いてみようかしら。

◆

ふーむ、事件の渦中にいたものの、ご先祖は一般人だったから天空大陸が崩壊した詳しい事情は分からないみたいだね。

分かっているのは天空大陸に魔人が襲撃してきた事と、その後に天空大陸が崩壊したって事くらいか。

うーん、王様が知らないとなると、ここで得られる情報はこれが限界っぽいなぁ。

あとは砦の中に当時の資料が残っているかもだけど、配備されている武装が当時としても型落ちの古い装備みたいだし、碌な情報がなさそうなんだよね。

たぶんこの空島は、離島や辺境の土地扱いの場所だったんだと思う。

これ以上は有益な情報も得られそうにないし、長居してもこの状況じゃ歓迎されないだろうから、この辺でこの国からはお暇しようかな。

おっと、帰る前に一応アレについても聞いておこうかな。

「そういえば、なんで自分達の事を天空人なんて呼んでるんですか?」

うん、これはちょっと気になってたんだよね。

当時の天空大陸の住民は、今みたいに自分達の事を天空人なんて言わず、普通に地上で暮らす人達と同じ人間だと思っていた筈だから。

「何故、だと?」

「そう、何故。地上で貴方達は魔物に襲われていた町の人達を救って敬われていたみたいですけど、この空島で生活するならわざわざ地上に降りる必要なんてないですよね? 貿易している様子もないですし、食料不足かとも思ったんですけど、この空島は国を名乗っている割には開拓していない土地が多い。開拓すれば十分食料は自給できると思うんですが」

地上に戦いを挑むわけでもなし、だからと言って善意だけで魔物を退治している訳でもなし。だって貢ぎ物を貰っているくらいだからね。

けどその割には貢ぎ物は食料品ばかりだし、ちょっと理由が分からない。

「それは……我が国が深刻な食料危機に見舞われているからだ」

「深刻な食料危機?」

思ってもいない答えが来て、僕はビックリしてしまった。

だってこの空島はとてもそんな食料不足になる様な土地には見えなかったからだ。

天空大陸に比べれば小さいけれど、それでも小国くらいの大きさはあるんだから。

「我々はこの空島のほかに、森島と呼ぶ動物が多くいる森で覆われた空島を領地としていた。その頃は森島と空島の畑で得られる食料だけで生きていけたのだが、ある日突然黒く巨大な魔物が現れたのだ。その魔物は森島を占拠し、それだけでは飽き足らず空島の畑も根こそぎ襲い始めた」

天空王は演劇役者の様に両腕を広げ、魔物の恐ろしさを演出する。

多分この人とその祖先は、自分達が本物の王族じゃないと知っているから、わざと大げさな王様アクションをして王様だとアピールしてきたんだろうなぁ。

だって本物の王族はこんな風に無駄に大げさなアクションをしないからだ。

寧ろこの振る舞いは演劇の演出に近い……って考えが横道にそれちゃったよ。

「当然我らの祖先は恐ろしい魔物に挑んだ。だが天空大陸のマジックアイテムの力をもってしても、魔物には太刀打ちできず、更に魔物に惹かれたのか他の魔物までもが森島へと渡って来た。その結果、森島は魔物達の支配地へと変わってしまったのだ」

成る程ね。食料を得ていた猟場が外敵に奪われた訳か。

「こっちの空島で畑を広げなかったの？」

リリエラさんの質問に、天空王は大げさに溜息を吐く。

「当然試みたに決まっておろう。だが魔物達は畑の規模が大きくなると途端に襲ってきたのだ。その為に空島では、魔物が襲ってこないギリギリの量の食料しか生産できなくなってしまったのだ！」

成る程、畑の作物が一定量を超えると、魔物達がそこを狩場として認識するんだろうね。

あそこには食べ物が沢山あるぜって。

逆に少量だとこの程度ならわざわざ行くのも面倒だなって無視する感じかな？

「それ故、我等の祖先は地上との交流を求めた。地上と交易をして食料を得ようと考えたのだ」

ん？　地上との貿易？　だったらなんで今みたいな関係になってるんだ？

「だがたまたまその時、我々が交易の場として選んだ町が魔物の群れに襲われていたので、マジックアイテムの力で助けてやったそうだ。助けてやった事で恩を売れたら良いくらいの気持ちでな。そしたら町の人間達は予想外に喜び、我々の事を天の使いだと勘違いしてきたと先王の残した日記に書かれてあった」

ああ成る程、困り果てて神様に祈ってたら、突然空から羽の生えた人達がやって来て助けてくれたなら、そりゃあ勘違いもするよね。

「地上の魔物達が我々のマジックアイテムで倒せる程弱かったのも幸運だった。交易に使える産業の無い我々は、地上の人間を保護する事で貢ぎ物を得るという貿易を結ぶ事に成功したのだ」

お、おお……なんて切実かつ生臭い真実なんだろう。ロマンも神秘もあったもんじゃないよ。

昨日見た儀式が途端に茶番に見えてきた……

まぁでも、現実なんてこんなものなのかもしれないね。

ライガードも冒険の中でこんな気持ちになったりしたのかなぁ。

でもそう考えると、天空人が貢ぎ物に金銀財宝じゃなく食物を求めたのも、地上の人からすれば豊穣祭で神様に今年の実りを感謝するお供え物っぽく感じて結果的にはお互いに助かったのかもしれないね。

これ、マジックアイテムが羽型だったのも運が良かったなぁ。

奇跡的なまでに色んな偶然が重なり合って今の形になったんだね。

「成る程ねぇ」

地上での出来事の裏にはそんな事情があったんだ。

「で、結局天空人って名前を名乗る理由は何ですか？」

「それは、空島に住んでいる同じ人間と素直に答えるよりも、天に暮らす謎めいた神の使いの方がハッタリが利くからと先祖が……」

うん、まぁ話の流れからそんな予感はしてたよ……

「まぁそれに関しては良いや。お互い持ちつ持たれつみたいですしね」

「そ、そう言って貰えるとありがたい」

というか、ここで町の人達に真相を教えてしまったら彼等の飯の種が無くなってしまうもんね。

町の人達を騙していたのはどうかと思うけど、実際に魔物から保護していた訳だしわざわざ波風を立てる必要も無いだろう。

けどこれで本当に聞きたい事もなくなっちゃったな。

食料問題についてはちょっと気になるけど、地上の護衛でなんとかなってるっぽいし、中途半端に関わるのも良くないだろう。

前世でも下手に関わった所為で最後までズルズルと手伝わされたからなぁ。

でも今の僕はただの冒険者だから、賢者や英雄として相応しい行動を強要される事なんてないもんね！

いきなり僕達に襲い掛かってきた件は納得いかないけど、国に不法侵入しちゃったと考えたらまぁお互い様かな。

さて、これで一通り知りたい事も分かったし、今度こそ本当にこの国からはお暇しよう。

空島観光は別にこの島でなくても良いし、この人達もさっさと出て行って欲しいだろうからね。

「じゃあ僕達はそういう事で」

「な、何っ？」

決断した僕はリリエラさんを促して帰る事にする。

「これ以上ここにとどまっても迷惑でしょうし、僕達はもう帰る事にしますよ」

「ま、待ってください！　その前にどうか貴方がたのお力を我らに貸して欲しいのです!!」

と、天空王のそばに控えていたカームさん達が、慌てて僕達を引き留める。

「僕達の力を？」

なんだかいやな予感がするなぁ。

「先ほど陛下がお話になられた森島に住み着いた魔物達を退治する為に協力して欲しいのです！」

はい厄介事来ました！

「お断りします！」

うん断るよ！　だって今の僕はただの冒険者だからね！

この島の人達の事はちょっと気になるけど、地上との交流で生活は出来ているみたいだし……それなら英雄じゃない僕が無理して関わる必要もないだろうからね。

「そこを何とか！　我々では歯が立たないのです！」

「お、おいカーム！　余の許可も得ず何を勝手な事を！」

ほら、天空王もそう言ってるよ。

「陛下、今はそんな事を言っている場合ではありません！　ここに我等天空騎士団と近衛騎士団が束になっても敵わない程の力の持ち主が居るのです！　この様な千載一遇の機会は二度と訪れませんぞ！」

「ぬぐっ！」

「その通りです陛下……悔しいですが我等近衛騎士団が手も足も出なかったのです……」

と、そこで今まで黙っていたバルディさんも天空王の説得に参加する。

その表情は、自分達が負けた事を心底ふがいなく思っているかのように苦渋に満ちていた。

「そ、そなたまでっ!?」

「「レクス殿！　どうか我等にお力をお貸しください！」」

そう言われてもなぁ……

「今までさんざんこちらの事情を無視して襲いかかってきたのに、そっちの話は素直に聞けってちょっと勝手すぎない？」

「「うっ」」

と、リリエラさんから指摘され、カームさん達がダラダラと脂汗を垂らす。

「それは……その、申し訳ない」

「我々が浅慮であった……」

と、意外にもあれだけプライドが高そうだったバルディさんまで平謝りしてきた。

それだけこの件が彼等天空人にとって重要って事だね。

でもやっぱりこれ以上関わるのは厄介事の匂いしかしないんだよなぁ。

「聞きたい事も聞けましたし、僕達はこれ以上この島に長居するつもりはありません。お互いの為にもね」

うん、久しぶりに貴族や騎士のやり口を見たからね、手伝う気なんて欠片も湧かないよ。

時代が変わっても彼等の強引さや横暴さは変わらないね。

まぁこの人達は本物の王族じゃあないんだろうけど、それでも何百年も王族をやっていればもう本物の王侯貴族といっても差し支えないだろう。

ホント、昔の僕もこうやって面倒事を突き放していれば良かったなぁ。

今の僕には、リリエラさんって大切な仲間が居るからね。彼女を貴族の我が儘に巻き込むわけにはいかない。

「キュウ！」

ああ、モフモフもだね。

「た、頼む！　そなたの力ならあの魔物とも渡り合える筈だ！　余に力を貸して欲しい」

と、遂に天空王も折れて僕達に助力を申し込んできた。

「と言われましても、僕達は冒険者なのでただ働きする気はありません」

うん、さっき天空王自ら交易に使えるものが碌にないって言ってたし、これなら平和的に断る事が出来るね。

「ほ、報酬だと!?　王である余自ら頼んでいるのにか!?」

うわー。この期に及んでこの態度かぁ。

そう言うのが嫌だから僕は貴族が好きじゃなくなったんだよ。

「それで通じるのは貴方が王様だと信じているこの空島の人達だけよ。私達には関係ないわ！」

と、うんざりした様子のリリエラさんがぴしゃりと突き放す。

リリエラさんも何度も襲われていい気分じゃなかったのに、これだもんね。そりゃあ怒るさ。

話も終わり、僕達は今度こそ帰ろうと背を向ける。

「レ、レクス殿……お待ちくださいっ！」

けれど部屋を出ようとした僕達を、カームさん達が慌てて回り込んで止めて来る。

「自分勝手な言い分なのは重々承知しております。ですがどうか、どうか我等にお力を貸しては頂けませんか！」

「此度の非礼、我々も心よりお詫びいたします故」

そう言って二人は僕に深々と頭を下げて謝罪してきた。

「「どうか我らに力をお貸しください」」

参ったなぁ。

そう言われても、こっちとしてももう譲歩できるラインは超えているんだよね。

もし本当に僕の力を求めているのなら、天空王は僕がマジックアイテム技師だと知った時点で協力を仰ぐべきだったんだ。

騎士団長と近衛隊長が二人して証言しているんだからさ。

カームさん達が僕達に襲い掛かって来た件は、自分達の主である天空王からの命令と考えればまぁ情状酌量の余地ありだ。

まぁ、バルディさんの対応はそれを考慮してもダメダメだったけどね。

更に天空王に至ってはアレだったからなぁ……。

自分達の窮状を理解してたなら、もっと穏便に動くべきだったんだ。

「ぬうう……っ！　そ、そうだ！　宝物庫だ！　宝物庫に収納されたマジックアイテムを貴様にくれてやろう！　マジックアイテムなら地上でも金になるであろう！」

と、そんな時、突然天空王が妙な事を言い出した。

「宝物庫のマジックアイテム？」

「そうだ、我が城の宝物庫には大量のマジックアイテムがあるのだ！　その中から好きな物をくれてやろうというのだ！」

マジックアイテムか。でもそれなら……。

「それを使って件の魔物を退治しようとは思わなかったんですか？」

これに限るんだよね。使えるマジックアイテムなら既に使っている筈だ。

なのに惜し気もなく好きな物をやると言われたら、怪しく思うのは当然だよ。

「……使い方が分からんのだ」

「え？」

「そのマジックアイテムの使い方が殆ど分からんのだ！」

なんという事だろう。僕達にマジックアイテムをくれるという理由が、使い方が分からなかったからだなんて。それってアリなの？

「確かに余等に使い方は分からぬ！　だがマジックアイテム技師のそなたなら、使途不明のマジックアイテムであっても使い方を理解して有効利用できるであろう！」

成る程、もしかしたら貴重なものなのかもしれないけど、どうせ使い方が分からないんだから倉庫の肥やしにするよりは報酬にしちゃえって事か。

確かにそれなら僕達に報酬が支払えないという問題も解決できる。

仮にもマジックアイテムなんだから、きっと価値がある筈だと天空王は思ってるんだろうね。

「そうですね、実際に現物を見せて貰ってから決めたいと思います」

「うむ、よかろう。マジックアイテムは大量にあるからな。好きな物を選ぶが良い」

もしかしたら外れの品ばかりかもしれないけど、僕としてはそれでもかまわない。寧ろ気になるのはその中身に使われている部品や触媒だ。

もしもその中に今の素材事情で作れない部品があったら、新しい装備を作る為の材料になるからね！

どっちに転んでも僕にとっては得じゃないかな。

「未知のマジックアイテムがゴロゴロしている宝物庫か……まるで子供の頃に聞いた物語みたいね」

と、リリエラさんも宝物庫と聞いて、興奮を隠せないみたいだ。

確かに言われてみれば、お宝が溢れている宝物庫なんて物語みたいだよね。

うーん、ちょっとワクワクしてきたぞ。

前世の僕が死んだ後に開発されたマジックアイテムとかあると良いなぁ。

「よし、それではそなたらが宝物庫へ入る許可を与えてやろう！」

◆

「ここが宝物庫だ。そしてこの扉は王族にしか開ける事は出来ぬのだよ」

と、天空王が自慢げに説明するけど、この城が元は何かの砦だった事を考えると、たぶん天空王のご先祖が砦の責任者権限を弄って自分達にしか開ける事が出来ない様に設定したって事だろうね。

元々は物資を保管する倉庫か武器庫だったのかな？

「こ、これでお宝が無かったら怖いわね」

「あー、その可能性はありますね。けどお宝が無くても、カームさん達の役に立つマジックアイテムがあるかもしれないですよ」

「レクス殿、それはどういう意味ですか？」

「使い方の分からないマジックアイテムばかりなら、カームさん達の戦力アップに利用できる新しい武器が手に入るかもしれません。もし有用な物が見つかれば、僕が手伝わなくてもカームさん達だけで件の魔物を退治出来るかもしれませんよ？」

「おお！　確かに！　成る程、レクス殿がマジックアイテムの鑑定をしてくだされば、今まで使い道の分からなかったマジックアイテムを有効利用できますな！」

「では宝物庫の扉を開けるぞ！」

天空王がマントをバサッと翻し、ドアノブに手を当てる。

「宝物庫の扉よ！　王である余が命じる！　扉を開くが良い！」

……ええと、そのセリフ要ります？

ともあれ、天空王がドアを押すと、宝物庫の扉が開いてゆく。

「見よっ！　これが我が国の宝物庫だっ！」

宝物庫の中に入った僕達に向き直った天空王が、両手を大きく広げて声高に語る……んだけど。

「これが宝物庫……ねぇ」

僕とリリエラさんは、どうしたもんかと互いに顔を見合わせる。

僕達だけじゃない、カームさん達もなんと言って良いのかと困惑した様子だ。

「む？　どうしたのだ？　おお、さては我が宝物庫のあまりの素晴らしさに声もでないのだな！」

なんて言われてもなぁ……

「何にも無いわよ？」

「何？」

リリエラさんがなんとも微妙な表情で宝物庫を指さすと、天空王がキョトンとした顔で宝物庫の中を振り返る。

そこにあったのは空っぽになった宝物庫だ。

財宝どころかゴミ一つ無い。

ああ、しいて言うなら、財宝を飾る為の棚なら残ってる……けどこれは財宝じゃないよなぁ。

「ど、どどどっ!?」

空っぽの宝物庫を見て、天空王が壊れた玩具のように同じ言葉を繰り返す。

「どういう事だこれはぁぁぁぁぁぁぁぁぁぁっ!?」

いや、それはこっちが知りたいよ。

天空王にしか開けられないんじゃなかったの？

「へ、陛下！　あそこに何やら書置きが！」

何かに気付いたカームさんが壁を指さすと、そこには一枚の紙が貼りつけてあった。

そしてそこには、今でいう古代文字でこう書かれていたんだ。

『国の未来の為、宝物庫の財宝を有効活用させて頂きます。Byコノートレア』

「っ!?」

その紙を見た天空王は、目を大きく見開き、口を大きく開けたまま固まってしまう。

「ええと、コノートレアって誰なんですか？」

天空王が固まっちゃったから、僕はカームさんに書置きの主の正体について質問する。

「あー、ええとですね。コノートレア様は陛下の……」

「あんの馬鹿娘がぁぁぁぁぁっ！！！」

カームさんが答える前に、硬直から復活した天空王が顔を真っ赤にして叫ぶ。

「……そういう事です」

成る程、天空王の娘の仕業なのね。

そういえば、さっき天空王は王族にしか開けられないって言ってたっけ。

つまり自分の肉親なら自在に持ち出せる訳だ。セキュリティガバガバだね！

「……けど、その娘さんは何の為に財宝を持ち出したんだろう？」

七章おつかれ座談会・魔物編

天空騎士	「どうも天空騎士団です……って魔物座談会!?　私魔物じゃないよ!?」
メイルゴーレム	_(:3 」∠)_「ようこそモブの間へ」
近衛騎士	_(:3 」∠)_「前半はモブの人材が不足しているからなぁ」
メイルゴーレム	_(:3 」∠)_「その分後半は大量の魔物達が酷い目に遭いますから」
近衛騎士	_(:3 」∠)_「そう考えると我々は素材にされなくて良かったなぁ」
天空騎士	(；´Д`)「ちょっと馴染みすぎじゃない近衛騎士君!?」
近衛騎士	_(:3 」∠)_「だって私達君達に比べて出番少ないし……」
天空騎士	(；´Д`)「おぉう……」
メイルゴーレム	_(:3 」∠)_「かくいう私は整備不良で瞬殺でしたけどね」
天空騎士	_(:3 」∠)_「あー、まぁ我々もそうだなぁ。羽がなぁ……」
近衛騎士	(；´Д`)「いや君達の所は単純に練度不足でしょ（笑）」
天空騎士	(;ﾟ°'ω°'):「あっ!?　やんのかコラ?」
メイルゴーレム	(:3 」∠)_「はっはっはっ、目くそ鼻くそを笑うですねぇ」
天空／近衛騎士	(；´Д`)「「なんでアンタはそんなに落ち着いてんの!?」」
メイルゴーレム	(:3 」∠)_「いや私は中身のない空っぽな男ですから。文字通り空虚なのですよ」
天空騎士	(；´Д`)「上手いこと言ったつもりか」

第8章

第64話　ドラゴンスレイヤーズ、空へ！

「ただいまだぜ兄貴！」

依頼を終えた俺達は、兄貴の屋敷に帰ってきた。

兄貴のお陰で宿屋暮らししなくて済むから、宿代を気にしなくていいってのはありがたいよな！

しっかしさぁ、初めて出会った時の兄貴は、俺達と同じFランクの新人冒険者だったのに、あっという間にSランクになって、王都にこんな豪邸をおっ建てちまった。

しかも一緒に王都についてきた俺達に部屋まで貸してくれるんだから、本当に兄貴は懐の広い凄い男だぜ！

けど、帰ってきた屋敷の中はシーンとしていて、人の気配がまったく無かった。

「あれ？　兄貴達はまだ仕事中か？」

兄貴だけじゃなく、リリエラの姐さんとモフモフのヤツも居ねぇ。

姐さん達は良いよなぁ、兄貴とパーティ組んでるからいつも一緒に居られてよ。

俺も兄貴と一緒に冒険をしたいぜ！

「あっ、何か書置きがありますよ？」

とノルブがテーブルに置かれていた紙きれを拾い上げる。

「何て書いてあるんだよ？」

わざわざ書置きを残してったって事は、遠出するか何か面倒な依頼でも受けたってところか？

「ええと、天空大陸を見にスカイランドに行ってきますって書いてありますね」

「天空大陸？　大陸？　スカイランド？　なんだそりゃ？」

天空？　大陸？　なんだそりゃ？　地面が空にでも浮いてんのか？

「聞いた事があるわ。なんでも西の方の国には空に浮かぶ島があるって話よ」

そしたらミナの奴がスカイランドって場所の事を説明してくれた。

「って、マジかよ!?」

本当に地面が空に浮いてんのかよ!?

「それどうやって浮いてんだ？」

「さぁねぇ。研究しようにも、空に浮いてるから研究のしようがないみたいよ」

「空飛んで行きゃあいいじゃねぇか」

飛行魔法を使えばあっという間じゃんかよ。

「アンタねぇ。私達も飛行魔法を使えるようになったのはついこの間でしょう？　普通の人間は飛行魔法を使えないのよ」

あー、そう言えばそうだっけ。普通の人間は空なんて飛べねぇもんな。

「レクスさんと一緒にいると、そこら辺の感覚が麻痺しちゃいますよね」

「……怪しい」

「「え？」」

と、そこで今まで黙っていたメグリが話に混ざってきた。

「何が怪しいのメグリ？」

「レクスがわざわざ行ったのが。また何かやらかしそう……」

「「「あー……」」」

「まぁそこは兄貴だからなぁ」

「周りの度肝を抜くのは間違いないでしょうねぇ」

「何をするのか想像もつきませんけど」

俺達は絶対に何か起きると確信して、うんうんと頷く。

「誰も見た事の無い空の上の島。未知の土地、未知の生き物、未知の素材…。…お宝の匂いがする」

「「「……」」」

お宝、その言葉に俺達は動きを止める。

「お宝か……あると思うか？」

「否定はできないわね。空に浮かぶ誰も行く事の出来なかった場所なんだし、古代文明の遺跡とかあってもおかしくないわ」

「単純にそこでしか採取できない希少な薬草がある可能性もありますね」

「凄く何かありそう。今の私達なら、それを見る事も出来る」

「飛行魔法、使えるようになったものね」

「……俺達も、行くか？」

「「「行こう」」」

こうして、俺達は満場一致でスカイランドに向かう事を決めた。

待ってろよ兄貴！　兄貴だけに面白い事は独り占めさせないぜ！

◆

「う、うおおっ！　ようやく着いたぜ！」

兄貴に遅れる事一日、俺達は遂にスカイランドにやってきた。

「うわー、本当に空に島が浮かんでいますよ！」

「実際に見ると凄い光景ねぇ」

「あのどこかにお宝が……」

「いや、あると決まった訳じゃないですよメグリさん」

「よし、それじゃあさっそく行ってみようぜ！」

「あっ、こら待ちなさいよ！」

俺は早速飛行魔法で空に浮かぶ島に向かって飛んでいく。

「あ、あの、せめて宿を取ってからにしませんか？　さすがに強行軍過ぎてそろそろ休みたいんですけど……」

ノルブの奴が情けない事を言いながらついて来る。

「兄貴達はもうとっくに天空大陸ってのにたどり着いてるかもしれないんだぜ？　だったら俺達も

グズグズしてらんねぇだろ！」

そうだ、兄貴達は俺達よりも先にこの国に来てるんだからな。

「といっても、疲れ切った状態で見知らぬ土地を進むのは危険よ」

と、ノルブだけでなくミナも俺を止めてきやがる。

「けどよぉ」

「レクスに助けて貰った事を忘れたの？　あの時だって初めて入った森でいる筈のない魔物に襲われて大ピンチになったでしょ？　またあんな目に遭いたいの？」

「うぐ……」

ミナの奴が嫌な事を思い出させる。

「ちゃんと体を休めて、このあたりの魔物についての情報を集めてから行くべきだわ」

「ミナの言う通り。情報収集は大事」

ちぇっ、お宝探しする気満々だったメグリまでミナ達の味方かよ。

「わーかったよ」

さすがに俺以外の全員が反対するんじゃ、無理に動く事は出来ねぇ。

ここは諦めて明日からにすっか。

そう思って地上に降りようとしたその時だった。

「キャアァァァァァッ!!」

突然空に誰かの悲鳴が響き渡ったんだ。

「な、何だ!?」

空のど真ん中で聞こえた悲鳴に、俺達は驚いて周囲を見回す。

「何？　今の悲鳴!?」

「空の上なのに女性の悲鳴が!?」

「……地上で誰かが襲われてる様子はない」

即座にメグリが地上を見て誰かが襲われていないか確認するが、何処にもそんな光景は無いと首を横に振る。

「じゃあ一体どこで……まさか!?」

俺は飛行魔法を全開にして、空に浮いている島に向かって飛んでいく。

「ちょ、ちょっと！　空に浮いている島に人がいる訳ないでしょ!?」

「けどそれ以外考えられねぇだろ！」

「も、もしかしたら、空を飛ぶ魔物が子供の餌にする為に人を攫ってきたのかも！」

「そ、そっか！」

「理由なんてどうでもいい！　とにかく急ぐぞ！」

そうだ、理由なんてどうでもいい。

大事なのは、誰かが襲われているって事だ！

誰かが襲われているのなら、助けに行ける俺達が助けに行かなくてどうする！

兄貴に助けられた俺達がよ！

「ジャイロ！　あの島！　何か動いてる！」

俺達の中で一番速く飛べるメグリが、空に浮いている島の一つを指さす。

「あれか！」

見ればすげー沢山の魔物が1ヶ所に集まってやがった。

動物の魔物や鳥の魔物やトカゲの魔物と盛りだくさんだ。

「あれだけの種類の魔物が一緒に行動してる!?」

「それよりも真ん中！」

メグリが指さしたのは、魔物の群れの真ん中だ。

そこには大きな羽の鳥の魔物に襲われている女の姿があった。

「ミナは援護を頼む！　メグリは俺とかく乱だ！　ノルブは怪我人の回復をしてくれ！」

「分かったわ！」

「任せて」

「はいっ！」

皆に指示を出した俺は、一直線に魔物の群れに向かって飛び込んでいく。

前に構えた剣に魔力を流し込むと、剣が炎に包まれる。

更に剣を包んだ炎が俺の体にまとわりつき、俺自身が一つの炎の流星になる。

「これぞ兄貴直伝の属性強化魔法！　シューティングフレイムだぁぁぁぁっ！」

魔物達の中にまっすぐ飛び込めば、俺の剣に貫かれた魔物達が苦しみの悲鳴を上げながら群れから押し出される。

「うらぁっ！」

更に突き刺した魔物ごと体を半回転させると、その勢いで剣が魔物の体を切り裂いて自由になる。

「グギャアアアッ!!」

俺の剣に体の半ばから焼き切られた魔物は、そのまま飛ぶ事も出来ずに空飛ぶ島の地面に向かって落ちていく。

「はぁっ!」

メグリが俺とは反対側の群れの中に飛び込み、魔物達の間をすり抜けるように移動しながら羽の付け根だけ切り裂いていく。

「ってかスゲェなアイツ」

さすがの俺も、あんな速度で羽の根元だけ切断するなんて無理だぜ。

「チェイスアイスアロー!」

俺達が飛び込んだ事で、魔物の包囲が崩れたのを見て、すかさずミナが魔法で魔物の羽をピンポイントで打ち抜く。

「今よノルブ!」

「はい!」

身体強化で防御力を増したノルブが、攻撃されるのも構わず襲われていた奴の所にたどり着く。

「助けに来ました!　怪我はありませんか!?　って、ええっ!?」

「どうしたノルブ!?」

襲われていた誰かを治療しようとしたノルブが驚きの声を上げた事で、俺達は嫌な予感に襲われる。

「まさか間に合わなかったの!?」

「い、いえ、そういう訳ではありません。ただ……」

「生きてるなら問題ねぇ！　治療はノルブに任せて俺達は敵を倒すぞ！」

そうだ、どのみち治療はノルブにしか出来ねぇんだ。俺達は俺達に出来る事をするだけだ！

俺は剣に纏わせた炎を強めると、また魔物の群れに向かって飛び込んでいく。

「へへっ！　俺に触れると火傷するぜぇ！」

実際、全身を炎に包まれた俺を攻撃してきた魔物達は、逆に俺の炎で燃やされて慌てて逃げ出す。

「けどホントにすげぇなこの属性強化ってヤツは。着てる服や装備が燃えないのに、敵だけ燃えるんだからよ」

兄貴は俺の無意識に反応して魔法が勝手に敵味方を識別してくれるって言ってたっけ。

「そらそらそらっ！　死にたくなけりゃさっさと逃げ出しな！」

俺は魔物達を追い散らす様に戦う。

ホントは全部倒しちまいたいんだが、今は人助けが優先だ。

ノルブの治療を邪魔させない様に魔物を追っ払うぜ！

「ほらほら！　もひとつチェイスアイスアロー！」

ミナはさっきからノルブ達を巻き込まない様に、氷属性の魔法で動きを封じて回っていた。

「ふっ！」

逆にメグリの方は、俺達が撃ち漏らした魔物を倒すのに専念していた。

周囲の魔物達の攻撃を掻い潜ってノルブ達を襲おうとしている魔物の首を、背後から一撃で刎ねる。

魔物は自分が攻撃された事に気付かないまま首が落ち、体だけが真っすぐ走っていく。

さすが兄貴曰く、風の属性強化はスピード特化って言うだけあるなぁ。

すげー速さだぜ。

「うわぁぁぁっ!?　首が！　首がない魔物が襲ってきたぁぁぁ！」

「きゃぁぁぁぁぁぁっ！」

あっ、首を切られた魔物の体がノルブ達の所に突っ込んだ。

「……ぷいっ」

おいメグリ、やっちまったーって顔した直後に、すぐ他の敵に向かうのはどうなんだ？

「大丈夫、死んでるから問題ない」

「いやまぁ、確かに襲われる心配はないけどよ……」

ともあれ、俺達の獅子奮迅の大活躍に恐れをなした魔物達は、圧倒的な不利を悟って慌てて逃げ出していきやがった。

「へっ！　楽勝だったぜ！　お前等、怪我はないか？」

念の為仲間に声をかけるも、誰も怪我をしている様子はなく、全員が大丈夫だと手を振ってくる。

「ノルブ、そっちはどうだ？」

「大丈夫です。怪我自体は大した事ありませんでしたから、僕の治癒魔法で何とかなりましたよ」

「おう！　さすがノルブだぜ！」

「ただ、それよりもですね……」

「どうしたんだよ？　何かあったのか？」

治療は間に合ったんだろ？　ああ、そういやさっき何か驚いてたな。

「そのですね、この人なんですが……いえ、説明するより見て貰った方が早いですね」

「見る？」

よく分かんねぇが、見れば分かるって事か。

俺達はノルブに促されるままに助けた女の方を見る。

へぇ、近くで見るとけっこう可愛いな。

俺達よりちょっと年下かな？　なんか服もドレスっぽいし、なんかお嬢様って感じだ。

それに背中には羽が生えてて、まるで天使みたいだな。

「……ん？　羽？」

もう一度その子をよく見る。

するとやっぱり背中には羽が生えていた。

ああ、メグリの言う通り羽だな。見間違いじゃないかー。

「……羽が、生えてる」

「って、羽ぇぇぇぇぇっ!?」

おいおいおい、羽って何だよ!?　羽って！　羽が生えた人間なんて見た事ねぇぞ!?

「お、おいミナ、お前何か知ってるか!?」

「わ、私も知らないわよ。羽が生えた人間なんて……」

うおお、ミナも知らねぇとかマジかよ!?

こんな時、レクスの兄貴だったら何か知ってそうなのによ！

「あ、あの……」

俺達が驚いてたら、羽の生えた女の子が立ち上がって話しかけて来た。

「お、おう！」

「助けて頂きありがとうございます。おかげで助かりました」

「え、あ、ああ……」

何を言われるのかと身構えた俺だったけど、その言葉は本当に普通の……礼の言葉だった。

「……へへっ、気にすんなって。怪我が無くて良かったな！」

「ってアンタ、なにあっさり受け入れてんのよ」

「おいおい、何ビビッてんだよ。単に背中に羽が生えてるだけじゃねーか」

「アンタだってビビッてたじゃないの！」

おっと、それは言わないで欲しいぜ。

「まぁ羽が生えてんのは驚いたけどよ、それを言ったら魔人だって羽が生えてたじゃねぇか！　ビビる事ぁねぇよ」

「そもそも魔人自体が驚いたり怖がったりする相手だと思うんだけど……」

「まぁそんな訳だから、気にすんなよお前等！」

それでもブツブツ言ってるミナをおいといて、俺は羽の生えた子に向き直る。

「俺の名前はジャイロ！　よろしくな！」

「ジャイロ様……素敵な名前ですね。私《わたくし》の名はコノートトレア・シグムンド・ロゼ・セラフィアムと申します。どうぞお気軽にコノートとお呼びください」

コノートって名乗った子は、スカートを広げて優雅にお辞儀をしてみせた。

うぉぉ……まるで物語のお姫様みたいだぜ。

「お、おう！　よろしくなコノート。俺の事も様なんてつけずに呼び捨てで良いぜ！　それにしても、スゲー長い名前だな！　まるでお姫様みたいだぜ！」

つっても、こんな所にお姫様なんている訳ねーよな！

「はい、仰る通り、私はセラフィアム国の王位継承者です」

「あーそうか、やっぱりなぁ……って」

「「「お姫様!?」」」

まさか本当にお姫様とは思わず、俺達は揃って驚きの声を上げた。

普段あんまり驚かないメグリまで目を丸くしてやがるぜ。

「つーか、ホントにお姫様だったのかよ……」

「ジャイロ様、お話ししたい事は沢山ありますが、それよりも今は急ぎこの空島から逃げるのが先決です」

コノートがお姫様だと分かって驚いていた俺達だったが、当のコノートは妙に落ち着かない様子でそんな事を言ってきた。

「逃げる？　誰かに追われてんのか？」

「魔物はもう追い払いましたよ？」

「いえ、そうではないのです。この空島には……」

とコノートが言葉を続けようとしたその時だった。

「グゥォォォォォォンッ!!」

空島中に響き渡ってるのかと思うくらいの雄叫びが轟いた。

「う、うぉっ!?　何だ今の？」

「いけない、主が来ます！」

「主!?」

「この島の魔物達を統べる王の事です。空島には稀に島を統率する主が居る事があるのです」

おおっ、何かヤバそうじゃね？　俺はかつて自分達が襲われたイーヴィルボアの事を思い出して冷や汗を流す。

「以前僕達を襲ったグレイウルフの群れみたいなものでしょうか？」

あー、兄貴の故郷に行く時に戦った奴等みたいなのか。

いやいや！　俺も成長したからな、今度あいつ等と戦ったら俺が勝つぜ！

「ジャイロ様、追いつかれる前に早く逃げましょう！」

「……いーや、もう遅いみたいだぜ」

「え？」

そう、逃げ出すにはちょっと遅かった。

「もう来てるぜ」

「グゥォォォォォォンッ!!」

そいつは大きなトカゲの魔物だった。

「……デケェな」

それも一見するとドラゴンと勘違いするくらいのデカさ。

つーか故郷の俺の家よりもデカいんじゃねぇの？

まぁ、兄貴が倒したカースドヴァイパーよりはちいせぇかな？

何より驚いたのは、そいつが魔物の癖に全身を鎧で覆っていた事だ。

「鎧を着た魔物!?」

「違う、アレは多分鱗」

驚くノルブに対してメグリが冷静に突っ込む。

「あー、確かにありゃ鎧ってーよりは鱗だな」

まるで鎧みたいに色んな所がデカくとんがったりしてるけど、確かによく見れば鎧じゃなくて鱗だった。

「羽が生えてないから、リザード系の魔物かしら？　……って、そんなのどっちでもいいわよっ！　それよりもアレがこの島の主なの？」

ミナがコノートに確認しようと振り返ると、コノートはボスを見てブルブルと震えていた。

「……メ、メイルドラゴン!?」

「メイルドラゴン？　おいおい、アイツマジでドラゴンなのか!?」

「い、いいえ、あの魔物はドラゴンではありません。ですがあの堅牢な鱗の鎧と両腕から伸びる鎌の様な爪で、接近戦ではドラゴンの如き強さを誇った事からドラゴンと呼ばれるようになったのです。しかも足が尋常でないほど速く、逃げてもすぐに追いつかれてしまいます」

コノートが震えながら、メイルドラゴンの事を説明してくれた。

ゆっくりと近づいて来るあの姿からは、特に速そうには見えねえんだけどなぁ。

「だったらその羽で逃げれば良いんじゃねぇの。飛べるんだろアンタ？」

ノルブが治療したから飛べないって事もねぇだろうし。

「メイルドラゴンは跳躍力も凄まじいのです。浮き上がった瞬間に首を切られて死んだ者は数知れません」

マジかよ。もしかしてかなりやべぇヤツなのか？

「飛んでいる時ならともかく、地上に降りてしまった私達ではもう逃げる事は叶いません」

コノートは完全に敗北ムードで、逃げても無駄だと諦めていた。

「グルルル……」

コノートの怯えが分かるのか、メイルドラゴンの野郎はもったいぶる様に近づいてきやがる。

「せっかく助けて頂いたというのに、巻き込んでしまって申し訳ありません」

コノートが心底すまなそうに謝ってくる。

「気にすんなって。謝ってもらう為に助けた訳じゃねーってーの」

俺はコノートの前に立って剣を構える。

コノートの言う通りにヤバいヤツだってんのなら、せめて全力で時間を稼がねぇとなぁ。

「俺達が時間を稼ぐから、お前は空に逃げろ」

「えっ？」

「ミナ、メグリ、ノルブ」

俺は仲間達の名前を呼ぶ。

「はいはい、援護するわよ」

「ん、右側は任された」

ミナは俺の後ろに、メグリは俺の横に出て武器を構える。

「防御魔法を掛けます。でもあまり過信しないでくださいねジャイロ君」

「サンキュー」

俺が戦う姿勢を見せた事で、メイルドラゴンは苛立たしげに目を細めると、体を低く沈み込ませ猫の様に腰を浮かせた。

「やっこさんもやる気だな」

そして次の瞬間、メイルドラゴンが巨体に似合わない速さで俺達に向かって襲い掛かって来た。

「ふっ！」

「ぬん！」

俺とメグリは身体強化魔法で全身を強化すると、メイルドラゴンの爪を受け流しながら左右に分かれる。

けっこう凄い衝撃だったけど、兄貴が教えてくれた身体強化魔法でなんとか耐えられたぜ！

「今だ飛べっ！」

「行くわよ！」

「えっ!?　あの!?」

俺が叫ぶと、ミナとノルブがコノートの手を取って空へと飛びあがる。

「えっ!?　えっ!?　貴女達羽が無いのに飛んで!?」

「いいから！　安全な高さまで逃げるわよ！」

その光景を見たメイルドラゴンは、俺達を無視してコノート達に向かって跳ね上がった。

「うぉ、滅茶苦茶飛ぶなアイツ。ミナッ！」

「任せて！　サンダーランス！」

コノート達に飛びかかって行ったメイルドラゴンにミナの魔法が突き刺さる。

「グギャアアアア!!」

「どれだけ高く速く飛べても、まっすぐ向かってくるのなら的でしかないわ！」

ミナの魔法に迎撃されたメイルドラゴンが落ちて来る。

「よっしゃ、決めるぜメグリ！」

「まかせて！」

戦って分かった。コイツ見た目は強そうだけど大した事ないぜ！

さっき攻撃を受けた時も、今までの戦いみたいな命の危険は感じなかったしな！

「先に行く」

メグリが風の属性強化魔法を発動させて、落ちて来るメイルドラゴンに向かって飛ぶ。

やっぱメグリは速《はえ》ぇな！

そして通り抜けざま2本の短剣を振るると、メイルドラゴンの右前脚と右後ろ脚が切り裂かれて吹っ飛んだ。

「ギュアアアアッ!?」

体の一部が切り取られた事で、メイルドラゴンが悲鳴を上げる。

「ジャイロ、コイツ結構硬いから気を付けて」

「関係ないぜっ！」

俺は属性強化魔法で纏った炎を噴出して空高く跳びあがる。

「喰らえ！　フレイムスラァァァァッシュ!!」

剣に炎が纏わりつき、刀身が真っ赤に染まる。

「どりゃあああああああっ!!」

炎を纏った剣はメイルドラゴンの鱗の鎧をものともせず、その鱗を溶かしながら体を切り裂いていく。

そして真っ二つに切り裂かれたメイルドラゴンの体が地面に叩きつけられると、俺はコノート達に向き直ってこう言ってやった。

「まぁこんなモンよ！」

へっ。この程度の敵、兄貴と一緒に戦っていた魔物に比べりゃ全然大した事ねぇぜ。

「う、嘘……メイルドラゴンをあんなにあっさりと……この島の主なのに……」

俺達がメイルドラゴンをあっさり倒すのを見たコノートは、驚きで目を丸くしていた。

へへっ、なんか照れくさいぜ。

「まっ、今まで戦った魔物に比べれば、コイツ全然大した事なかったな」

「ええっ!?　メ、メイルドラゴンが!?」

「おうよ！　兄貴と冒険を始めてまだ1年も経ってねぇけど、世の中にはマジですげぇのが一杯居るんだぜ！」

「メ、メイルドラゴンよりも恐ろしい魔物が……そんな恐ろしい魔物達と遭遇しながら貴方がたは生き延びてこられたのですか……」

「まぁな！」

つっても、全部兄貴のお陰だけどな！

「……」

と、急にコノートが難しい顔になって黙り込んじまった。

「ん？　どうしたんだよコノート？」

「……ジャイロ様」

「おう、何だ？」

「ジャイロ様に……皆様にお願いがございます！」

コノートが真剣な顔で俺達を見つめると、急に地面に座り込んで頭を下げてきた。

「お、おい、コノート!?」

「お願いですジャイロ様！　どうか我が国をお救い下さい！」

「救う？　国を？　俺が？」

「はい！」

今までにない真剣な表情でコノートはこう言った。

「森島を支配する大魔獣、バハムートを討伐して欲しいのです!!」

◆

「バ、バハムート……？」

「はい！　バハムートを討伐して欲しいのです！」

興奮気味のコノートがジャイロに顔を近づけながらとんでもない事を頼んでくる。

っていうか、近いわよ！

「ちょっ、ちょっと待ちなさいよ！　貴女……じゃなくて……」

いけないいけない、相手は自称でも姫だものね。

本当に貴族なのかどうかは分からないけど、背中から羽が生えている未知の種族だし、ここは穏便にいかないと……

「どうぞ私の事はコノートとお呼びください、ジャイロ様のお仲間の方」

なんかジャイロのおまけみたいで引っかかる言い方ね。

「コノート……様？　その、本気で言ってるんですか？」

「本気も本気です！　メイルドラゴンを難なく討伐する事の出来る皆様ならば、バハムートの討伐も出来ると確信したのです！」

「む、無理に決まってるでしょ！」

この馬鹿にそんな事出来る訳ないじゃない！

「おいおいミナ、何そんな怒ってんだ？　なんか知らねぇけど、魔物に迷惑してんだろ？　だったら何とかしてやんのが冒険者の使命ってヤツじゃね？」

と、そこでジャイロは私の耳元にこっそりと語り掛ける。

「それによ、コノートはさっきのメイルドラゴンとかいうのにビビってたんだぜ？　きっとバハムートとかいう魔物も大したもんじゃねぇって。昔サブ爺さんが酒に酔ってた時に遭ったゴブリンをオーガが出たーって大騒ぎしたじゃん、アレと同じだろ」

　コイツは……。まぁ言いたい事は分からないでもないけど。

　さっきのメイルドラゴンはそこそこ手ごわかったけど、ジャイロの言う通りコノートが怯える程の相手じゃなかった。

　けどそれでもバハムートって名前は、安易に依頼を引き受けていい相手じゃないわ。

「アンタね、分かってない様だから教えてあげるけど、バハムートってドラゴンの事よ？」

「へーそうなんだ……って、ん？」

　私の言葉を聞いたジャイロは、一瞬右から左に言葉が通り抜けそうになったけど、あれ？　という顔と共に首を傾げる。

「ドラゴン？」

「そうよドラゴン」

「それってレクスの兄貴が倒したアレ？」

「そうアレ。ただしレクスが討伐したドラゴンよりももっと格上のドラゴンよ」

「……マジかー」

　マジなのよ。

「バハムートっていうのは、嵐の王者と言われる伝説の大魔獣よ。風と雷を支配し、遥か空の彼方から地上の全てを破壊する存在と言われているわ。仮に実在するのなら、Ｓランクの魔物なのは確実よ」

「エ、Ｓランクの魔物かよ……」

ようやく状況を飲み込めたらしく、ジャイロの顔が引きつる。

「勘違いって可能性は?」

「仮に勘違いでも、ドラゴンなのは間違いないと思うわ。メイルドラゴンの事は、ドラゴンくらい強いって言ってたから、ドラゴンとは別の生き物と判断は出来てた訳だし。で、倒せると思う?」

「……無理かな?」

「無理でしょ」

っていうか、私達の実力でドラゴンに勝てるわけがないわよ。

ジャイロは唸りながら頭をかくと、ようやく観念したらしくコノートに向き直る。

「あーその、悪いんだけど、流石にドラゴンは無理だわ。兄貴ならやれるかも知んねぇけど、俺じゃあなぁ」

そうね、レクスならドラゴンでも楽勝で勝てるんでしょうけどねぇ。

「そのアニキという方ならバハムートを討伐する事が出来るのですか!?　その方はどこにいらっしゃるのですか!?」

けれどコノートはジャイロに無理ならレクスにと詰め寄る。だから近いってのよ。

「あー、悪ぃんだけど、俺達にも兄貴が今どこにいるのか分かんねぇんだわ」

「そう……ですか」

ようやく諦めたのか、コノートが溜息を吐きながら肩を落とす。

「バハムートさえ討伐出来れば、森島を解放する事が出来ると思ったのですが……」

「その森島ってのは何な……のですか？　理由も説明せずにいきなりバハムートを倒してくれと言われてもこちらも困るのですが」

あー、貴族相手は面倒臭いわねぇ。

「ああ、そういえばそうでした。申し訳ありません。皆様の強さについ我を忘れてしまいました」

「いやー、俺達が強いだなんて……まぁ強いんだけどな」

コノートに褒められたジャイロがさっそく調子に乗る。

あんまり調子に乗ると痛い目を見るわよ。

「うん、私達は強くなった……レクスに比べればまだまだだけど」

って、メグリまで一緒になってふざけて。

「それで、一体どのような理由で私達に協力を求めたのですか？　どこまで力になれるかは分かりませんが、神に仕える者としてできうる限りはご協力いたしましょう」

さすがにこのままだとまた脱線すると思ったのかノルブが話題を修正する。

こういう時まともな仲間が居るとありがたいわ。

「ありがとうございます。ええと……」

「私の事はノルブとお呼びください」

「ありがとうございますノルブ様」

とりあえず、落ち着いて会話をする為にも、このあたりで一度話題を区切った方が良いわね。

「そうね、ここらで一旦自己紹介といきましょうか。私はミナよ」

「私はメグリ」

「そして俺がパーティのリーダー、ジャイロだぜ！」

「ジャイロ様、ノルブ様、ミナ様、メグリ様ですね。改めまして、私はコノートレア・シグムンド・ロゼ・セラフィアムと申します」

全員の自己紹介が終わると、私から会話を再開する。

「それで、何でお姫様がこんなところで魔物に襲われていたんですか？　そのあたりも含めて説明してくださるんですよね？」

「そうですね、メイルドラゴンの危険もなくなりましたし、この場で詳しい話をさせて頂きたいと思います」

そう言うと、コノートは近くの岩に座って私達に事情を話し始めた。

「まず最初に、私達はこの空に浮かぶ空島で暮らす天空人という種族なのです」

「「「「天空人!?」」」」

「おいミナ、知ってるか？」

「聞いた事もないわよ、そんな種族」

お爺様の書斎にあった本にもそんな種族の名前は無かったわ。

魔物ならハーピーとか居るけど、あとは……魔人くらいかしら？　でもあいつ等とは羽の種類が違うのよね。

「初耳」

「僕も聞いた事がないですねぇ」

皆も天空人という種族については知らないか。

まぁ、成人するまで国外にでる機会が無かった私達が知らないのもしょうがないんだけど。

「皆さんがご存知ないのも無理のない話です。私達は地上のごく一部の人間達としか交流していませんから」

そう私達をフォローすると、コノートは話を続ける。

「私達は人が暮らす為の空島で暮らし、木々や獣が多い森島で多くの食料を確保していたのです。しかし数百年前、ある魔物によって森島が支配されてしまったのです。それが……」

「バハムートって事か」

ジャイロの言葉にコノートが無言で頷く。

「祖先達は森島を取り戻すべくバハムートに挑みましたが、誰一人として戻ってこなかったそうです。その後もバハムートを討伐するべく挑んだそうですが、あまりの被害の多さに、諦めたそうです。今では空島で小さな畑を作り、周囲の小さな空島で少ない食料を探すか、地上との交流で食料を得る生活となったそうです」

え？　ならもう心配ないんじゃないの？

「とはいえ、いつまでもそのような生活は出来ません。小さな空島で得られる食料は少ないですし、一度採取すると再び食料を採取出来る様になるまで時間がかかります。更に言えば地上との交流で得られる食料もそう多くはありませんので」

と、そこでコノートがキリッとした顔になる。

「ですから私は決意したのです。食料を得る事の出来る新たな空島を見つけようと！　お父様達は地上との交流を当てにして危険を冒してまで新たな空島を探す必要はないと仰っていましたが、常に十分な食料を得られる保証がない以上、やはり確実に食料を入手できる空島は必要と考えました。そこで私は、地上の冒険者と言う方々を雇って新しい空島の開拓をする事にしたのです」

　え？　冒険者を雇った？

「という事は、冒険者もこの空島に居るのですか？」

「そ、それは……」

　同じ疑問を抱いたらしいノルブに質問されると、コノートは言いにくそうに口籠る。

「地上に向かう最中に、たまたま見える位置に食材の生えていた空島を見つけたので、ちょっとだけ採取しようと寄ってみたんです。そうしたら意外に食材が多くて島の中に少しずつ深入りしてしまいまして……」

「「「あー」」」

　そのまま魔物の縄張りに入っちゃったって事ね。

　この娘、結構ポンコツかもしれないわ。

「でもなんで一人？　お姫様なのに護衛は居ないの？」

　と、今度はメグリがコノートに護衛が居ないのは何故かと質問する。

　そういえばそうね。お姫様なんだもの。護衛の騎士くらい居てもおかしくないというか、寧ろ居ないのが不自然よね？

「そ、それはですね、私の新しい空島を見つけて新たな食料の供給先を確保するべきだという意見が、お父様に却下された事が原因なんです。王であるお父様の許可が無ければ、大事な戦力である騎士を地上に連れていく事は出来ませんし、なにより騎士に頼むと私が地上の民の力を借りようとしている事がバレて大目玉を喰らってしまいますので」

「地上の人間の力を借りると何か問題があるの？」

「ええ、昔色々あって、お父様達は地上の人間を見下しているのです。だから地上の人間の力を借りるという考え自体が馬鹿な事と思われてしまうのです」

どうやら面倒な事情がありそうね。

これじゃあ私達が問題を解決しても報酬は期待できないんじゃないかしら？

「でもそれなら何でコノート様は冒険者に協力を頼もうと思ったのですか？　冒険者の力を借りたいと思ったと言う事は、貴女は違う考えなのでしょう？」

「あっ、はい。実は私、こっそり地上に降りては地上の町で遊……いえ、地上の民の暮らしぶりを観察していたんです」

「今遊んでって言いそうになったよな」

「これはおてんば娘の予感」

「天空人の護衛ザル過ぎない？」

「うぐぐ……」

やっぱりこの娘、ポンコツっぽいわねぇ。

「まぁまぁ、窮屈な生活をしているとハメを外したくなるものですから」

「その通りです！　ノルブ様もそうだったのですか？」

「……」

「ノルブ様？」

コノートをフォローしたノルブだったけど、自分に矛先が向いた瞬間目を逸らす。

まぁノルブも子供の頃はジャイロについて騒動を起こしてたものねぇ。

……どちらかというと、ジャイロに巻き込まれて、一緒に叱られてただけって感じだけど。

「ともかく、それでコノート様は他の天空人よりも私達に理解があったって事ね」

「はい！　地上で私は冒険者ギルドというモノを知りました。そして、大人達が子供達にある伝説の冒険者の物語を語り伝える光景に遭遇したのです！」

「「「伝説の冒険者？」」」

え？　誰それ？　冒険者で伝説になった人なんていたかしら？　冒険者ギルド創設の立役者、初代ギルド長の事かしら？

「その名も大剣士ライガードッ!!　数々の伝説を打ち立てた無双の英雄です！」

「「「あー」」」

分かった。コノートが聞いた物語って大剣士ライガードの冒険ね。

でも、ライガードの冒険って、どこまで本当か分かってないのよねぇ。

なかには本当の事もあったらしいんだけど、後から吟遊詩人とかがでっち上げた話もあるらしくて、大人達もあんまり真に受けるなって笑ってたものねぇ。

ほぼ間違いなく天空人の間じゃライガードの冒険は知られてないだろうから、地上で聞いた話をそのまま真に受けたんじゃないかしら。

「ええとね、コノート様。その話は……」

私はなんとかしてコノートの勘違いを正そうとしたんだけど、コノートはそれに気づかず興奮気味に声を張り上げる。

「地上人は私達の光で守らねば生きてゆけぬ弱き者達と聞き及んでいましたが、冒険者だけは例外であると私は知ったのです」

いやいや、冒険者なんて食い詰め者か一攫千金を夢見るならず者のあつまり……いや私はならず者じゃないけどね。

「そして私は見たのです！　ライガードの物語は真実であるという証拠を！」

「「「ええっ!?」」」

ライガードの物語の証拠!?　何それ!?

「一体何を見たんだよコノート!?」

さすがにそんな事を言われては、ジャイロも気になるらしく話に乗っかっていく。

そして次にコノートが口にしたのは、予想もしていない言葉だった。

「それは貴方ですジャイロ様！」

「お、俺!?」

まさかジャイロの名前が出て来るとは思わず、私達はどういう事かと困惑する。

「はい！　あのメイルドラゴンをも倒す圧倒的な強さ！　そして魔物に襲われていた私を、危険を顧みず助けにやって来る勇気と優しさ！　貴方様こそが、誇り高き冒険者である大剣士ライガードの存在を証明しているのです！」

「お、俺が大剣士ライガードの証明……っ!?」

「はい！　貴方様こそ、私の探し求めていた理想の冒険者様です！」

「俺が、理想の冒険者……いやいやそんなまさかなぁ？」

とか言いながら、ジャイロの顔がこれ以上ないくらいにだらしなくニヤけている。

この馬鹿完全にコノートの勘違いに引っかかってるわ。

「冒険者を探し求めていた私の前にジャイロ様が現れたのは、間違いなく運命です！　ジャイロ様、どうか私達をお救い下さい！」

あっ、駄目だこの流れ。

「ちょっと待……」

「おーっし！　俺に任せとけ！　バハムートでも何でもやっつけてやるぜ！」

あちゃー……言っちゃった。あの馬鹿！

こうなったらあの馬鹿、絶対コノートの依頼を撤回する事は無いわね。

一度決めた事は何が何でもやり遂げようとするから……

「……」

私はメグリ達に視線を送り、どうすると意見を求める。

「「……」」

ノルブもメグリも首を横に振って好きにさせればと言いたげだわ。

ノルブはさっき僧侶として、自分に出来る範囲なら力を貸すって言っちゃったもんね。

メグリはまぁ、報酬さえ出ればそれでいいってところみたいね。

「ジャイロ、レクス達と合流しなくていいの？」

私達がここに来た元々の目的はそれなんだからね。

「兄貴は家に帰れば会える！　けどよ、コノートを助ける事は今しか出来ねぇんだぜ！」

「ジャイロ様！」

はいはい、分かったわよ。

となるとあとは落としどころね。

「それじゃあお仕事としての話をしましょうか」

「お仕事ですか？」

手を叩きながら全員の注意を引くと、私は依頼の方針について相談する事にする。

「ええ、コノート様の頼みはバハムートを倒す事。でも本来の目的はバハムートの討伐ではなく、食料の豊富な空島の確保よね？」

「あっ、は、はい！　その通りです」

「バハムートを倒せばいいんじゃねぇのか？」

この馬鹿、さっきの話をすっかり忘れてるわね。

「バハムートが倒せない可能性があるって言ったでしょ？　だからまずこの空島の魔物を討伐して、食料をある程度確保できるようにする。コノート様が食材集めに夢中になったくらいだから、それなりには食材が期待できるでしょうしね」

「……その節はご迷惑をおかけしました」

うっかり島の奥まで入り込んで魔物に襲われた事を思い出したのか、コノートが顔を赤くして謝罪の言葉を口にする。

「だからまずこの空島の解放を依頼して貰うのはどうかしら？」

「空島の解放依頼……ですか？」

　コノートが何故そんな事をと首を傾げる。

　うーん、お姫様だけあって、こう、あざとい感じに可愛いわねぇ。

「実績作りですよ。いきなり私達がバハムートを退治しにきましたってコノート様のお父様であらせられる国王の下に行っても、信用されないでしょう」

「そ、それは……そうかもしれないですね」

　なにせ天空人は地上の人間を見下してるみたいだものね。

「だからこの島の魔物を討伐して、主であるメイルドラゴンの首を土産に持って帰れば、ある程度信用して貰えると思うのです」

「メイルドラゴンならもう倒したんだし、さっきの奴1匹でよくねぇか？」

　と、ジャイロが倒したメイルドラゴンを指さして言う。

「魔物も生き物よ。アレ1匹って事はないでしょ」

「そうですね、生き物ですから、つがいが居ると考えるのが妥当でしょう」

「それに他にもまだ魔物は居ると思う。全部倒しておかないと危ない」

　ノルブとメグリも私の意図に気付いてくれたみたいね。特にメグリの方。

「ん、まぁ、それもそうか……」

「という訳で、バハムートの討伐とは別で、この空島の解放を依頼されてはいかがでしょうか？」

　まぁ、それは半分口実なんだけどね。

本当の目的は、確実な報酬を得る事！

ジャイロが勝手にバハムート討伐なんて厄介事を引き受けちゃったけど、もし本物のバハムートなら討伐なんて不可能。骨折り損のくたびれもうけどころか命の危機よ！

それに冒険者ギルド経由の正式な依頼じゃないから、仮にコノートの言うバハムートが実は別の弱い魔物で私達の実力で倒せたとしても、地上に暮らす私達を見下している天空人達が素直に報酬を支払うとは思えない。

コノートはともかく、他の天空人達がね。

でもこの空島なら話は別。主であるメイルドラゴンは私達で倒せる相手だと分かったし、他の魔物はそれ以下の強さなのは確実。

そして天空人は食料を確保できる空島を欲している。

コノートの父親はそこまで重要視してないみたいだけど、ないよりはあった方が良いでしょうしね。

だから最悪この空島の解放だけでも確実に報酬を手に入れたい。

「分かりました。ミナ様のおっしゃる事はごもっともです。改めて、この空島の解放を依頼いたします」

意外にもコノートはあっさりと私の提案に乗ってきた。

このあたりは為政者の娘だからなのかしらね？

「とはいえ、私は姫といっても政治的な権限は何もありません。それ故に皆様に相応しい褒美を与える事は現状難しいと言わざるを得ません」

まぁ、そうでしょうね。

とりあえずこの場は正式に依頼をしてもらって、コノートの父親である王様から報酬を引き出すってのが妥当な所でしょうね。

「ご安心を。初めてのご依頼ですし、今回はお安くしておきますよ？　例えば報酬の不足分は討伐した魔物の素材の権利を全て我々が頂くなどどうでしょうか？」

「そう言って頂けると大変ありがたいです。ですがメイルドラゴンの首とこの規模の空島を解放してみせれば、お父様も十分な褒美を下さる事でしょう。手付けとしては足りないと思いますが、まずはこのネックレスで依頼を受けては頂けませんか？　これでもマジックアイテムですので」

「ええ、それで構いませ……って、マジックアイテム!?」

え!?　嘘!?　マジで!?

「はい、城の宝物庫から持ち出してきたものです」

そう言ってコノートが差し出したのは、きらびやかな宝石に彩られたネックレスだった。

ネックレスは黄金のプレートで出来ていて、中央には大きな宝石がはめ込まれている。

しかもその周囲には、小さいと言っても普通に考えると十分に大きい宝石が幾つもはめ込まれていた。

「こ、ここここ……これを？」

「ええ、城の宝物庫で埃をかぶっていたマジックアイテムです。地上で冒険者を雇う際の報酬として持ってきたもののひとつです」

「ひとつ!?　じゃあ……」

「ええ、ほかにも沢山ありますよ。我が国には地上の貨幣がありませんので、マジックアイテムで支払いをしようと思っていたんです。宝石もあるから、金銭的な価値もあるかなと思いまして」

き、金銭的な価値どころじゃないわよぉぉぉぉっ!?

思わず叫びそうになるのを堪えながら、私はゆっくりと息を整える。

ええと、よく考えるのよミナ。

コノートのお城にはこんなマジックアイテムがゴロゴロしてるの？

しかもコノートがこっそり持って来れる様なザルな警備で!?

……ヤバい、この依頼もしかしたらとんでもなく金になるかもしれない。

間違いなくコノートはこのネックレスの金銭的価値を理解していないわ。

しかもこれがマジックアイテムとなれば、単純な装飾品として以上の価値を持つのは間違いない。

「ミナ、この依頼受けるべき！」

メグリが鼻息を荒くしながら、依頼を受けるように圧力をかけて来る。

「このネックレス、どの宝石もとても質が良い。それにネックレス本体の装飾も相当腕のいい職人の仕事。このあたりの文字みたいな模様なんて、王宮に献上する品を作る職人でも作れるかどうか……」

「うおお……メグリが長文で喋るって事は、相当なお宝なんだな」

「ジャイロ君、流石にそれはメグリさんに失礼ですよ」

「落ち着きなさいメグリ」

私はメグリを諌めると、コノートに振り返る。

「ええとコノート様、これってどんなマジックアイテムなのですか？」

声が裏返りそうになるのを堪えながら、私はマジックアイテムの性能について質問してみる。

そう、いかに高価な品でも、ちゃんとどんな用途で使うマジックアイテムなのか確認しておかないとね。

「それが、分からないのです」

「分からない？」

「はい。宝物庫のマジックアイテムは用途も使い方も分からないものが多く、その為に宝物庫に放置されていたのです」

……成る程、そういう事だったのね。

とはいえ、それでも見た目から分かるくらいには貴重品なのは間違いないし、レクスなら使い方が分かるかもしれないわ。

「あのー……持ってきたと仰いましたけど、勝手に持ってきてしまって大丈夫なのですか？」

と、ノルブがマジックアイテムを勝手に持ち出してきた事を大丈夫なのかと確認する。

あっ、そう言えば宝物庫から勝手に持ち出したんだっけ。

「ご心配には及びません。どうせ使い方が分からないからと長年放置されていた品です。今更一つや二つ無くなった所でなんの問題もありませんよ」

ええっ!?　それはそれで問題がある様な気が……

「それに昔から、ちょこちょこ宝物庫の品を地上の活動資金として売っていましたし……」

常習犯だった！

「まぁほら、私はこれでも天空王の一人娘ですので、王の物は次期女王の私の物ですよ」

……うん、この子かなり良い性格してるわ。

これはちょっと考え直した方がいいんじゃ……

「おっし、話は決まったな。そんじゃこの空島の魔物を狩りまくるぜ！」

「はいっ、よろしくお願いいたしますジャイロ様！」

「えっ!?　ちょ、ちょっと待って！　まだ話は」

「さっさと狩りまくって、バハムートをぶっ飛ばしてやるぜー！」

「頑張ってくださいジャイロ様！」

そう言うや否や、ジャイロは残りの魔物を狩る為に飛び出して行ってしまった。

「ちょっ、まだ話は終わって……」

「いやー、もう遅いと思いますよ。と言うか早くジャイロ君を追った方が良いかと」

「そうそう、もう報酬は貰っちゃったし」

「えっ？」

見ればメグリの手にはさっきのネックレスが握られていた。

「って、何勝手に報酬受け取っちゃってるのよー！」

それじゃあもう依頼を断れないじゃないのーっ！

「どのみちジャイロは受ける気満々。だったら報酬を貰った方が得」

「だからその報酬が……」

「おりゃー！　くたばりやがれー！」

なんて言っている間にも、ジャイロが魔物と戦う音が聞こえて来る。

「……仕方ない。一旦受け取って、後でじっくり話し合う事にするわ」

「無駄な努力になると思う」

「メグリッ！」

「じゃあ私も行ってくる！」

と、メグリが逃げるようにジャイロ達の後を追っていく。

「僕達も行きましょう。この空島を解放してからでないと、話を出来そうもないですから」

「もーっ！　後でお説教だからねあの馬鹿！」

第65話　師弟合流

「あの馬鹿娘がぁぁぁぁぁっ！」

なんと宝物庫にある筈のマジックアイテムは天空王の娘であるコノートレア王女によって持ち出されていたんだ。

「実はマジックアイテムってほんの数個しかなかったとか？」

絶叫している天空王を放って、リリエラさんはカームさん達に質問する。

確かに、宝物庫の中は空っぽだもんねぇ。

「いえ、この部屋に所狭しと飾ってあったはずです。騎士団長に任命された際、私が使う装備を持ち出す為に陛下の許可を得て宝物庫に入った事があります」

「じゃあどうやってそれだけのマジックアイテムを持ち出したのかしら？」

「宝物庫には、森島から収穫した食料を持ち運ぶ為の魔法の袋がありました。今は森島がバハムートに制圧されている為、あまり使う機会が無かったのですが、恐らく姫はそれを使って宝物庫の宝を持ち出したのだと思います」

「でも一体何のために……？」

「姫は食料の調達の為にもっと多くの空島の開拓をするべきだと仰っていましたから、その為に持ち出したのかと」

なかなか行動的なお姫様だなぁ。

「しかし使い道の分からないマジックアイテムを何の為に持ち出したのやら……」

そのあたりの動機はカームさん達にも分かんないみたいだね。

ともあれそれはこの人達の事情だ。

「これじゃあ報酬どころじゃないし、リリエラさん帰りましょうか」

「え？　良いの？」

リリエラさんが天空王を放っておいていいのかと言いたげな目で見て来るけれど……

「宝物庫がこの状況ですから、報酬は期待できませんし、天空王がアレじゃあ、交渉どころじゃないでしょう」

今の天空王は、お姫様がマジックアイテムを持ち出した事に激怒していて、とても会話が出来そうな状況じゃない。

「お待ちくださいレクス殿！　どうか！　どうか我等と共にバハムートと戦ってください！」

カームさん達が帰ろうとした僕を逃がすまいと縋りついて来る。

「えっ!?　恐るべき魔物ってバハムートの事だったの？」

「バ、バハムートォ!?　で、伝説の魔物の名前じゃない！」

「え？　伝説？」

バハムートの名前を聞いて、リリエラさんが目を丸くして驚く。

いやいや、確かにバハムートはそこそこ強いけど、伝説の魔物ってほどじゃあ……

と、その時だった。

「お父様！　お話があります！」

突然目の前のドアが開け放たれたと思ったら、一人の女の子が飛び込んで来たんだ。

「ぬ？　……っ!?　コノートレアか！」

え？　この子が宝物庫のマジックアイテムを持ち出したお姫様？

「勝手に宝物庫のマジックアイテムを持ち出すなど、何のつもりだ！」

天空王はカンカンになってコノートレア姫を叱る。

「そんな事より提案したい事があります、お父様！」

「そ、そんな事!?」

宝物庫の中身を根こそぎ持ち出したのをそんな事呼ばわりされて、天空王が言葉を失う。

なかなか凄い子だなぁ。

「森島を解放する為に、地上より冒険者を雇ってバハムートを討伐するのです！」

へぇ、わざわざ地上から冒険者を雇うなんて、この子は天空人としては面白い考えをする子だね。

でもどうやって連れて来るんだろう？　もしかして一人ずつ抱えて運んでくるつもりなのかな？

「地上の人間だと!?　連中など我等が守らねば生きてゆけぬ脆弱な存在ではないか！」

けど地上の人間を見下している天空王はそれを馬鹿な事と切って捨てる。

天空人にとって地上の人間は、町との契約の事もあって自分達が守ってやらないと生きていけない弱い生き物と思われているからねぇ。

「それは違います！　地上の民でも冒険者と呼ばれる者達は凄まじい力を持っているのです！　こ

れがその証拠です！」

そう言ってコノートレア姫は、懐から出した小さな袋の中から魔物の頭を引っ張りだした。

魔物の頭はとても大きく、取りだした瞬間に重さに負けて落としてしまう程だった。

へぇ、あれは魔法の袋みたいだけど、宝物庫から持ち出した品かな？

「こっ、これは!?　メイルドラゴン!?」

取りだした魔物の頭を見た瞬間、天空王が驚きの声をあげる。

「はい、メイルドラゴンの頭です。地上の冒険者が、私の目の前で瞬く間に倒してしまったのです！」

「な、なんだと!?」

へぇ、これはメイルドラゴンじゃないか。鱗の鎧を纏った巨体で速そうには見えないんだけど、その実体は筋肉の塊で、一瞬で距離を詰めて襲い掛かってくるんだ。純粋な戦闘能力自体はそれほどでもないけど、強さの割に距離を詰める速度はなかなかのものだから、まだ戦い慣れていない新人の登竜門と言われている魔物なんだよね。

「し、信じられん！　メイルドラゴンを倒せる者が居るとは！」

いやいや、メイルドラゴンは慣れた冒険者さん達なら十分倒せる魔物だよ。

「しかもその方々はメイルドラゴンだけでなく、瞬く間に一つの空島を解放してみせたのです！」

「な、なんだと!?」

「ご紹介します！　この方が私の命を救い、メイルドラゴンを瞬く間に討伐してみせたお方！　ジャイロ様とその仲間達ですっ！」

「おう！　俺がジャイロだぜ！　こっちが俺の仲間な」

「ちょっと、誰が仲間達よ！」

「私は報酬さえ貰えれば、宝石希望」

「あはは、初めまして、ノルブです」

……え？

コノート姫の紹介と共に入ってきた人を見た僕は、思わず声をあげてしまう。

「ジャイロ君!?」

何でジャイロ君がここに!?

「え？　兄貴!?　なんで兄貴がここに？」

「いや、僕はこの人達にバハムート退治を頼まれて」

「兄貴もかよ！」

「え？　じゃあジャイロ君も!?」

「ああ！　こっちのコノートに頼まれてさ、バハムートを倒しに来たんだぜ」

驚いた、まさかジャイロ君までこの事件に巻き込まれていたなんて……しかもお姫様に頼まれるなんて凄いなぁ。

「あの、ジャイロ様、もしかしてこの方が？」

コノートと呼ばれた女の子がジャイロ君に話しかける。

「ああ、この人が俺の師匠の兄貴だぜ！」

「まぁ！　この方があのバハムートをも打倒しうる凄腕冒険者のアニキ様なのですね！」

コノートさんは僕の前に立つと、スカートを摘まみ優雅にお辞儀をしながら挨拶をしてくる。

「初めましてアニキ様。私は天空王が娘、第一王女コノートレア・シグムンド・ロゼ・セラフィアムと申します。お見知りおきのほどを」

「初めましてコノートレア王女。僕はレクスと申します。こちらは僕の仲間のリリエラさんです」

「あっ、初めましてリリエラです」

「初めましてリリエラ様。ところであの、レクス様？　貴方はアニキ様ではないのですか？」

「え？」

「え？」

今のどういう事？　アニキ様？

「……あっ、そう言う事か！　違う違うコノート、俺がこの人を兄貴と慕ってるって事だよ。名前じゃねぇよ」

「……えっ、そうだったのですか!?」

ジャイロ君に訂正されて、コノートさんが顔を真っ赤に染めて恥ずかしがる。

ああ、そういう事ね。ジャイロ君の口癖を僕の名前と勘違いしてたんだ。

「けど、兄貴も一緒に戦ってくれるなら、バハムートも怖くねぇぜ！」

「え？　いや僕はバハムートと戦う気はないけど？」

「……へ？」

「報酬のアテもなくなっちゃったしね」

「で、でもよ、コノートがこの国の人がすげー困ってるって言ってたんだぜ!?」

ジャイロ君は僕が依頼を受けないと聞いて、困惑する。

「うん、森島がバハムートに占拠されてるって話だよね」

「知ってるなら何でやらないんだよ!?」

ジャイロ君は本気で僕が依頼を受けない事が不思議みたいだね。

「とりあえず現状、この天空島の畑と地上との交流で食料は確保できているから、絶対必要って訳じゃないみたいだからかな」

「あの、報酬が無いとはどういう事でしょうか？　決して裕福な国とは言えませんが、国の将来に関わる程の依頼ならば、相応の報酬は用意できると思うのですが……」

と、そこにコノートさんが不思議そうな顔で加わって来る。

うーん、騒動の張本人であるこの人に直接言うのは気まずいなぁ。

「それは報酬のマジックアイテムをお前が勝手に持ち出したからだぁぁぁぁぁぁ！」

と思ったら、天空王が僕の代わりに事情を説明してくれた。

……説明したって言って良いのかなぁ、これ。単に怒ってるだけとも言えるんだけど。

「まぁ、そうだったのですね。少々お待ちください」

激怒する天空王を華麗にスルーすると、コノートレア姫は宝物庫の棚に魔法の袋からとりだしたマジックアイテムを次々と置いてゆく。

「どうぞ！　これが我が国自慢の使い道の分からないマジックアイテムです！」

あっ、言っちゃうんだソレ。

「やったな兄貴、これで報酬の心配もないぜ！」

「うーん」

けどなぁ、なんと言うか気分が途切れちゃったんだよねぇ。

「ん？　どうしたんだよ兄貴？　まだなんかあるのかよ？」

僕の気分が乗らない事を察して、ジャイロ君が理由を聞いて来る。

「私達、この人達に３回襲われたのよ」

「リリエラの姐さん？」

と、そこでリリエラさんが僕に代わって説明をしてくれた。

「私達に敵意が無いって何度も説明したのに、この人達はさんざん襲ってきたの。だから流石のレクスさんもへそを曲げちゃったのよ」

「「「うっ」」」

痛い所を突かれて、天空王達がうめき声を上げる。

「おいおい、マジかよ」

「どういう事ですかお父様！　ジャイロ様はメイルドラゴンを難なく倒す程の腕前の持ち主！　そのお師匠様に三度も襲い掛かっただなんて！」

「そ、その、色々あったのだ！」

「「その通りでございます！」」

いや特に色々は無く勘違いで襲われたんだけどね。

「勝手にスパイと勘違いして襲われただけよ」

「お父様!?」

「「「ううう……」」」

さっきまでコノートレア姫を怒鳴りつけていた天空王がタジタジになっている。

あと何故か一緒にカームさん達も縮こまっていた。

「レクス様、リリエラ様、お父様達が本当に申し訳ありませんでした」

コノートレア姫は申し訳なさそうに言うと、深々と頭を下げて謝罪してきた。

「コ、コノートレア!? 地上人に頭を下げるなど!?」

「あっさり返り討ちにあったお父様は黙っていてください！」

「は、はい……くっ、すっかり亡き妻に似おって」

すっかり腰が引けた天空王がすごすごと引き下がる。

天空王、さっきまで上から目線だったのに、昔は奥さんの尻に敷かれていたのかな？

「……いえ、貴女が謝る必要はありませんよ、コノートレア姫」

とはいえ、コノートレア姫とはなんの確執もないからね。

「ありがとうございますレクス様。ただこれだけは信じて欲しいのです。お父様達のように地上の方を見下す者は確かに居ますが、全ての民が地上の方々を見下しているわけではない事を」

「……分かりました」

「よっし！ これで解決だな！ 一緒に戦おうぜ兄貴！」

「うーん、それなんだけど、やっぱり僕は依頼を受けるのを辞めようかと思ってるんだよね」

「はぁっ!? 何でだよ!? 報酬のマジックアイテムもあるし、コノートが王様達を叱ってくれたじゃねぇか!?」

ジャイロ君は僕が依頼を受けるのを辞めると聞くと、どうしてだと食い下がってくる。

「今回は色々とトラブルが重なったからね。だから今回は依頼を受けない方が良いと思ったんだ」

うん、流石にこれだけトラブルが多いとね。

この後も何かしらのトラブルが起きそうな気がしてくるからさ。

「そうねぇ、依頼人の方に原因があるトラブルって、後々まで尾を引くのよね」

僕の方針に、リリエラさんも賛成の様だ。

まぁ、リリエラさんも僕と一緒にさんざん襲われたからね。怒るのも無理はないよ。

「ならば、私からの依頼ではどうですか？」

そしたら、コノートトレア姫がそんな提案をしてきた。

「レクス様達に失礼を働いたお父様ではなく、時期女王である私からの新規の依頼です。これならお父様との確執も多少は緩和すると思うのですが」

うーん、今度はお姫様からかぁ。でもなぁ……

「頼むぜ兄貴！　コノートの力になってやってくれよ！」

と、再びジャイロ君が僕に頼み込んでくる。

「兄貴の気持ちは分かるよ。俺だって何度も襲われたらふざけんなってなるに決まってる！　けどコノートは本気なんだ！　コイツは本気で皆の為に自分の故郷を救おうとしてるんだ！」

「ジャイロ君……」

「レクス様、ジャイロ様のおっしゃる通りです。我が国は地上との交流で今は何とかなっていますが、それは交流が順調な今だけの話です。次に新たな問題が発生すれば、その途端に全ては崩壊してしまいかねない程に危うい状況であるとお父様は分かっていないのです！」

確かにね。僕達がこの国に来た時点でさえ、カームさん達の羽は耐用年数ギリギリどころかぶっちぎりで過ぎてて、いつ壊れてもおかしくない状況だった。

僕達が来なかったら、いずれ地上に降りる事が出来なくなって食料事情は崩壊していた筈だ。

それに地上の人達が何時までも天空人を相手に奉納の儀式を続けるとも限らない。

誰かが悪い考えを巡らせて、天空人に危害を加えたらそれで終わりになってしまうからね。

「なぁ兄貴、兄貴は俺達を助けてくれたじゃねぇか。初めて会った時に生意気な事を言った俺達を、兄貴は助けてくれた！」

「生意気な事を言ったのはアンタだけだけどね」

「……生意気な事を言った俺を、兄貴は助けてくれたじゃねぇか！」

あっ、言いなおした。

「俺は感動したんだ！　困っている人間が居たら、損得なしで助けてくれた兄貴の漢気を！　その変な恰好をしたおっさんがむかつくのはしょうがねぇ！」

「変な恰好をしたおっさん!?」

あっ、天空王がショックを受けてる。まぁ今の時代の人が見たら古いデザインの服だからなぁ。

「けどよ、コノートの事は信じて欲しいんだ！　コイツは、俺達冒険者を！　ライガードを尊敬しているんだよ！」

「何だって!?」

ライガードを!?

「「「そこに反応するの!?」」」

「そうさ兄貴！　コノートはライガードの冒険を聞いて、俺達冒険者に力を貸して欲しいって思って地上に行こうとしていたんだ！　コイツは、本気で俺達の力を求めていたんだよ！」

「それを早く言ってよジャイロ君！」

なんてことだろう。コノートレア姫は、ライガードの冒険に心打たれて僕達冒険者に協力を求めてきたんだ。

危なかった。もう少しで僕は前世の僕の貴族嫌いの所為で、冒険者に助けを求める人をないがしろにしてしまう所だった！

そんな事をしたらライガードに、ううん、全ての冒険者さん達に申し訳が立たないじゃないか！

「話は分かったよジャイロ君」

「兄貴!?」

「コノートレア姫が僕達冒険者の力を心から求めて救いを求めて来たのなら、僕は、その気持ちに全力で応えるよ！」

「兄貴っ!!」

「レクス様っ！」

「ありがとうジャイロ君！　君が教えてくれたおかげで、僕は大事な事を忘れずに済んだよ！」

「何を言ってるんだよ兄貴！　感謝するのは俺達の方だぜ！」

「はい！　本当に！　本当にありがとうございますレクス様！　ジャイロ様！」

僕達はガッチリと肩を組んで、互いの友情を確かめ合う。

ああ、まるで大剣士ライガードの冒険の物語の一つ、裏切りの連続で人を信じる心を失いかけたライガードが、仲間の命を懸けた説得で信じる心を取り戻す感動のエピソードの様じゃないか！

「ええと……これでいいわけ？」

「なんだかよく分からないうちに話が纏まってしまいましたねぇ」

「終わりよければすべて良し」

「いやいや、まだ終わってないから。まだ依頼は始まってても居ないわよ」

ああ、信じあえる仲間が居るって良いなぁ！

冒険者になって、本当に良かったよ！

「はぁ……私はあんな風に馬鹿になれないから、ああいう手段でレクスさんを説得できる彼がちょっと羨ましいわね」

「落ち着いてリリエラ！　アレは羨ましがっちゃいけない奴等よ！」

◆

「ではレクス様。報酬としてお好きなマジックアイテムをお選びください」

改めてコノートトレア姫に促され、僕は宝物庫に並べられたマジックアイテムを眺める。

部屋中にこれだけのマジックアイテムが並べられているのはなかなか壮観だ。

なにせ半分以上のマジックアイテムが、豪奢な装飾品の形をしていたからだ。

場所が場所なら宝飾店と言われても違和感はない程に。

それらの品を見て僕は一つ気付いた事があった。

「あっ、コレ駄目だ」

僕の言葉の意味が分からなかったコノート姫が首を傾げる。

「え？」

「あの、駄目とは一体……？」

「どうしたのレクスさん？　何か問題があったの？」

リリエラさん達も何事かとやって来る。

「ええ、ここに置いてあるマジックアイテムにはちょっとやっかいな問題がありまして」

「もしかして壊れてるの？」

だったらまだマシだったんだけどね。

「いえ、壊れてはいません」

「壊れてないなら問題ないいんじゃないの？　何が駄目な訳？」

「ここに置いてあるマジックアイテムなんですが……」

天空王達も一体何が問題だったのかと僕を見つめて来る。

「全部使用者に悪影響を与える危険な品ですね」

「き、危険とは一体どういう意味ですか!?」

コノートレア姫が困惑した様子でマジックアイテムの何が危険なのかと聞いて来る。

「これ等の品を使うと、使用者の命に関わります」

「い、命に!?」

「それって呪いのアイテムって事じゃねーの!?」

「「「「「呪いのアイテムっっ!?」」」」」

ジャイロ君の言葉に、皆が慌ててマジックアイテムから離れる。

「ちょ、ちょっと待って。ねぇレクス、コノートト姫から貰ったこれってもしかして……」

ミナさんが恐る恐る差し出してきたネックレス型のマジックアイテムを僕は観察する。

「あっ、これ使うと死にますね」

「死ぃっ!?」

驚いたミナさんがネックレスを宙に放り投げてしまったので、落とさない様に受け止める。

「ととっ」

「レクス！　それ触ったらまずいんじゃないの!?」

慌てて逃げ出したミナさんが怯えた表情で聞いてきた。

「大丈夫ですよ。使わなければ命の危険はありませんから」

「そ、そうなんだ」

ほっとした表情になるミナさん。

「あの、それではこれらのマジックアイテムは報酬としての価値が無いと言う事でしょうか?」

コノートレア姫が不安そうに聞いてくる。

そっか、マジックアイテムが報酬として使えないとなると、コノートレア姫達も困るもんね。

「そうですね、分解して部品として使えば、それなりの価値にはなるかと。ただ純粋なマジックアイテムとして使うのは止めた方が良いですね」

中には結構役に立ちそうな部品もあるかもしれないからね。

「そ、そうですか」

マジックアイテムが報酬で使えると聞いて、コノートレア姫がほっとした表情になる。

「ただ、中には明らかに質が悪くて、分解しても使えそうにないマジックアイテムもあります。これらの品はどうしましょうか？　起動させなければ大丈夫なので、宝物庫に飾っておきますか？」

「そんな危険物飾っておけるか！　すぐに処分しろ！」

価値があるかもしれないと思っていたマジックアイテムがただの危険物と分かって、天空王が興奮のあまり顔を赤くしながら叫んでいる。

「なら森島で魔物を退治する時に使いましょう」

「え？　でも使うと死ぬんでしょ？」

リリエラさんが不安そうな目で手にしたネックレスを見つめる。

「普通に使わなければ大丈夫ですよ」

「ふ、普通じゃない使い方ってどんな使い方なの……？」

ちょっと想定外の事が起きたけど、とりあえず報酬に関しては何とかなりそうだね。

ついでに処分決定になった危険なマジックアイテムも、森島の攻略に使えそうで良かった。

ただ壊すだけだともったいないからね。

これで問題は全部解決したかと思ったその時に、ミナさんがあっと声をあげた。

「あ、あれ？　ちょっと待って、ここにあるマジックアイテムが使い物にならないって事は、もしかして私達報酬無し？」

「え？　どういう事？」

事情を聞くと、ジャイロ君達は食料の確保が可能な空島を解放した報酬の前金として、このマジックアイテムを貰ったらしい。

でもそのマジックアイテムは使用者が死んでしまうような危険な品だった訳で、とても報酬として受け取れる様なものじゃなかったと……。

「報酬無しはシャレにならないわよぉー……」

「宝石が沢山ついてるのに……レクス！　この宝石外せない!?」

メグリさんが切羽詰まった様子で、僕にマジックアイテムの解体を頼み込んでくる。

「そうですねぇ、上手く分解すれば何とか……」

「『それで良いから！』」

僕が分解できると答えると、ミナさんとメグリさんが大きな溜息を吐いてへたり込む。

「はー良かった、無報酬にはならずに済んだわ」

「ネックレスが駄目なのは残念だったけど、宝石だけでも手に入って良かった……」

ええと、とりあえずこれで無事解決かな？

「それでは森島の討伐計画を練りに参りましょうかレクス殿！」

めぼしいマジックアイテムの鑑定を終えた僕の下に、カームさんがやって来る。

「あの、それなんですが、ちょっと提案が」

「はい、何でしょうか？」

「バハムートの討伐に向かう前に、一度騎士団の皆さんの訓練風景を見せて貰えませんか？」

「我々の訓練をですか？　それはまぁ構いませんが……」

カームさんは僕の意図が分からず、首を傾げる。

うん、ちょっと気になるからね。

◆

「それでは訓練始めっ!!」

「「「「おうっ！！！」」」」

カームさんの号令を受けて、騎士達が一斉に訓練を開始する。

訓練に参加しているのは、カームさん達だけでなく、近衛騎士団も一緒だ。

なんでも近衛騎士団と一般の騎士団の訓練内容は同じらしく、単純に訓練で強い人が近衛騎士団に入るらしい。

騎士達は腹筋や腕立て伏せと言った基本的な運動を終えると、右手に槍代わりの棒を、左手に盾を持って模擬戦を始める。

こうしてみると普通に騎士団の訓練風景と言った感じだ。

なんだけど……

「どうですかレクス殿。我が騎士団の訓練は！」

「ええと、そうですね」

なんと言うか、普通過ぎだ。

運動をしているから、基礎的な肉体作りは出来ている。

模擬戦を行う事で最低限の体の動かし方も学べてはいる。

でもそれだけだった。

彼等の戦い方には先達が長い時間をかけて戦ってきた、実戦のコツというモノが無かったんだ。

けどこれは言って伝わるものじゃない。

「ジャイロ君」

「おう！　何だい兄貴！」

僕は一緒に来ていたジャイロ君に声をかける。

「ちょっと騎士団の人達と模擬戦をして欲しいんだ。強化魔法無しで」

「いいぜ！　あの光景を見てたら俺も体を動かしたくなってきたからよ！」

「カームさん、そう言う事ですので、どなたか騎士団の方を彼と戦わせてはくれませんか？」

「ええ、構いませんよ。では僭越ながら私がお相手致しましょう！」

騎士団の誰かを戦わせると思ったら、まさかのカームさんが出てきた。

カームさんは他の騎士達と同じく槍代わりの棒と盾を、ジャイロ君は訓練用の木剣を1本だ。

「ジャイロ様頑張ってくださいませー！」

コノートレア王女がジャイロ君を応援する。

「って、あれ？　コノートレア姫、いつの間に？」

「侍女からジャイロ様が試合をすると聞いたので、急いでやってきたのです！」

見ればコノートレア王女の背中には、飛行用のマジックアイテムである羽がついていた。

ああ、文字通り飛んできたわけだね。

「それじゃあ勝負はじめ！」

「とぉうっ！」

開始と同時に盾を構えたカームさんが棒を持って飛び込む。

「甘いぜ！」

けれどジャイロ君はカームさんの棒を紙一重で躱しながら足元に滑り込む。

「ぬっ!?」

カームさんが下に視線を送るけど、そこには誰も居ない。

既にジャイロ君はカームさんの後ろに回り込み、そっとカームさんの首筋に木剣を当てていた。

「なっ!?」

カームさんだけでなく、戦いを見ていた騎士団の皆も驚きで声を詰まらせる。

「団長が一瞬で背中を取られたぞ!?」

「なんて早業だ!?」

「キャーッ！　ジャイロ様素敵ーっ！」

騎士団の皆は驚いているけれど、リリエラさん達は平然としたものだった。

というのも、ジャイロ君の戦い方は実はそれほど特別な物じゃなかったからだ。

カームさんは棒を突く事で体が伸び、視線もジャイロ君に注がれていた。

その状態でジャイロ君はカームさんの足元に滑り込んで後ろに回り込んだんだけど、その際にジャイロ君はカームさんの盾の下を回り込んだんだよね。

こうする事によって、カームさんは自分の盾でジャイロ君を見失ってしまったんだ。

「くっ！　もう一本！」

「おうっ!!」

「頑張ってくださいジャイロ様ーっ！」

それにしても、家臣であるカームさんを応援しなくて良いんですかコノートレア王女？

なんて考えている間に、二戦目が始まった。

今度のカームさんは小刻みに突きを繰り返し、ジャイロ君を寄せつけない様にしている。

「へっ、やるな！　ならっ！」

ジャイロ君は後ろに下がりながら突き出された棒に向かって、上から木剣を叩きつける。

まさかそんな事をされるとは思わなかったカームさんは、叩きつけられた棒に引っ張られて体勢が崩れてしまう。

「よっと！」

ジャイロ君はその隙を見逃さず、棒を掴むと自分の方に向かって引き込み、その所為で更にバランスを崩したカームさんへと木剣を突き出した。

「ぐぉっ！」

「団長がこうも簡単に!?」

「何者なんだあの小僧は!?」

「キャーッ！　たまりませんわジャイロ様ぁーっ!!」

二度もカームさんが負けた事で、騎士団の人達が激しく動揺する。

コノートレア王女だけは大喜びだけど。

「俺が誰かって？　なら教えてやるぜ！　俺の名はジャイロ！　レクスの兄貴の一番弟子ジャイロだぜっ！」

って何言ってるのジャイロ君!?

「はわわ……かっこ良過ぎますわジャイロ様……」

「弟子だって!?　ではそれ以上の使い手が他にも居ると言うのか!?」

「おうよ！　こちらにおられるお方が、俺達の師匠のレクス兄貴だぜ！」

と、調子に乗ったジャイロ君が仰々しく僕に手をかざす。

「あれが師匠？　あの少年と大差ない年ごろじゃないか？」

「馬鹿っ、彼が例の騎士団と近衛騎士団を纏めて返り討ちにしたマジックアイテム技師だ！」

「ええ!?　あの少年が!?　っていうかなんで技師がそんなに強いんだ!?」

ああほら、騎士団の人達が妙な感じに騒ぎ始めちゃってるよ。

「人は見た目では判断できんと言う事か。きっとすさまじい達人の下で修業を積んで来たのだろうな……」

「いえいえ、そんな事は無いですよ？　僕なんて本物の達人達にとっては、ようやく一人前になるかならないか程度の腕前なんですから」

「なんだとっ!?」

「信じられん、団長を赤子扱いした少年の師匠がその程度の扱いだと!?」

「近衛騎士団を歯牙にもかけなかった実力者をしてそこまで言わせるとは、地上の実力者達はどれ程の強さなのだ!?」

ははは、僕の師匠達は皆凄いですよ？

「待て待て、地上人は我々の庇護がなければ魔物に滅ぼされる程の弱さなのだぞ？　そんな実力者が居るわけが……」

「居るじゃないか、騎士団と近衛騎士団を倒した本人が目の前に」

「そ、そうだった……だがならばなぜそこまで実力にズレがあるのだ……？」

訳が分からないと言いながら、騎士達が揃って首を傾げる姿は、ちょっと面白い。

「おそらくだが、我々が接触したのはたまたま弱い地上人達が暮らす土地だったのではないか？

そして他の地上の土地には彼等の様な凄まじい猛者が暮らす土地があるのだろう……」

「そうか、弱い獣も縄張り争いに負ければ、土地を追われるものだからな」

「うむ、そう言う事なのだろう」

「「成る程、そうだったのか」」

うん、世の中には僕以上の使い手がウヨウヨいる事を、ちゃんと理解してくれたみたいだね。

僕が例外的に強い訳じゃないと分かってくれてよかったよ。

「いやいや、逆だから。レクスみたいなでたらめな強さの人が暮らす土地の方が少数派だからね」

「大半の地上の人間は普通の強さですよー」

ちょっとちょっと、せっかく騎士団の皆が正しい認識を持ってくれたんだから、混乱させるようなことを言わないでよ。

「しかしなぜここまで強さに差が……まさか我等の訓練には何の意味もなかったのか!?」

ジャイロ君を相手に二度の敗北を受けたカームさんが驚きの声をあげると、訓練をしていた騎士団の面々にも動揺が走る。

まぁ自分達の苦しい訓練に意味が無いなんて事になったら誰だって動揺するよね。

「いえ、皆さんの訓練は肉体を鍛える役には立っていますよ。ただ、実戦で培った戦いのコツなどが無い事が問題なんです」

「それは一体何故なのですか？　我々は日々この天空島を襲う魔物を討伐する事で実戦を経験しております！」

うん、その理由も分かっているんだよね。

「それはですね。皆さんの戦い方が問題なんです」

「我々の戦い方がですか？　それは一体？」

さて、どう説明すればカドが立たない伝え方になるかな。

「貴方達の戦い方って、マジックアイテム頼りよね。私達との戦いでも、槍の光を当てれば勝てるって感じで、仲間同士の連携も無かったじゃない」

あっ、リリエラさんがはっきり言っちゃったよ。

「ううっ、そ、それはですね……我々の戦い方はまず遠距離から槍の光で攻撃するのが基本なのです。仮に槍の光を避けて接近してきた敵が居ても、マジックアイテムである防具で攻撃を受けている間に他の味方に攻撃させれば勝てましたので……」

リリエラの指摘にカームさんがあたふたしながら反論にならない反論をする。

やっぱり、マジックアイテムの力で大抵の事は何とかなってたんだね。

それなりに訓練はしてたみたいだけど、技を鍛えるよりもとりあえず遠距離から当てろって考えが染みついているんだろうなぁ。

その所為で接近戦の積み重ねが出来ず、実戦的な戦闘訓練を知らずに今日まできてしまったんだろう。

「槍の光が効かない相手と戦う時はどうやって対処してたの？」

「基本上空から距離を取って槍で攻撃しますが、攻撃が通らない相手の場合は戦わずにそのまま撤退します。幸い我々の暮らす天空島には倒せない程の敵はおりませんので」

うわぁ、その戦い方で今までよく生き残って来たなぁ。

まぁそれも、外敵が侵入しにくい空島という環境があったからこそなんだろうね。

天空島に外敵が居ないのも、移住する時にカームさん達のご先祖様が強力な外敵の居ない島を選んだんじゃないかと思うよ。

ああでも、この城がある事を考えると、当時の騎士団が城の周辺の魔物を間引きしていたのかもしれないね。

「こう言っては何ですが、皆さんはかつて天空大陸が崩壊した時に避難してきた人達の末裔です。その皆さんの訓練内容に実戦的な戦闘訓練が無いと言う事は、当時の難民の中に本職の騎士や兵士が居なかったんじゃないかと思うんですよ」

「なっ!?」

実はこの推測はそう的外れでもないと思っている。

なにせ天空王ですら当時の一般人が人心を纏める為に名乗った偽りの王だったからね。

　本物の騎士や実力のある戦士が居たのなら、その人が王を名乗っていただろう。

「これから行く森島は、長い間人の手を離れています。という事は、その間に危険な魔物が繁殖している可能性が高いので、今まで以上の強さを身に付ける必要があります。特に槍の光が効かないバハムートとの戦いでは、生半可な実力では戦いに参加できませんから」

　かつて自分達のご先祖様達がどれだけ挑んでも勝てなかったバハムートの名を出されて、カームさんの表情が硬くなる。

「僕達だけでバハムートを倒しに行っても良いんですが、それだと僕達がこの島を去った後により強力な魔物が住み着いたら今度こそどうしようもなくなります。だから……」

「……我々を鍛えなおす必要があると言う事ですか」

　僕は無言で頷いた。

　今まで国を守る騎士団の一員として誇りをもって戦ってきたカームさん達に、今更再訓練と言うのは申し訳ないいんだけどね。

「レクス殿」

　カームさんだけでなく、騎士団の人達が真剣なまなざしで僕を見つめてくる。

「そこまで我々の事を考えて下さり、誠にありがとうございます！」

「「「ありがとうございます！」」」

　カームさん達が揃って僕に頭を下げて来る。

「マジックアイテムに頼っていた我々の甘ったれた性根を、叩きなおしてください！」

「「「お願いします!!」」」

皆の真剣な気持ちが伝わってくる。

これは僕も手を抜けないね！

「皆さんの気持ち受け取りました！　僕達もあまり長くはここに居られないので、修行は短期間のものにならざるを得ません。ですが皆さんの熱意に応える為にも、騎士団流の密度の濃い修行をお約束します！」

「おお、それは頼もしい！」

「本物の騎士団の修行だって!?」

「約束しましょう。修行を終えた皆さんが、自分達はマジックアイテムに頼っていた今までの自分じゃない。本物の騎士団として生まれ変わったんだと胸を張って言えるように！」

「「「うぉぉぉぉぉぉぉっ!!」」」

うんうん、皆やる気に満ちているね！

「ねぇ、短期間の修行って……」

「ええ、間違いなくアレよアレ」

「リリエラの体験したアレはよく分からないけど、たぶん私達の体験したアレ」

「他人事とは言え、あの地獄が目の前で繰り返されると思うとぞっとしますねぇ」

ちょっとちょっと、皆してそれは酷くない？

「そんな酷い事はしませんよ。僕が皆さんに伝えるのは、普通の騎士団流の訓練法ですよ」

「「「絶対普通じゃないっ!!」」」

一般的な前世の騎士団の訓練法なのになぁ。

第66話　嵐天の支配者と魔導の驚品

余は天空王、天空島の王にして、神聖天空王国セラフィアムを統べる偉大な支配者である。

実は本物の王族ではないのだが、この空島の秩序を守る為には仕方がない事だと先祖の書いた古文書には書かれていた。

余も良い暮らしが出来るのでそれで良かったと思っておる。

ちなみに王として即位した余に平民のごとき名はなく、天空王こそが余の名だ。

妻とは死別して、娘と二人きりの親子だ。

ただこの娘がまた若い頃の妻と似てとんでもないおてんばで……いやそれはどうでも良い。

余が王位に君臨して十数年、食料問題やマジックアイテムの性能劣化などといった多少の問題は出ておったが、とりあえず国は纏まっておった。

そしてこれからも平穏に国を纏めていく筈であった。

あの地上人が我が国にやって来るまでは。

我が国に不法入国者が現れたとの報告を受けた余は、天空騎士団に命じて侵入者の捕縛を命じた。

もちろん逆らえば殺してかまわんとも伝えてな。

だがレクスと名乗る地上人は恐るべき強さで騎士団や近衛騎士団を打ち破ってこの天空城を襲撃

し、あまつさえ余の切り札であるゴーレム軍団までも破壊してしまった。

正直死ぬかと思ったのだが、何故かそやつはかつて存在した天空大陸が崩壊した理由を知らないかと聞いてきた。

良くは分からぬが、余が親切にその質問に答えてやると、この小僧はあっさりときびすを返して帰ろうとしたではないか。

一体何をしにきたのだ？

まさか本当にその質問だけが目的だったというのか？

しかしこれ程の強さの持ち主が現れたのは僥倖。

余はこやつ等を上手く利用して、我が国を悩ますバハムート退治に協力させる事に成功した。

ただその際にウチの馬鹿娘が宝物庫の財宝を根こそぎ持ち出したのを知った時は、頭の血管が切れるかと思ったわ。

しかもあの馬鹿娘、新たに小僧の仲間などという厄介事を持ってきおって。

だがそんな苦労の日々も終わりを告げようとしている。

何故なら、余の脳裏にはある名案が思い浮かんだからだ。

◆

小僧による騎士団の訓練が完了したと聞き、余はコノートレアを連れて訓練場へとやってきた。

「これは陛下、いかがなされましたか？」

余がやってきた事で騎士達は訓練を中断して膝をつき、カームとバルディがやってくる。

「うむ、間もなくバハムートの討伐に向かうそうだな」

「はっ、レクス殿の修行の甲斐もあり、我等騎士団は飛躍的に力を付けました！」

「我等近衛騎士団も同様でございます！」

「うむ、頼もしいぞ」

小僧のおかげと言うのは気に入らんが、騎士団が強くなるに越した事は無い。

「それでだな、余もこれを機に一つのけじめをつけようと思ってここに参ったのだ」

「けじめでございますか？」

余の言葉にバルディが不思議そうな顔をする。

「うむ、バハムートの討伐は先祖代々の悲願。故に……」

余は大きくマントを翻すと、高らかに宣言する。

「余はここに王位を退き、コノートレアに玉座を譲る事とする！」

「「「な、何ですって!?」」」

バルディやカーム達騎士団だけでなく、コノートレアもまた驚きで目を見開いておるわ。

「お父様、本気なのですか!?」

「本気だとも。バハムート討伐は一大事業。ならばそれを成すは年老いた余ではなく、若さと体力に溢れたそなたが相応しかろう。新女王初の大事業にふさわしかろう？」

「お父様、そこまで考えて……」

ふはははっ！　その様なものはただの口実だがな！

こんな厄介な案件に関わるなど御免だ！

しかもあの忌々しい小僧に頼っての事業なら猶更よ！

「さぁ、王の証を受け取るが良い、コノートレアよ」

余は自らがかぶっていた王の証を外し、コノートレアに差し出す。

「お父様……このコノートレア、謹んでそのお役目をお受けします」

コノートレアが跪くと、余はその頭に王冠を載せる。

王冠を頂いたコノートレアはゆっくり立ち上がると、騎士達の方を向く。

「今日より、私コノートレアが天空王の名を継ぎます！」

「「「おおおおおおおおおおおおっっっっ!!　コノートレア女王ばんざぁぁぁぁぁぁいいっっっ!!」」」

コノートレアの即位に騎士達が歓声をあげる。

「うおおおおっ！　スゲェぜコノートレア！　まさか女王になるなんてよ！」

「馬鹿っ！　もう女王様になったのよ！　そんな口の利き方して良い訳ないでしょ！」

「いえ、ジャイロ様達は私の命の恩人なのですから、これまで通りコノートとお呼びください」

「おう！　分かったぜコノート！」

「言葉通りに受け取る奴があるか、この馬鹿っ！」

気が付けば騎士団だけでなく城で働いている者達まで訓練場に集まって来ていた。

「「「コノートレア女王ばんざーい！」」」

これでもう余は、あのおっかない化け物連中と関わらずに済むぞ！

◆

「って、何故余はこのような場所にいるのだ？」

コノートレアに王位を譲った余は、何故か騎士団と共にバハムート討伐に来ていた。

「コノートレア女王より、我が国の悲願が達成される瞬間を、是非先代陛下にも見て欲しいとの事でお連れいたしました！」

「ならばなぜコノートレアがおらぬのだ!?」

「コノートレア女王はこの国の女王ですから、危険な場所にお連れする訳には参りませぬ」

う、うむ、それもそうだな。

「って、それは王位を退いた余なら連れてきても良いと言う事か!?　あっ、こら貴様！　目を逸らすな！」

一応騎士団と近衛騎士団から数人が余の護衛に回されておるが、人数が少なくないか？

仮にも先代国王だぞ余は？　まさかコノートレアがこの人数で十分とか言ったのか!?　もしかして余は人望ないの!?

はっきり言って今すぐ帰りたい。超帰りたい。

もしかして余は早まったのではないか？　コノートレアに王位を譲るのは早すぎたのでは!?

「ではこれより森島を制圧する魔物達の討伐を行います！」

騎士団の団長達を差し置いて、小僧が作戦の開始を宣言する。

まったくもって憎らしい小僧だが、その凄まじい力は認めざるを得ぬ。

ふんっ、精々余の役に立つが良い。

と言うか、役に立ってくれんと余の命が危ない！

「それでレクス殿、一体どうやって森島の魔物達を討伐するのですか？」

カームが小僧に具体的な行動方針を求める。

いかにあの小僧が強かろうとも、何の策も無しにこの広い森島に潜む魔物共を倒しきるのは不可能であるからな。

空島というのはこれで意外と広い。

たしかにかつての天空大陸に比べれば狭いとの事だが、それでも大きな空島なら地上の小国に匹敵するサイズがある。

余が足を運んだこの森島も、空島の中ではそれなりの大きさであり、島の大半が森であった。

というか、それくらい大きくなければ、何百年も我が国の民を養う事など出来ぬ。

「それはこれを使って解決します」

と、そこで小僧が取りだしたのは、余の宝物庫から持ち出したマジックアイテムであった。

よもやあれ等の品の悉くが呪いのアイテムだとは、先祖達も恐ろしいものを残しておったものだ。

だがおかしな事に、小僧が手にしているのはネックレスのマジックアイテムだった。

「何を馬鹿な事を。首飾りなどで魔物を倒せるものか」

あれはどう見てもただのネックレスだ。

確かに大きな宝石が付いているので金銭的な価値は高いだろうが、そんなもの魔物退治には何の役にも立たん。

しかも呪いのアイテムとあっては使う方が危険であろう？

「いえいえ、それがそうでもないんですよ。じつはコレ、役に立つマジックアイテムなんです」

「首飾りがか？」

「はい」

小僧は自身満々に返事をする。

「どんなマジックアイテムなの？」

小僧の仲間の、確かリリエラと言ったか……その娘がどのようなマジックアイテムなのかと小僧に質問する。

うむうむ、余の代わりに働くが良い娘よ。

「それは実際に見て貰った方が早いですね」

そう言うと、小僧はネックレスの宝石に触れた。

「これは『身代わりの破滅』という名のマジックアイテムです」

何だそのあからさまに不審な名前は。

「このマジックアイテムは真ん中の宝石を押し込むと、効果が発動します」

小僧の言葉に呼応する様に、森がざわめきだす。

「な、何事だ!?」

「先代陛下！　おさがりを！」

カームとバルディが余の前に出て武器を構える。

うむ、余を守るが良い家臣達よ。

「小僧！　そのマジックアイテムの効果とは何なのだ!?　この森の異状と何の関係がある!?」

余が質問すると、小僧は笑顔で頷いた。

「はい、これは、発動すると周囲５km以内に居る魔物を呼び寄せる囮のマジックアイテムなんです」

成る程、魔物を引き寄せるから囮のマジックアイテムか。

「って、囮ぃぃぃぃぃぃっ!?」

ちょっと待て!?　それはつまり、周辺に居る魔物が全てここに集まると言う事ではないのか!?

「「「ギャオォォォォォウ!!」」」

森の中から何十体もの魔物が姿を現す。

「ひぃぃぃ!?」

「総員先代陛下をお守りしろ！」

騎士団が余を守るべく周囲を囲むが、魔物は騎士団の２倍以上の数だ。

とても勝ち目などない。

「は、早くそのマジックアイテムのスイッチを切らぬか！」

「大丈夫ですよ。もう一つのスイッチを押して……えい！」

小僧がまたネックレスを弄ったと思ったら、今度は森の奥の空へ向かってネックレスを勢いよく放り投げた。

すると集まってきた魔物達が小僧の投げたネックレスを追って空に飛び上がる。

成る程、ネックレスに引き寄せられるのなら、ネックレスを遠くに捨てれば離れて行くのが道理か。

「それで、これからどうするのだ？」

「ええ、こうして魔物をおびき寄せて暫くするとですね……」

小僧は一度言葉を区切ってから告げる。

「ネックレスが大爆発します」

「……何？」

その瞬間、凄まじい爆音とともに、空が光に包まれた。

「な、なんだとぉぉぉぉぉぉぉぉぉ!?」

「「先代陛下!!」」

カームとバルディが余を庇って爆風から守る。

良いぞお前達！　それでこそ余の家臣だ！

そうして、光と爆風が消えた後には、あれほどまで居た魔物達はことごとくが姿を消していた。

残っているのは吹き飛んだ魔物の一部くらいよ。

「キュウ！」

小娘が抱きかかえていた獣が飛び出し、散らばった魔物の肉を喰らい始める。

少しはこの状況に怯えぬかケダモノめ！

「と、このように、『身代わりの破滅』は魔物を引き寄せた後爆発して何もかも吹き飛ばすマジックアイテムなんです」

「なんだその危険物はぁぁぁぁぁぁっ!?」

一体誰がこのようなイカれたマジックアイテムを作り出したのだ!?

「いやー、魔物を引き寄せるから身代わりで、爆発するから破滅とはなかなかシャレの効いた名前ですよね。ただこれ、護衛が主を守る為に使う身代わりアイテムなのか、それとも誰かを暗殺したり、何も知らない相手を身代わりにする為の二段構えの罠だったのかで評価が分かれますよね」

「どっちでも最低のアイテムだぁぁぁぁ!!」

何故この様な悪趣味なマジックアイテムが我が城に隠されておったのだ!?

「まぁでもこのマジックアイテムのおかげで、僕達は一人の犠牲も出さずに多くの魔物を倒す事が出来ましたよ」

「む、それはまぁ、良い事だな」

「それでは皆さん、生き残った魔物の掃討をお願いします!」

「……はっ！　しょ、承知しました！　ゆくぞ皆の者！」

「「「はっっ!!」」」

我に返ったバルディの指示を受け、騎士団と近衛騎士団が動き出す。

「三人一組で動く事を意識しろ！　まだ戦いは始まったばかりだ。無駄な負傷をしないよう、攻撃よりも回避に専念せよ！」

「「「はっ!!」」」

ほう、これはまた……

「素晴らしいな。騎士達が一糸乱れぬ連携を見せておる」

「はい、レクス殿の訓練のお陰です」

バルディが誇らしげに自分達の訓練の成果を語る。

「ふん、それは素晴らしい訓練だったのであろうな」

「ええ、それはそれ……は……」

「どうしたバルデ……ィ？」

見ればバルディは青い顔でカタカタと震えているではないか。

「ど、どうしたのだバルディ!?　気分でも悪いのか!?」

「い、いえそのような事はありません。ですから回復魔法はもう結構です。いえ違います本当に大丈夫ですから強制意識覚醒魔法だけはぁぁぁぁ！」

「お、落ち着けバルディ！　何があったか分からぬが落ち着け!!」

あの沈着冷静なバルディがこの様になるとは、いったいどれ程恐ろしい訓練が行われたのだ!?

「よし、俺達も行くぜ！」

「待ってジャイロ君」

コノートレアが連れて来た小僧の仲間が戦闘に加わろうとしたが、何故か小僧がそれを制止する。

「何でだよ兄貴!?」

「まずはカームさん達に接近戦の経験を積ませたいんだ。バハムートと戦う前に魔物と命のやり取りをする感覚を実感してもらいたいんだ」

ふむ、家臣からの報告にあった、マジックアイテムに頼らぬ戦い方という奴だな。

「あー、そう言う事か……分かったぜ兄貴」

「魔物を倒して素材を回収出来ないのは残念」

「後で戦う機会はありますから、もうちょっとだけ待っていてくださいね」

◆

一部予想外のトラブルが、主にバルディあたりに起きたが、それ以外は特に問題も起きず、魔物の追撃は滞りなく終了した……のだが、１００メートルと進まない間に、新しい魔物達が襲ってきた。

「今度はこれです！　一見高価そうな腕輪ですが、身に付けると全身の生命力を吸い取られてあっという間にミイラになってしまいます！」

「だから誰がそんな危険物を余の宝物庫に置いたのだぁぁぁぁっ!!」

「これを真ん中の魔物の角に向けて投げます！」

そう言いながら小僧が投げた腕輪が、宣言通り魔物の角に嵌り込む。

「ちなみにアレはあらかじめ中身を弄ってありまして、輪の中に何かが嵌ると、周囲50メートルの生命力を手当たり次第に吸収します。皆さん気を付けてくださいね」

「総員後退ぃぃぃぃぃぃっ!!」

間髪容れずカームが発した後退命令に従い、兵士達が慌てて後退すると、目の前の魔物達がバタバタと倒れてゆく。

「お、おい、これでは我等も進めぬではないか!?」

「大丈夫ですよ。一定時間生命力を吸収したら、停止する様に細工してありますから。あっ、そろそろマジックアイテムが機能停止しますので、皆さん魔物に止めを刺してくださいねー」

「りょ、了解です！」

小僧の指示を受けた騎士団が、地面に倒れた魔物達に止めを刺してゆく。

「なぁ、折角修行したのに、これじゃあ意味が無くねぇ？」

「楽なのは良いんだがなぁ……」

あまりにも身も蓋もない戦い方に、騎士達が肩透かしを食らったように呟いておる。

まぁ正直言ってその気持ちは分からぬでもない。

余ももっと華々しく騎士達が戦うと思っておったからな。

「大丈夫ですよ。皆さんの出番は直ぐに来ますから」

と、騎士達の呟きを聞いていた小僧が、そんな事を言いだした。

「我々の出番が来るのですか？」

「ええ、ここはまだ森島の入り口です。今まで現れた魔物達は、島の一角に生息していたほんの一部です」

「え？　一部？　あの数で？」

「はい。そしてこれからこのマジックアイテムを使って森島中の魔物を僕達の下へおびき寄せます」

そういって、小僧が取りだしたのは、先程爆発したネックレスのマジックアイテムによく似た品だった。

「ちなみにこのマジックアイテムは、先程の身に付けている人間の下へ魔物を呼び寄せるアイテムの親戚で、爆発こそしませんが身に付けると締まって外せなくなり際限なく周囲の魔物を呼び寄せるアイテムです」

「そのマジックアイテムを作った悪趣味な馬鹿を処刑してしまえぇぇぇぇぇっ!!」

「いやー、あの元王様が居るとツッコミ要らずで助かるわね」

こら、そこの小娘共！　この小僧の相手はお前達の仕事だろうが！

「ジャイロ君、皆、これからは混戦になるから、皆は騎士団の援護をお願い。僕はこのマジックアイテムの処分を兼ねて魔物を減らして行くから」

「分かったわ。私達は援護に専念ね」

「兄貴の指示ならしゃーねぇ」

「なら私は後方から魔物の分断に集中するわ」

「ん、私はかく乱をする」

小僧の仲間達は、即座に己の役割を決めると、戦闘を開始した騎士団の援護に向かってゆく。

……ふん、まぁまぁやるではないか。

精々余の安全を守ると良いわ。

「あっ、手持無沙汰で暇なら一緒にマジックアイテムを投げますか？　こっちのマジックアイテムは一見金貨１５００枚の価値がある装飾品ですが、嵌めると全身に毒が回るとても危険な品なんです。あっ、内側に指を付けない様に気を付けてくださいね」

「誰がそんな危険物を触るかぁぁぁぁぁ！　あとそんな貴重品で呪いのアイテムを作った馬鹿は誰だ

ぁぁぁぁ！」

勿体ないとは思わんかったのかそやつは！

「いやー、本当に貴重な品にそんな危険な機能を持たせるとは思わないですもんね。まぁそういう訳なので投げて破壊します。壊れた瞬間、周囲に毒をまき散らすんですよ。えいっ！」

「少しは躊躇して破壊せんかぁぁぁ！　金貨１５００枚なのだぞぉぉぉぉ！」

前方から現れた身の丈20メートルはあろうかという巨大な魔物が、全身を紫色にしたかと思うと、泡を吹きながら倒れた。

「うっかり森の魔物が食べてしまわない様に燃やしておきましょうか。マグマインパクト！」

小僧が魔法を放つと、魔物の巨体が一瞬で燃え上がったかと思ったら即座に消滅した。

「そんな魔法が使えるなら最初から使わぬかぁぁぁ！」

ええい、何故余がこのようなツッコミをせねばならぬのだ！

などと馬鹿な事をしている間にも、魔物は次々と押し寄せて来る。

「うぉぉぉっ！」

「とりゃあぁぁぁ！」

そのような中で、騎士達は獅子奮迅の勢いで戦っていた。

「うおお、まさか俺がメイルドラゴンを倒せるなんて……」

「今まで逃げるしかなかった魔物と戦えてる、やれる、やれるぞ俺達っ！」

「ああっ、マジックアイテムで倒せなかったコイツ等を恐れなくて良いんだ！」

騎士達は鍛えられた自分達の力を実感しながら、魔物達と互角以上に戦っていた。

「みなさーん！　疲れたら体力回復魔法を使いますから、いつでも言ってくださいねー！」

「「「まだ大丈夫ですっっっっっ!!」」」

だが何故か、小僧の言葉を聞いた瞬間、騎士達は真っ青になってその申し出を拒絶した。

ううむ、一体どのような訓練を受けたのだ？

知りたい様な知りたくない様な……

「おっと危ないぜ！」

騎士の一人に背後から襲い掛かった魔物を、小僧の仲間が一撃で両断する。

「す、すみません助かりました！」

「くっ、魔物の数が多い！」

「サンダーウォール!!」

小僧の仲間の小娘が放った雷の壁が、雪崩の様に襲い掛かってきた魔物達を分断する。

「今のうちに魔物達の数を減らして！」

「分かりました！」

「ぐわぁぁっっ！」

「大丈夫かリック！」

突然の悲鳴に振り返れば、騎士の一人が大量の血を噴きだして倒れていた。

「大丈夫です！　ミドルヒール！」

小僧の仲間の気弱そうな小僧が回復魔法を唱えると、あれほど大量に噴出していた血が瞬く間に止まった。

「す、すげぇ！」

「こちらのレクスさん特製ポーションを飲んで失った血を回復させてください」

「す、すまない。助かるよ」

よもやあれほどの回復魔法の使い手が居たとはな。

小僧達の戦闘能力に隠れて気付かなかったが、あの小僧も相当な使い手のようだ。

そしてあの二人。

「はぁぁっ!!」

「はっ!!」

あの小娘達は、騎士達の死角から襲い掛かる魔物達を片っ端から打倒しているではないか。

魔物達を一撃で倒してしまっている為、もはや援護でもなんでもないのではないか？

だが快進撃はそう長くは続かなかった。

「うわぁぁぁぁっ!!」

「な、なんだありゃあ!?」

騎士達の叫び声に皆が視線を向ければ、彼方から木々を押しのけて、巨大な魔物達の群れが向かってきていた。

「馬鹿な！　ギガントオーガの群れだと!?」

ギガントオーガとは、オーガの変異種であり、その身長は大柄なオーガの実に10倍であり、我等が今見ている様に、大木を超える程の巨体であった。

「だがギガントオーガはオーガの群れに一体現れるかどうかの筈！　それが群れで現れるなどある

筈がない！」

だがしかし、そのありえない光景が目の前に広がっているのも事実であった。

「さ、さすがにアレはヤバいんじゃあ……」

さすがの小僧の仲間達も、ギガントオーガの群れを前にして戸惑いを隠せないでいるようだった。

「お、おいどうするのだ!?　撤退するのか!?　撤退した方が良いのではないか!?」

あれではバハムートを討伐するどころではない。即撤退する以外あるまい！　寧ろ撤退して！

「ではこの金貨２０００枚の価値がある宝石と精巧な彫刻の施された剣のマジックアイテムを使いましょう！　ていっ！」

小僧が豪華な装飾が施された剣をギガントオーガの群れに投げ付けると、次の瞬間、ギガントオーガの群れは爆発した。

「ちなみに今の剣は刀身に衝撃を受けると爆発するマジックアイテムですね。本来は斬撃時に相手を衝撃で吹き飛ばす目的で作られたっぽいんですが、衝撃を敵にだけ放射する事が出来なくて、使用者諸共吹き飛んでしまうようになっちゃったみたいです」

「アレを作ったマジックアイテム技師は馬鹿なのか?」

実は古代人達は馬鹿の集まりなのではなかろうか?

そして何故この小僧はそれだけの価値のある品で作られたマジックアイテムを躊躇いもなく破壊できるのだ!?

傍で聞いている余の方が変な汗が出るのだが!?

そうして、次々と現れる魔物の群れをマジックアイテムでなぎ倒し、我等は森島の奥深くまでやって来たのだった。来てしまったのだった。

「まさか生きて森島の中央まで来ることが出来るとは……」

先祖代々の悲願が叶ったのだ。思わず感慨深い声が出てしまうのも致し方あるまい。

「やりましたな、先代陛下」

「うむ……」

バルディやカーム達も感慨深げに周囲を見ておる。

我等は確かに自分達の実力でここまで来ることが出来たのだ。

だが、その感動も、長くは続かなかった。

「おや？　大物のお出ましかな？」

と、小僧が呟いた時、余の全身が悪寒に包まれた。

「「「っ……っ!?」」」

声をあげようとしても、体が竦んで声が出ぬ。

余だけではない、カームやバルディ、それに騎士団も同様だ。

一体なんだこの恐ろしい感覚は!?

小僧の仲間達ですら、異様な圧迫感に気おされていた。

そんな中、小僧だけは一人平然としておった。

「こ、これは、まさか……」

余は震える声で呟く。

幼い頃、父である先王によって空島の端につれてこられた日の事を思い出す。

そこから二人で森島を見ながら、父は余に告げた。

「見よ、あれが我等より生活の糧を奪った憎き敵の姿だ」

あの日、森島の木々を超えてそびえ立っていた巨大なる魔物の姿に余は強い恐怖を覚えた。

その恐怖が、今再び、余を襲っていた。

それも、今度は島の対岸からではなく、目と鼻の先程の距離でだ。

「グォォォォォォン!!」

漆黒の鱗を持つ恐るべき魔物が、自らの縄張りを荒らす侵入者を滅ぼす為に動き出す。

「嵐天の魔獣、バハムート……」

それこそが、かつて我が国を襲い、今なお我等を恐怖に陥れる破滅の魔獣の名であった……

「あ、あれがバハムート……」

「あ、あんなの倒せるのかよ……」

小娘共がバハムートの威圧感に気おされ後ずさる。

ははっ、ようやくアレの恐ろしさを理解したのか小娘共よ。

「レ、レクス殿！　あの魔物こそ我等よりこの森島を奪った憎き魔物です！」

カームが興奮して叫ぶが、お前は本当に小僧共があの魔物に勝てると思っておるのか？

余にはとてもそうは思えぬ。

「や、やっぱり無理だ！　あんなヤツ倒せる訳がない！」

「グォォォォォン!!」

「ひ、ひい……」

バハムートの、雄叫びですらないただの鳴き声に気おされた騎士達がへたり込む。

戦わずして抵抗する事を諦めるか。

だが仕方あるまい。天の支配者の姿を見れば、誰であろうと抵抗の意思などへし折られてしまうのだ。余の様にな……

「グルルルッ」

縄張りを侵した我々に、バハムートが怒りの眼差しを向けて来る。

ははっ、これだけでもう意識を失いそうだ。

アレは存在しているだけで人の、いやあらゆる生物の恐怖を煽る。

逃げろと本能が叫ぶ。だが同時に勝てぬと、逃げても無駄だとも諦めているのだ。

ああ、やはり、やはりバハムートを討伐するなど、どだい無理な話だったのだな……

小僧がどれだけ強かろうとも、どれだけ強力なマジックアイテムを使おうとも、この規格外の魔物の前では全くの無意味……

「ていっ！」

小僧が全く気合が入っていない声で何かを投げると、バハムートの頭が吹き飛んだ。

「……？」

ん？　余は何かおかしなことを言わなかったか？

よりにもよってバハムートの頭が吹き飛んだなどというバカバカしい事を。

余は立ち上がったバハムートの姿を見る。

うむ、やはり頭が無いな。

……無い？

いやいや、いくら何でも見間違いであろう？

もう一度余はバハムートを見る。

うむ、やはり頭は無いな。

「……え？」

よは、もういちど、ばはむーとのあたまがふきとんでいることを、かくにんした。

「「「「無いぃぃぃぃぃぃぃぃぃぃぃぃいっ!?」」」」

この日、我等を長年にわたって苦しめてきた恐るべき魔物は、あっさり頭を失って死んだ。

もうやだこの小僧。

第67話　羽の味と森の守護神

僕達の前には、首を失った巨大な魔物が倒れていた。

数百年にもわたって空島に暮らす人々の貴重な狩場を支配していた魔物、バハムートの死体が横たわっていた。

「おお、あの恐ろしい森島の主を倒してしまうとは……」

「さすがはレクス殿だ」

「凄ぇぜ兄貴！」

「まさかアレを倒しちゃうなんてねぇ。ビックリだわ」

「レクス凄い」

「お見事です。何が起きたのか全く分かりませんでしたよ」

バハムートを倒した僕に騎士達が賞賛の声を上げる。

「いやいや、使い捨てのマジックアイテムのお陰ですよ。それに……」

「それになんですか？」

「いえね、簡単に倒せたのはこのバハムートが小柄だったお陰というのもあるんですよね」

「え？」

皆がキョトンとした顔になる。

「これが、小柄ですか？」

「ええ、バハムートの成体は体長40メートル超えなんてザラですから。でもこのバハムートは20メートル前後なので小柄ですね。食料が足りなかったのか……もしかしたら子供なのかも」

「こ、これが子供!?」

「我等を苦しめてきた魔物が子供だって!?」

騎士達が目を丸くして首を失ったバハムートの死体を見つめる。

「とはいえ、もう倒してしまいましたから、大人でも子供でも関係ないですよ」

不安げな表情になった騎士達を僕はなだめる。

もう戦いは終わっているしね。

「さぁさぁ、まだまだこの森島には多くの魔物が居るでしょうから、効率良くいきましょう」

「え？　先ほど大量の魔物を討伐したではないですか？」

カームさんがさっき吹き飛ばした魔物の残骸を指さしながらそう言ってくる。

「いえ、倒したのはまだまだこの島の魔物の一部ですよ。森島も結構広いですからね。島の中にはいまだ多くの魔物が残っている事でしょう」

「「「まだいるのかーっ!!」」」

そう、森島は広い。

探知魔法の反応から、さっき倒したのはこの島に巣くう魔物の一部だと言う事が分かっていた。

森島は単純に広い上に、貴重な食料を得る為の恵みの地なのであまり無茶な討伐は出来ない。

　だから森島に隠れた魔物達をすべて討伐するには、それなりの時間がかかる事だろう。

「……ならばレクス殿、残った魔物の討伐は我々騎士団にお任せください！」

「カームさん達にですか？」

「ええ、我々が森島をとり戻せないでいたのは、このバハムートが居たからです。ですがバハムートがこの有り様となれば、もはや我々を遮る者はおりません。レクス殿に鍛えられたこの力、今こそ発揮してみせましょう！」

「なにより、これ以上レクス殿ばかり働かせる訳にはいきませんからな」

　長年食料不足に悩まされてきたカームさん達は、最大の障害だったバハムートが倒された事でやる気に満ちていた。

「雑魚退治まで客人にお任せする訳にはいきませんよ」

「それに、レクス殿によって修理して頂いたマジックアイテムもありますからね」

　騎士達が槍を天に突き上げて戦意を示す。

　まぁ、そこまで言うならお任せしようかな。

「わかりました。それではお任せします」

「ええ、任せてください！」

「おっと、なら俺達も参加するぜ！　今度は援護じゃなく全力でやって良いよな兄貴！」

「そうだね、本命のバハムートも倒したし、ジャイロ君達も自由に戦って良いよ」

「おっしゃあ！　やってやるぜ！」

「それじゃあ私達も参加しましょうか」

「これからが私達の出番、魔物の素材を沢山ゲットする」

「私はもうちょっと休みたかったんだけどね」

「では、僕達ももう少し頑張りましょうか」

ジャイロ君だけでなく、リリエラさん達も残った魔物の討伐に戻ってゆく。

「皆ー、気を付けてねー」

「「「はーい」」」

「なぁ……お前達、余の事忘れてない？」

あっ、元天空王の事をすっかり忘れていた。

カームさんが何事も無かったかのように元天空王を宥めているのはさすがだなぁ。

騎士達もしまったやっべという顔になってる。

「ははは、そんな事はありませんよ陛下」

「本当か？　本当に余を忘れていなかっただろうな？」

「さて、それじゃあ僕達はバハムートや魔物の死体を回収して帰りましょうか」

「そうね。大半の魔物の死体は吹き飛んじゃったけど、無事な素材は回収しないとね」

ああ、そういえば使い捨てたマジックアイテムは、魔物を倒す役には立ったけど、素材あつめという意味では、使いものにならないなぁ。

何しろ、殆どの魔物を吹き飛ばしちゃったもんなぁ。

まぁそれでもバハムートの死体は大半が残っているんだから、お金になるだろう。

と、思っていたんだけど……

「キュウ！」

「「あっ」」

なんとモフモフがバハムートの羽を食べていたんだ。

「こらモフモフ！　勝手に食べちゃ駄目だろ！」

「あちゃー、他の魔物も食べてるわね」

見れば周囲に散らばっていた魔物の死体の羽も齧られている。

もしかして羽が好きなのかな？

随分静かだと思ったら、まったくしょうがない奴だなぁ。

「キュフン！」

嬉しそうに尻尾を振るんじゃないよ。

甘噛みして甘えてきても駄目！

「こーら、僕だって怒る時には怒るんだぞ！　ってうわ！　オシッコ漏らした!?　まったくしょうがない奴だなぁ」

◆

ほぁぁぁぁぁぁ!?

何これ何これ!?　めっちゃ美味ぁぁぁぁぁぁぁっ!?

……コホン。

我はあらゆる魔物の頂点に立つ魔物の王。

つい今しがた我が主により倒された魔物を味見していたのだ。

相手はなかなかの強さだったが、主を相手にするにはいささか力不足だった様だ。

勿論我の相手としてもな。

しかし頭吹き飛ばして倒すとかエグくない？

そして我は主が羽の不味い人間と話し込んでいる間に食事タイムとしゃれこんだのだ。

だっておお腹空いたんだもの。

というわけで羽から食べる。

魔物肉の味は羽の味で分かるのだ。

既に食欲をそそる匂いが漂ってくる。

という訳で、頂きまーす！

っ!?　うっま！　うっま！

めっちゃ美味ーっ！

という理由で冒頭の発言に戻る。

この魔物の羽は非常に美味であった。

もうね、噛むとね肉汁がジュワーッと出て来るの。

血と肉汁が口の中に広がって、歯ごたえも抜群。

硬すぎず柔らかすぎずの絶妙なバランス。

そして脂身がほんのりとした甘さを演出してくれて、飽きることの無い喜びを我に与えてくれた。

控えめに言って絶品である。

あー、さいっこう！

だが、この魔物肉の素晴らしさは、味だけではなかった。

この魔物肉には質の良い芳醇な魔力が満ちており、その血肉を喰らう毎に我の体に魔力が満ち溢れてゆく。

我の体に空を吹き荒れる嵐の力が宿るのを感じるぞ！

ああ、これだ。

これこそが支配者の食事というものなのだ。

確かに主が用意する草や木の実と混ぜた肉も良い。柔らかくて沢山の味が楽しい。

デザートの果物も美味い。

だが、やはりこれなのだ。

我の獣の本能は、狩り取ったばかりの命を求めていたのだ。

「※※※※※※※※！」

何より、貴様の肉をなぁぁぁぁぁぁっ！

ふはははははっ！　魔力と血のしたたる肉を喰らい、新たな力を得、恐るべき野性の本能に目覚めた我に恐怖するが良い！

ハムハムッ……ガジガジ……

……ボク、主の作ってくれたご飯大好きだよ？

「※※※※※※※※」

あっ、ヤバい、いつもと声音が違う。

我ピンチ、ちょっとマジ本気でピンチ。

チョロチョロチョロ〜。

我悪くないモン。

◆

「大変です！」

それは、モフモフの歯形の付いたバハムートを回収し、残った魔物の素材が無いかを調べていた時の事だった。

空島から血相を変えた騎士が飛んできたんだ。

「何事だ!?」

カームさんがやって来た騎士の前に出る。

「西の村が魔物に襲われました！」

「何だと!?」

「城の防衛に必要な人数を残して待機中の者達が出撃しましたが、森島の討伐の方に人員が割かれておりましたので、村人の避難で手一杯かと」

「森島の討伐に人員を割き過ぎたか……陛下、我等騎士団は西の村の救援に向かいます！」

「う、うむ。任せるぞカームよ。そしてバハムートも討伐した事であるし、余も城に戻るぞ。近衛騎士団は余と共に城に戻るのだ。このままでは城の守りが薄過ぎるからな。森島の魔物討伐は後日行うのだ」

「「「はっ！」」」

「天空騎士団出動！」

「おぉぉぉぉぉぉぉっ!!」

カームさんの号令と共に騎士団が空に舞い上がる。

「それじゃあ僕達も付いて行こうかな」

「どっちに？」

リリエラさん、そんなの決まってるじゃないですか。

「勿論騎士団の方にですよ」

今まさに西の村という場所でこの空島の人達が魔物に襲われている。

だったら僕は冒険者としてその人達を助けたい。

だって村の人達の生活と僕の貴族や騎士への不信感とは、何の関係も無いのだから。

「うん、いつものレクスさんらしくなってきたわね」

「え？　そう？」

「うん、ここ数日はちょっと意地悪なレクスさんになってたわ」

……そっか。自覚は無かったんだけど、傍にいた人から見たらそう見えたんだなぁ。

「ありがとうリリエラさん」

「え？　なんで感謝されるの？」

「なんとなく、ですよ。……さぁ、僕等も行きましょうか！」

「ええ！」

「俺達も一緒に行くぜ兄貴！」

そしたら、ジャイロ君達も村の防衛に協力すると言ってくれた。

「魔物討伐の方は良いの？　皆は騎士団じゃないから、従う必要はないよ？」

「水臭い事言うなよ！　天空島はコノートの国だろ？　だったらダチとして守るのは当然だぜ！」

流石ジャイロ君。一度友達になったら義理堅いね。

「空島なら魔物は逃げない。逃げ場がないから大丈夫」

「メグリさん、それは悪役のセリフですよ……」

「分かったよ。それじゃあ皆で西の村を守りに行こうか！」

「「「「おおーっ!!」」」」

「モグモグッ」

「ほら、モフモフも行くよ！」

「キュキューッ!?」

僕達は先行した騎士団を追って空に舞い上がる。

「カームさん、西の村はこのまま真っすぐですか？」

先頭に追い付いた僕は念のため西の村の正確な方向を聞く。

「ええ、その通りです。修理してもらったこの羽なら1時間で到着といったところでしょうか」

1時間、ちょっと遅いな。

これは先に行った方が良さそうだ。

「カームさん、僕が先行します！」

「えっ!?」

「皆行けるね！」

僕が声をかけると、皆は待ってましたと言わんばかりの様子でスピードを上げる。

「ええ、分かったわ」

「キュウ！」

「任せろ兄貴！　かっ飛ばすぜ！」

「ええと、僕は遅いので皆さん先に行って……うわっ!?」

ミナさんとメグリさんがノルブさんの手を掴んでスピードを上げる。

「これならついてこれるでしょ！　飛ばすわよノルブ！」

「全速力で行く」

「うわわわっ!?」

僕も皆に遅れまいと、西へ全速力で加速する。

「な、なんて速さだっ!?」

カームさん達の驚きの声を後ろにおいて、僕達は加速を続けた。

「レ、レクスさん……速……」

リリエラさんの声に振り返ると、皆が遅れ気味になっていた。

とくにノルブさんを引っ張っているミナさん達との距離が遠い。

「なら、ストリームチェイサー！」

僕が魔法を発動させると、皆少しずつ僕の後方へと集まる。

「え!?　なにこれ!?　何で勝手に動いてるの!?」

「おおおっ!?　なんだこりゃ!?」

「皆の飛行魔法を僕の飛行魔法とリンクしたんだ！　僕の後方で抵抗を低減させつつ、僕と同じ速度で移動が可能だよ！」

「さらりと凄い事言われた！　他人の魔法に干渉するとかどんな精密魔法よ!?」

この魔法は部隊の行軍速度を均一にする為の魔法だから、そんなに難しいモノじゃないよ。

まぁ、普通は平均的な速度で飛ぶ術者に合わせるモノなんだけどね。

「そういう訳で、全速力だぁーっ！！！」

「「「「ひぇぇぇぇぇぇぇっっ!!」」」」

体に吹き付ける強い風圧を風魔法で軽減し、更に魔法で体にかかる衝撃も緩和する。

周囲の景色が凄い勢いで通り過ぎていき、みるみる間に風景が変わっていく。川を越え、草原を越え、森と人工物が見えて来た。

「あれが西の村か！」

「や、やっと止まった……」

「は、速すぎて死ぬかと思った……」

僕は村を襲う魔物の姿を探す。

けれど、魔法で強化された視力で見た村に襲われた形跡は全くなかった。

「あれ？　どういう事？」

よく分からないけど、村が無事なのは良い事なのかな？

とその時、森の中から光が伸び、空へと消えていった。

「魔法？　いや違う。騎士団のマジックアイテムの光だ！」

森に目を向けると、その一角に魔物達の姿が見える。

どうやら魔物は森の中の何かを襲っているみたいだ。

恐らくだけど、避難した人達が森に逃げ込んで、魔物はそちらに襲い掛かったのかもしれない。

城から救援に向かった騎士は数人と言っていたし、村の人達を守りながらだと大変な筈だ。

早く援護しないと！

「よし！　避難した人達を守りに行くよ皆！」

「また飛ぶのーーーっ!?」

僕達は速度を維持したまま魔物達の群れに突撃する。

魔物達は接近してきた僕の姿に気付いたけれど、高速で突撃してくるこちらの速度に反応が間に合わず、僕を包む風の防御結界に巻き込まれて吹き飛んだ。

「おわぁぁぁっ！　こうなりゃヤケだぁぁぁ！」

ジャイロ君が炎の属性強化を発動させて、魔物達の群れに飛び込んでゆく。

魔物達は魔法の炎に包まれたジャイロ君の体当たりを受けて、無造作に吹き飛ばされる。

「風の結界に炎の属性強化を合わせて威力を上げるなんて、やるねジャイロ君！」

「お、おお～～……み、見てくれたかよ兄貴ぃ～～」

「たぁあっ！」

「せぇーい！」

リリエラさんとメグリさんは多少速度を落としつつも飛行魔法で稼いだ速度を活かしてすり抜けざまに敵を薙ぎ払う。

「エアバレット！」

ミナさんはなるべく森の木々を破壊しない様に、風の魔法を連射して魔物達を吹き飛ばしてゆく。

「ギュウン!!」

「グギャアアアッ!!」

更にモフモフが森の奥に潜んでいた魔物達に噛みついて、その位置を僕達に知らせてくれる。

「でかしたモフモフ！」

「「「グォォォォオン!!」」」

仲間が攻撃された事で、別の場所に居た魔物達が迎撃に向かってきたけれど、既にこちらは速度を落として戦闘態勢を取っている。

「けど、数が多い上に森の木々が邪魔だな」

魔物は森の中に逃げ込んだ人達を襲う為にかなり低空を飛んでいる。

この状況で広範囲を攻撃する魔法をつかったら、魔物だけでなく森までめちゃくちゃにしてしまうかもしれない。

「とすれば、ここは周囲の環境を利用しよう！」

僕は一旦上昇して周囲の魔物達を把握し、森を荒らさない魔法を発動した。

「フォレストファング！」

魔法の発動によって、木々の枝が動きだし、魔物達に向かって枝を伸ばす。

枝はグングン伸びていき、魔物達に牙のように尖った枝を突き刺してゆく。

普通の木の枝なら弱い魔物くらいしか貫けないけど、この魔法によって強化された枝は違う。

術者が敵と認識した相手をどこまでも追いかけ、鉄よりも硬くなった枝が相手を貫く。

この魔法なら森を破壊する事はない。

何しろ、森そのものが猟犬となり、更には強力な武器へと変貌するんだからね。

「な、何これ!?　これもレクスの魔法なの!?」

「うぉぉっ!?　兄貴の魔法は木も舎弟にしちまうのかよ!?　でも俺が一番弟子だかんな！」

「ジャイロ君、あれはそういう魔法じゃないわよ多分」

森の木々はみるみる間に魔物達を狩っていく。

空に逃げるものには枝を伸ばして追いつき、森の中に逃げた者には自らの枝を絡ませた網で追い詰め、牙でとどめを刺す。

そうして、魔物達はそれほど時間をおかずに全滅した。

「これ、私達必要だった……？」

「勿論ですよ。西の村がどんなふうに襲撃されているか分かりませんでしたからね。皆が一緒に来てくれて僕も背中が頼もしかったですよ！」

「へへへっ、兄貴の背中は俺達が守るぜ！」

「アンタは本当に単純ねぇ」

「さて、あとは騎士団が来るまでに怪我人の治療を手伝うとしようかな」

「ぼ、僕も協力しますよレクスさ……うっぷ」

ええっと、その前にノルブさんの飛行酔いを治すのが先……かな？

◆

西の村へと出撃した我々の後方からレクス殿達が合流してくる。

口ぶりから察するに、どうやら西の村の救援を手伝ってくれるつもりの様だ。

あのような出会い方をしたというのに、本当にありがたいことだ。

騎士団の任務があったとはいえ、我々は長く地上と隔離された生活をしていた所為で随分と閉鎖的になってしまっていた様だ。

この少年には後日改めて礼をしなければならないな。

そんな事を考えていたら、レクス殿が声をかけて来た。

「カームさん、僕が先行します！」

「えっ!?」

その言葉に我々が振りむいた頃には既にレクス殿は遥か前へ進んでおり、更に次の瞬間、その姿がふっとゆらいだ。

そして突然嵐の様にすさまじい暴風が襲い掛かってきた。

「うぉぉっ!?」

一体何事だ!?　まさか新たな魔物でも現れたのか!?

だが周囲を見回しても何も異状はない。

風もすぐに収まる。

一体何だったのだ、今の風は。

「レクス殿、今の風は……って居ない!?」

気が付けば、レクス殿達の姿はどこにもなかった。

まるで今の風と一緒に消えてしまったかのように。

まさかと思って西の村の方向を見ると、予想通りと言うか予想以上と言うか……我々の遥か先にレクス殿達と思われる6つの影が見えたのだが、それもすぐに消えてしまった。

「一体どれだけの速さで飛べば、視界から消える程の速さで飛ぶ事が出来るのだ……?」

我々が見た少年の力は、まだほんの一部でしかないのではないか。

おそらくだが、レクス殿と戦ったあの時に、我々のマジックアイテムが完全な状態であったとしても我等は勝てなかったのではないかと思う。

これまでのレクス殿の活躍を見てきた私は、改めてそう思わずにはいられなかった。

そして我々も遅れること1時間、ようやく西の村に到着した頃には、既に全てが終わっていた。

魔物達は全て討伐され、彼等に救われたらしい村人達がレクス殿達に感謝している。

「被害が最小限で済んで良かったと思えばいいんですかね?」

村が無事な姿を見て、部下が苦笑しながら呟く。

ああ、そうかもしれないな。だが……

「我々の出番、無かったなぁ……」

「ええ、無かったですねぇ……」

「ところで団長……」

部下の一人が遠慮がちに私に話しかけて来る。

「あれ、一体何なんですかね？」

そう言って部下が森の一角を指さす。

あぁこのバカ、せっかく気付かないフリをしていたというのに。

「森の木があちこちにメチャクチャに伸びまくって、その先端に魔物が刺さってるんですけど」

ああ、言ってしまった。

気付いていたよ！　けど新手の地獄かなと思って気付かないフリをしていたんだよ!!

「森の中も枝が網みたいに絡み合って魔物を貫いていたそうです」

更に聞きたくない報告を追加してくる。

「はぁ……」

これも、レクス殿達のやった事なんだろうなぁ。

子供が見たら泣くコレと思ったんだが、意外にも村人の評判は良く……

「我らの命を守って下さった方の木です。これからは村の守り神として祭らせて頂きます」

とか言い始めた。

お前達正気か？

第68話　隠し畑と森の守護神

「エリアヒール」

　僕は魔物達に襲われて怪我をした西の村の住人達を纏めて回復する。

「おお、傷があっという間に！」

「これだけの人数を一度に治療するなんて、なんて凄い魔法なんだ！」

「ありがとうございます！　魔法使い様！」

　村人達が治療の終わった自分達の体を見て興奮気味にお礼を言ってくる。

「いえいえ、この程度の回復魔法なら、都会に行けばいくらでも使える人が居ますよ」

　そうそう、知り合いの回復魔法使いはバカみたいに広い範囲にいる怪我人を一瞬で回復したからね。

　戦場全体を覆う回復魔法とかもう卑怯とかいうレベルを超えてるよ。

　しかも回復するのは味方だけとかさ。

「ええ!?　そうなんですか!?」

「他所の村の魔法使いは凄いなぁ」

「ええと、それはレクスさんが特別凄いのであって、僕は普通レベルだと思うんですよねぇ……」

「ドンマイ、ノルブ」

ションボリしているノルブさんを、メグリさんが励ます。

「あの……」

と、そこへ、小さな女の子がやってくる。

「え？　僕ですか？」

「えっと……お父さんの怪我を治してくれてありがとう！」

そう言って女の子は勢いよくお辞儀をする。

「そ、それはレクスさんの事じゃないんですか!?　僕は大した事はしてませんよ？」

「でもさっきお父さんが、棍棒を持ったお兄ちゃんが怪我をしたお父さんを助けてくれたって言ってたよ。お兄ちゃん棍棒持ってるし」

「棍ぼ……ああメイスの事ですね」

「お父さんすっごい大怪我して、もう駄目だと思ったって言ってたの！　でもお兄さんがあっという間に治してくれたって！　わたしをギューッとしながらね、凄い人だって言ってたよ！」

女の子は要領を得ない感じで、けれど興奮ぎみに身振り手振りを交えてその時の事を話す。

「だからありがとう！　お父さんを助けてくれて！」

そう言うと、女の子は元気よく父親の下へ走っていくと、向こうに居た父親もノルブさんに向けて頭を下げていた。

「さっき森で戦っていた時に治療した人じゃない？」

「あっ!?」

「ちゃんとノルブの仕事を見てくれてる人はいる」

「……ですね」

自分の仕事を確かに見てくれている人が居て、ノルブさんの顔に笑顔が戻る。

真面目に自分の仕事をこなしていれば、ちゃんと認めてくれる人が現れるんだね。

きっとそれがノルブさんの人徳なんだと思うよ。

ただ、これだけの人数っていっていたわりには、随分と村人の数が少ないんだよね。

あっ、もしかしてこの人達は逃げ遅れた人達だったのかな？

「それよりもだ……」

と、村の人達の治療が終わるのを待っていたカームさんがやって来る。

「お前達、隠し畑を作っていたな」

「「「「うっ」」」」

隠し畑という発言に、村の人達が体を震わせる。

「隠し畑ってなんですか？」

言葉通りなら隠した畑だけど。

「聞いた事があるわ。確か重い税を課す領主に隠れて、自分達が食べる分の食料を確保する為にこっそり作る畑よ」

とリリエラさんが説明してくれた。

へぇー、そんな畑があるのか。

ウチの村には隠し畑なんてなかったから、治めているのは良い領主様だったのかな？

「いえ、我々にとって隠し畑とは、魔物から隠す畑の事を意味します」

と、それを聞いていたカームさんがリリエラさんの説明を補足してくれた。

「魔物から隠す為ですか？」

ああ、そう言えば元天空王が大きな畑を作ると魔物が襲ってくるとか言っていたっけ。

「ええ、村の畑と先代陛下より与えられた食料だけでは足りないという者達が、村の近くの見つかりにくい場所に隠れて畑を作るのです。ただ、魔物の中には人間よりも鼻が利くものや目の良いものが居ますので……」

成る程ね。与えられた食料だけじゃとても足らないって訳だ。

「やっぱコノートが言ってた事が正しかったんだな」

「権力者は安定した食料を得られるけど、末端の平民はその分搾り取られているのね」

「空の上でも人間は変わらない」

そして助けた西の村の住人が少なかった理由は、彼らが畑作業をする為に森の中に居たからだったんだね。

「バハムートを倒してもまだまだ危険は無くならないのね」

と、リリエラさんが悲しそうに言う。

きっと自分の故郷が魔物と魔獣の森によって滅びた時の事を思い出してしまったんだろう。

「隠し畑を作る事は禁じられている。お前達も知らない訳はあるまい？」

「も、申し訳ありません騎士様」

カームさんに叱られて、村人達がうな垂れる。

「隠し畑の存在を魔物に見つかれば襲われるのは知っているだろうに。どうせ欲をかいて畑を拡大してしまったのだろう？」

「「うぅっ！」」

カームさんの奇妙な発言に、村人達がうめき声をあげる。

「申し訳ありません。今年は村に子供が３人も産まれまして、少しでも栄養のある物を食べさせようと思って……」

「そう言う事か……」

カームさんは眉間にシワを寄せて唸り声を上げる。

子供が産まれた事はめでたい事だから、頭ごなしに叱るのも気が引けたみたいだね。

こういう所を見ると、意外に悪い人じゃあないのかもしれない。

最初に襲い掛かって来たのも、元天空王の命令だけじゃなく、よそ者から村人を守ろうとしていたのかな？　この天空島は、何かあった時逃げ場がないからね。

「あれ？　でも隠し畑を作るのは禁止されているのに、何で畑を拡大してしまったんだろうなんて聞いたんだろう？」

「そういえばそうね」

不思議がる僕達に、近くに居た騎士が耳打ちして教えてくれる。

「食料が慢性的に足りないので、魔物に見つからない程度の小さな隠し畑を作る分には目こぼしされているんですよ」

へぇ、わりと緩いと言うか、温情のある判断なんだなぁ。

うーん、意外と元天空王自身もマシな王様なのかもしれないね。

まぁ、王侯貴族も全員が悪人って訳でも無いからなぁ。

「とはいえ、畑に魔物が襲ってきたら、折角の作物は無駄になりますし、畑作業をしていた村人も襲われます。畑を作る場所が村に近ければ、村そのものが襲われる危険がありますから、基本的に隠し畑は禁止となっているんですよ」

「そ、それと今年の畑は実りが悪く、先代陛下のお慈悲を受けても1年を越せるかわからないのです」

元天空王の慈悲ってのは、地上の町からの貢ぎ物の事なんだろうな。

「成る程、二重の問題があって隠し畑を拡大して魔物に見つかったのか」

カームさんがやれやれと眉間に指を当てて溜息を吐く。

「だがまぁ、それについては心配いらん」

「そ、それはどういう意味で……？」

カームさんが僕達の方に手を差し出し、村人達に告げる。

「女王陛下の英断と地上より来訪した彼等の協力によって、我等を長らく苦しめて来た森島の主が討伐されたのだ。そして森島に残った魔物の討伐が完了すれば、近く森島の恵みを得る事が出来るようになるだろう」

「な、なんと!?　それはまことですか騎士様!?」

長年の食料不足が解決すると分かり、村人達が驚きの声をあげる。

「うむ、それだけではない。我等は森島で多くの魔物を討伐した。ゆえにここを襲ったのは我々の討伐が始まる前に森島を離れた生き残りの魔物であろう」

「それは……つまり？」

「今の森島には以前ほどの魔物はおらぬ。そして残った魔物も我等騎士団が討伐する。つまりは今後新たに畑を作ったとしても、もう魔物に襲われる事は無いと言う事だ」

カームさんの言葉に再び村人達が沸き上がる。

「「「おおぉぉぉっ!!」」」

「ありがたや、ありがたや」

「これで魔物の影に怯えながら隠し畑を作らないで済むんだ」

村人達は歓喜の声をあげてカームさん達に感謝の言葉を告げる。

騎士達は誇らしげに槍を掲げて村人達に応え、ついでにジャイロ君達も剣を掲げてアピールする。

「お前等ぁ！　俺達が来たからには、もう魔物なんて怖くねぇぜ！　なんせ俺達は森島だけじゃなく、新しい空島を開拓してきたからよ！　食料がもっと採れる様になったぜぇ！」

「「「おおぉぉぉっ!?」」」

「なんと!?　新しい空島を!?」

「もう何年も新しい空島は開拓されていなかったのに!?」

新しい空島が開拓されたと聞いて、村の人達の興奮が更に増す。

「だから安心してガキ共に飯を食わせてやってくれよな皆!!」

「おおぉぉぉぉっ！」

ジャイロ君の言葉に村の人達が歓喜の雄叫びを上げる。

森島と空島を解放した事で、騎士達やジャイロ君はすっかりヒーローとして歓声を浴びていた。

「とはいえ、完全に魔物を討伐したと判断するまでは隠し畑を容認するわけにはいかん。急ぎ拡大した分の畑を壊しておけ」

とここでカームさんが緩んだ空気を一喝する。

「は、ははー！」

興奮から一転、村人達が慌てて隠し畑を壊しに向かう。

けっこうキツキツの生活みたいだけど、それでも隠し畑を全部壊せって言わないあたり優しいなあ。

それに村人達も、これからは生活が上向くんだと、笑みを隠せないでいる。

うん、良いよねこういう光景。

あの時、ジャイロ君達に説得されたのは、正解だったよ。

やっぱり、沢山の仲間が居るって良いね。

僕と一緒に旅をして僕の冒険者としての不足を教えてくれるリリエラさん、それに僕が忘れそうになる気持ちを呼び起こしてくれるジャイロ君の熱さ。

これが信頼できる仲間って奴だね！

「ではこれで我々の任務は終了しました。天空城へ帰投するとしましょうかレクス殿」

一通り指示を終え、カームさんが僕達に声をかけてくる。

けど僕は天空城へ戻るつもりはなかった。

「いえ、僕達はこのまま西の村で一晩明かしたいと思います」

「何ですって？」

カームさんがどうして？　と首を傾げる。

「隠し畑を襲ってきた魔物は討伐しましたが、まだ近くに潜んでいる魔物がいるかも知れませんし、別の魔物が森島からやってくる可能性もあります。なので念の為一晩残る事にします」

「それは……いえ、レクス殿がそうしたいのでしたら、構いません。それでは私も部下を数名残すとしましょう。お前達、レクス殿達と共に一晩村の護衛にまわれ」

「「「はっ！」」」

僕の我が儘を受け入れてくれたカームさんが、部下の人達に残るよう命令をする。

それにしても残る人数が数名と言うには多いような……

もしかしてカームさんも理由をつけて村を守る人を残したかったのかな？

「では村の事をよろしくお願いいたします」

「ええ、任せてください」

そうして、カームさん達は僕達に村を任せて、自分達は天空城へと帰っていった。

◆

「この度は村の隠し畑を守ってくださり、まことにありがとうございました」

その後、村人達が隠し畑の拡大した部分を壊すのを待ってから、僕達は西の村へと向かった。

そして事情を聴いた村長さんが、深々と頭を下げてくる。

「いえいえ、大した事はしていませんよ」

「大した事ですよ、隠し畑を守ってくださったお陰で、子供達にひもじい思いをさせずに済みます」

そういって村長だけでなく、村の大人達も感謝の言葉と共に頭を下げてくる。

「森島の魔物も退治されたとの事ですし、これからは安心して畑を広げる事が出来ます」

いや、厳密には魔物の数を減らしただけで、全滅させたわけじゃないんだけどね。

まぁ、それは今言う事でもないか。

「だが森島の魔物を全て退治したわけではない。女王陛下の許可なく畑の拡大は認められんぞ」

「そ、それは分かっております騎士様」

村に残った騎士達にたしなめられ、村長が慌てて頭をさげる。

でもまぁ、再訓練で強くなったカームさん達騎士団が総力を挙げて森島の魔物退治を進めれば、そう遠くないうちに魔物の討伐は完了するだろう。

探知魔法で探った感じだと、バハムートを越えるような魔物の存在は感じなかったしね。

今のカームさん達なら、多少苦戦はしても負ける事はないだろう。

そして実戦を重ねれば、カームさん達は更に経験を積み重ねる事が出来、いずれは本物の騎士団に勝るとも劣らない戦闘集団に成長するだろう。

といっても、多分あと数回森島で魔物討伐を行えば、森島も安全になるだろうけどね。

「大したものは出せませんが、出来うるかぎりおもてなしをさせて頂きますぞ」

話し合いが終わると、村長達はそう言って僕達に食事をご馳走してくれた。

それは決して美味しい訳でも、おなか一杯食べられるという訳でもなかったけど、それでも村の人達が精一杯もてなそうとしている事だけは伝わってきたんだ。

「ところで旅のお方」

と、村長が僕に話しかけて来る。

「はい、何でしょうか？」

「そのですね、この度我々を助けて下さった木の精霊様に御礼をしたいのですが、何を差し上げたらお喜びになるでしょうか？」

「木の精霊様？」

一瞬何の事かと思ったけど、村長の視線から察するに魔物を倒す為に使った植物魔法で急成長した森の植物の事のようだ。

「ええと、適量の水で良いと思いますよ。木ですし」

「成る程、分かりました！　皆の衆、木の精霊様に御水を差し上げるのじゃ！」

「「はい!!」」

村の人達が元気よく返事をし、皆が桶に水を入れて森へと向かって行く。

……うーん、まぁ良いか。

水をあげ過ぎて根腐れしないと良いけど。

「討伐、手伝ってよかったわね」

そっとリリエラさんが呟く。

リリエラさんは笑顔で木に桶を持っていく村の人達を眺めている。

「……そうですね」

うん、確かに。

皆が喜んでくれるのは良いことだよね。

リリエラさんとパーティを組んで良かった事がもう一つあった。

それは、こういう光景が素晴らしいと気付ける機会を与えてくれる事だ。

前世の僕は戦うばかりで、戦いが終わった後の人々の喜びを見る機会が無かったからね。

というか、見る為の時間を与えられなかったと言うのが正しい所なんだけど。

今度の人生は、とても良い人との出会いが多い人生だね。

◆

「あー、やっぱり来たね」

夜、暗くなった西の村に向かって魔物の群れが近づいてくる。

いや、厳密には西の村の近くに隠された隠し畑に向かってきている。

「まさか本当に来るとは」

一緒に待機していた騎士達が驚きの声を上げる。

「一度来たから二度来るのは当然なんじゃないですか？」

「いえ、レクス殿があれだけ倒したというのに、まだコレだけの魔物が居たのかと思いまして」

ああ、探知魔法を使えない人には魔物の数を把握する事は難しいから、そう思うのも仕方ないか。

「こうなると我々が残ったのは不幸中の幸いでしたな」

騎士達が気を取り直す様に武器を構える。

「それじゃあ迎撃しますか。僕が魔法で纏めて倒しますので、打ち漏らした魔物をお願いします」

「任せて！」

「任せろ兄貴！」

「念の為村の防衛にも気を使った方が良いわね」

「私は飛び道具が苦手だし、そっちに回る」

「今回は治療の機会も少なそうですので、僕も防衛に参加しますよ」

「「お任せくださいレクス殿!!　村にはアリ1匹侵入させませんっ！！！」」

皆が力強い声で応えてくれる事に、僕は頼もしさを感じる。

「それじゃあ戦闘開始だ！　サイクロンブレイク!!」

僕は嵐の魔法を放って魔物達を吹き飛ばす。

空島に住む魔物は基本的に飛べる魔物ばかりだから、一体一体狙うよりも飛行能力を阻害しつつダメージを与えられる広範囲の風系の魔法の方が効率が良い。

数体が魔法の範囲外に居た為、まっすぐにこちらに向かってきた。

うん？　これだけ仲間がやられたのに、なお向かってくる？

空島周辺で暮らす魔物の習性なのかなぁ？

「皆さんお願いします！」

「ええ！　行くわよ！」

「「はっ！」」

おおっ、なんだかリリエラさんが騎士達を引き連れているみたいな光景だね。

「俺達も行くぜぇぇ！」

「チリヂリになった事で魔物がバラけてるわ。メグリとノルブは私と反対方向を警戒するわよ！」

「分かった」

「承知しました！」

ジャイロ君達も魔物を迎撃する為に各々が動き出す。

「さて、僕は倒しきれなかった魔物達を仕留めないと」

僕は最初の魔法を喰らって生き残った魔物達に向き直る。

コイツ等はバハムートほどじゃないけど、結構な強さだ。

うーん、今のカームさん達がコイツ等と戦うのはちょっと大変かな。

騎士団式の正規訓練を受けたカームさん達の実力は劇的に上がった。

ただまだ彼等は、近接戦闘での実戦経験が足りないという問題がある。

いずれはあの魔物達とも渡り合える様になるけど、今は僕が何とかしよう。

「あれ？　でも森島にもこんな強い魔物は居なかったよね？」

どういう事だろう？　もしかして討伐開始前に森島の外に出ていたのかな？

それに隠し畑を襲った群れに混ざっていなかった理由も謎だよね？

「グァァァァオゥ!!」

などと考えている間に、魔物達が攻めて来た。

いけないいけない、考えるのは倒した後だね。

「チェイスソニックランサー!!」

僕は追尾式の魔法で次々と生き残った魔物達を貫いていく。

コイツ等は飛べるだけあって、負傷していても普通の魔物よりも逃げるのが上手い。

だから追尾系の魔法で確実に倒していこう。

「うっわ、魔法が敵を貫通してドンドン貫いてる……」

「えっ？　えっ？　何で炸裂した魔法が消滅しないでそのまま魔物を貫き続けるの!?　どんなトンデモ術式なのあの魔法!?」

「いえ、これは普通の追尾式貫通魔法ですよ。魔法に込めた魔力が続く限り効果を発揮し続ける魔法です」

「それ明らかに普通じゃない！　というか、追尾魔法の時点で十分高位魔法でしょうが！」

え？　貫通追尾って割とメジャーな魔法じゃないですか？　一体を倒すのに過剰な魔力を込めちゃったら勿体ないし。

「というか、もうあの魔法一つで十分なんじゃ……」

「後でその魔法も教えなさいよーーっ！」

あはは、ミナさんは本当に魔法を覚えるのに熱心だなぁ。

◆

「ふぅ、結構多かったなぁ」

「あー疲れたぜぇ」

「一方向からだけじゃなく、村を包囲する様に襲ってきたのは厄介だったわね」

隠し畑を狙ってきた魔物達を討伐した僕達が西の村へと戻ると、村長達が出迎える。

「皆様お疲れ様です！　ささ、こちらにどうぞ。大したものは用意できませんでしたが、皆様を労う為の食事も用意してあります！」

「やりぃ！　戦いっぱなしで腹減ってたんだよな！」

やっと体を休める事が出来ると、皆が料理に集まってゆく。

「けどなんで襲ってきたんだろう？　隠し畑の拡張した部分は壊したんですよね？」

「ええ、その筈です」

僕の質問に騎士が答える。

「魔物は畑が一定の大きさにならないと襲ってこない筈……」

何故ここに来て魔物達は自分達のルールを逸脱してまで襲ってきたんだろう？

しかも仲間の大半が倒されたにもかかわらず攻撃の手を止めなかった。

まるで誰かに命令されているみたいに。

「でも群れのボスらしき存在は居なかったんだよなぁ」

探知魔法にも反応は無かったし。

「何か起きているのかな？」

「村長、他に隠し畑を作ってはいまいな？」

騎士の一人が村長に隠し畑の存在を隠していないかと問い詰める。

確かに、隠し畑が他にも残っているのなら、魔物達の行動も理解できるね。

「いえいえ、いくらなんでもそこまでは致しませんよ。森島程ではありませんが、村の近くにも魔物はおります。ですのであまり離れたところに畑を作る事は不可能です」

「あっ、そうか」

空島は隔離された環境で、森島から魔物が大挙してやって来るのは隠し畑などの餌が大量に手に入る場所を見つけた時だけだ。

でもそれだけじゃない、はぐれた魔物が居る可能性は十分あるし、なにより森島以外の場所からやってきた魔物が近くに住み着く可能性だって十分あるじゃないか。

いけないいけない、空島の環境が特殊だからってつい考えが凝り固まっていたよ。

「そうなると、外部の魔物が村を狙っている可能性があるのか」

さっき襲ってきた魔物達も森島の魔物じゃなく、もしかしたら他の空島の魔物なのかもしれない。

そう考えると、さっきの魔物の強さも納得ができる。

「これは森島の魔物の討伐が終わった後も、別の場所から魔物が襲ってくる可能性が高いなぁ」

「なんと、まことですか!?」

村長が話が違うと顔を青くする。

まぁ、気持ちは分かる。

森島の主を倒してもう大丈夫だと思っていたのに、今度は他の場所から魔物が襲ってくるとあっては気が気じゃないだろう。

「これってもしかしてバハムートを倒したのが原因なのかしら？」

「え？」

とその時、リリエラさんが妙な事を言いだした。

「いえね、バハムートがこの周辺を縄張りにしていたのなら、他の縄張りの魔物がこれ幸いと襲ってくる可能性もあるかなと」

「あっ」

言われてみればそうかもしれない。

となると、今度は他の縄張りの魔物を相手にしないといけないのか。

うーん、敵の規模が分からないし、本拠地も不明。

これじゃあ森島の魔物討伐どころじゃないな。

それに僕達がここを去った後で、またバハムートクラスの魔物が来たらヤバい。

せめてカームさん達が十分に経験を積んだあとでないと。

というか現状だとそうなる可能性は高そうだ。

頼まれたとはいえ、バハムートを倒したのは僕達だし、ここまで関わったら最後まで面倒を見ないと気分が悪い。

とはいえいつまでもここに居る訳にもいかないしなあ。

「参ったな。俺達もいつまでも護衛する訳にもいかねぇもんな」

ふと、ジャイロ君の言葉が引っかかった。

護衛……そうか護衛だ！

「それだよジャイロ君！」

「え？　どれ？」

そうだよ、そうすれば良かったんだ！

「護衛を用意しよう！」

「護衛？」

「うん、魔物がまた襲撃してきても良いように、この村を守ってくれる護衛を用意するんだよ！」

◆

儂は西の村の村長。

不作が原因で不足気味な食料を何とかする為に隠し畑を作っておったのじゃが、魔物に見つかってあわや村壊滅の危機かと慌てた。

幸いにも騎士様達となにやら凄い木の精霊様の救援で村は無事助かった。

隠し畑が破壊されたら、次は村の番じゃったからのう。

更に運が良かった事に、隠し畑は多少壊れたものの大半は無事で、怪我をした者も騎士様達と一緒にいらっしゃった旅の方々が治療してくださった。

怪我をした者の中には儂の息子もおったので、本当に助かった。

更にありがたい事に、旅のお方と騎士様達が村に残って様子を見て下さると仰ってくださった。

拡大した分の隠し畑を壊したので魔物に襲われる可能性はまず無いと思うのじゃが、それでも子供や若い衆が安心できるのでありがたい。

などと思っておったら本当に魔物が攻めて来おった。

隠し畑も広げた分は壊したのに、一体何でじゃぁぁぁ!?

ほんに騎士様達が残ってくださらなんだら、今度こそ村が壊滅しておったところじゃわい。

ありがたやありがたや。

え？　やっぱこれからも魔物が来るかもしれない？

そ、そんな殺生な……希望を与えておきながら落とすなんて酷いですじゃ。

そしたら旅のお方がこの様な事を言いなされた。

「魔物がいつ来るか分かりませんから、護衛を作りましょう」

作る？　護衛を呼ぶでなく作るですか？

「幸い丁度良い素材が西の森にあるので、ちょっと作ってきます」

そう仰ると、旅のお方は西の森へと向かっていったのじゃ。

護衛って作れるもんなのかのう？

そして夕刻、日が暮れる頃に魔物達は再び現れた。

あわわわっ、本当にまた現れたぞい。

儂は騎士様達が魔物を退治してくださると期待したのじゃが、何故か騎士様達は動かなんだ。

何故魔物と戦ってくださらんのですかと叫ぼうとしたその時、旅のお方が仰った。

「大丈夫ですよ」

そして、魔物達が西の村に近づいた時、旅のお方の言葉に応える様に何かが動いた。

「な、なんだアレ!?」

村の若い衆のあげた声に、儂等はソレを見た。

西の森の中から何か巨大な物が動いて魔物達の前に立ちはだかったのじゃ。

「あ、あれは……木の精霊様!?」

ソレは昨日儂らを助けて下さった木の精霊様じゃった。

精霊様は大きく、そして長く太い枝や根っこを伸ばして魔物達を威嚇する。

魔物達は突然現れた木の精霊様に襲い掛かる。

じゃが木の精霊様の体は魔物達の攻撃にビクともせず、代わりに自分の体に噛みついた魔物達をその太い根っこで貫いていく。

慌てて魔物が空へ逃げようとするが、長い枝が体に巻き付き、情け容赦なく地面へと叩きつける。

「頑張れ木の精霊様ー!」

儂等は歓声を上げて木の精霊様を応援する。

じゃがそこで散発的な攻撃しかしていなかった魔物達の動きが変わった。

魔物達は木の精霊様を危険と判断したのか、周囲を囲み一斉に襲い掛かったのじゃ。

いかん、いくら木の精霊様でもこれだけの魔物に同時に襲い掛かられては勝ち目がない!

「心配ご無用です!」

旅のお方が仰ったその時じゃった。木の精霊様が神々しく輝くと、魔物達が吹き飛んだのじゃ!

「よしよし、なかなかの出来だね」

「……ねぇ、何をしたわけ?」

旅のお方がお連れ様と何やら話をされておる。

「いやー、今後どれだけの数の魔物が村を襲い続けるか分かりませんでしたから、それならいつまでも村を守る事が出来る様に、ゴーレムでも用意しようかなと思いまして」

「ゴーレム!?　あれゴーレムなの!?」

「ええ、元は普通の木だったんですけど、色々加工してウッドゴーレムに改造してみました。ついでにマジックアイテムとかも埋め込んで遠近両対応ですよ。理論上は先日のバハムート程度の魔物なら十分対応できます」

「それ程度って言わないから！」

何を話しているのかチンプンカンプンじゃが、どうやら木の精霊様はこれからも儂等の村を守ってくださるみたいじゃ。

おお、なんとありがたい事か。

儂等は皆で木の精霊様を拝んだ。

そして木の精霊様にこの村を守って下さるようお願いしてくださった旅のお方に、心からの感謝を捧げたのじゃった。

第69話　木造守護神と真なる嵐の王

木製ゴーレムを隠し畑の近くに配置してから、数日が経過した。

「また来てるなぁ」

何度目かの魔物の群れがまたしても森の隠し畑に向かってやって来る。

そして次の瞬間、ウッドゴーレムにまとめて吹き飛ばされた。

「うんうん、全自動式魔物撃退装置は問題なく動作してるみたいだね」

このウッドゴーレム、実はちょっと普通のゴーレムとは違うつくりをしていたりする。

通常ゴーレムは石とか材木といった材料を集めて造るものなんだ。

でも、前世の知り合いがちょっとゴーレムに人生を捧げた変人で、ある日突然「画期的なゴーレムの造り方を思いついた！」って言い出して生まれたのがこの再生型ゴーレムなんだ。

ゴーレムを半生命体とすることで、生き物の様な自己再生能力を持たせる事に成功したんだ。

このゴーレムの画期的な所は、再生能力を持っているので、破損した部品の修理や摩耗した部品の交換といったメンテナンスが不要な事。

まぁ再生といっても完全じゃなく、倒した獲物を栄養として取り込んだりする必要があるけどね。

作った本人曰く無から有は生まれないとの事。

それでも部品を加工して交換する必要が無いから、画期的な事には変わりなかった。

まぁ1週間くらいしたら教会から禁呪指定をくらって、本人は速攻行方をくらましたんだけど。

で、その逃亡劇の際に色々あって、知り合いから自分の研究成果の一部を譲ってもらえたって訳。

うん、気がついたら魔法の袋に勝手に入っていたとも言う。

ちなみに前世や前々世で様々な権力者達の行動を見ていた僕としては、何故この研究が禁呪扱いされたのかはなはだ疑問だったりする。

だって皆もっとエゲツない事してたんだもん。

ともあれ、そんな事情もあってゴーレムは、ゴーレムでありながら生きた木でもあるんだ。

生きているから枝が折れても新しく生えてくるって訳さ。

更に成長速度も上げてあるから、倒した魔物を即栄養にしてゴーレムは素早く損傷を修復する。

で、そんなゴーレムに僕は西の村と村の住人、それに隠し畑を守る様命令を与えていた。

ただそれ以外の時は好きな様にして良いとも指示しておいて。

何でも半分生き物だから、ガチガチに命令を与えると命令に対する効率が下がるらしいんだよね。

そんな訳で、ウッドゴーレムは村と畑を守りながら、偶に自分の意思で日当たりや水はけのよい場所へ移動したりしていた。

あっ、せっかくだからウッドゴーレム用に栄養剤も作っておくかな。

レシピも村の人に渡せば育ちの悪い植物にも使えるだろうし。

……ん？　栄養剤？　うーん何か忘れている様な気が……

◆

「な、何じゃこりゃぁぁぁぁぁ!?」

翌朝、村長の叫び声に起こされて外に出て来ると、村の人達が森を見て驚きの声をあげていた。

一体何を驚いているんだろう？

僕も一緒になって森を見ると、そこには全長50メートルはあろうかという大木がそびえ立っていた。

「んん～？」

あんな木あったっけ？

「ねぇレクスさん、アレは何？」

え？　僕に聞くんですかリリエラさん？」

「いや、僕に聞かれても」

「でも昨日、森の木になにかポーションみたいなのをかけていたわよね？」

ポーションみたいなもの？

「……あっ」

しまった。あの栄養剤は以前偽冒険者に騙されそうになっていた村の畑に使ったやつだった！

あの凄く大きく育った野菜に使ったのを、ウッドゴーレムにかけちゃってたよ。

「……成長しましたねぇ」

「成長したじゃないわよ！　どうするのよアレ!?　村の人達も困ってるわよ絶対！」

そう言えば、村長は凄く驚いていたけれど、村人達の反応はどうなんだろう？

僕はさっきまで驚いていた村人達の反応を再度確認すべく視線を動かす。

ちょっと怖いなぁ。

すると村人達は、全員がウッドゴーレムに向けてひれ伏していた。

「え？」

何コレ？　どんな状況？

「木の精霊様が更に御立派に！　これはきっと我々を守る為に更なるお力を示されたに違いない！」

「「「ははぁー！」」」

あ、そう判断した訳ね。

どうやら村人達は、ウッドゴーレムが自分達を守る為に本気を出してくれたと解釈したらしい。

「じゃあそういう事で」

「そういう事でじゃないでしょ！」

「うわっ!?　スゲェデカい木があるぞ!?　兄貴、アレは何に使うんだよ!?」

「何？　またレクスが何かやったの？」

「おーデカい」

「これはまた凄いですねぇ。流石レクスさんです」

あれ？　何で皆も僕がやったって分かったの？

◆

「レクス殿はいらっしゃいますかぁぁぁぁ!?」

巨大化したウッドゴーレムがちゃんと動くか確認していたら、村の外から騎士達がやって来た。

といっても僕達と西の村に残った騎士ではなく、村の外、恐らく天空城からやって来た騎士達だ。

騎士達は僕の姿を見つけると、まっすぐにこっちに向かってくる。

「どうかしたんですか?」

「大変です！　バハムートが！　新たなバハムートが現れました！」

「新しいバハムート!?」

まさかこのタイミングで2頭目だって!?

「しかもバハムートは前回の個体の2倍近い大きさです！」

「2倍ですか!?」

おいおい、それってつまり……

「ねぇレクスさん、2倍って事はつまり……」

やっぱりリリエラさんも察したみたいだ。

「ええ、バハムートの成体だと思います」

小型のバハムートを倒した後で成体のバハムートが出て来たかぁ。

……あれ？　それってつまり。

「もしかして、この前倒したバハムートの親って事なんじゃ?」

「「ええ!?」」

騎士とリリエラさんが目を丸くして驚く。

「まぁ以前のバハムートが不自然に小さかった事と、その数日後に突然成体のバハムートが現れた事を考えると、そういう事なんじゃないかなと?」

仮に縄張りを奪いに来たのなら、もっとずっと前に力ずくで奪うだろうし。

そう考えると、家族だと考えた方が納得がいく。

「まさか我々に復讐に来たのでは……?」

うーん、どうだろうねぇ。

基本動物ってある程度育てたら巣立ちさせるものだし、魔物のバハムートはどうなのかなぁ?

戦い方は知っているけど、生き物としての生態はあんまり詳しくないいんだよね。

「それとですね」

と、騎士が更に何かを伝えようとしてくる。

「バハムートなのですが、手に何か見たことの無い物を握っていたのですよ」

「見たことの無い物?」

「ええ、見た感じ人工物ですね。おそらくは地上で作られた何かなのではないかと思うのですが」

ふむ、何らかの人工物を持ったバハムートねぇ。

「それで、是非レクス殿にも偵察に参加して頂きたいと騎士団長が仰せで」

あー、カームさんからか。

まぁやっとバハムートが居なくなったのに、また新しいバハムートが出てきたら堪らないよね。

しかも以前より明らかに強そうとなればなおさらだ。

「分かりました。僕もご一緒しますよ」

もしも新しいバハムートが来た理由が以前のバハムートを倒したからだったら、僕にも責任の一端があるからなぁ。

「おお、ありがとうございます！」

騎士さんが感謝の声をあげて頭を下げて来る。

「ところで……」

え？　まだ何かあるの？

「このひと際大きい木は一体なんでしょうか？　以前は無かったと思うのですが」

そっちかぁぁぁぁぁ！

「……せ、成長したみたいです」

「はぁ、成長……？」

よし、説明もしたし、さっさとカームさん達と合流して森島に行こう！

◆

そして、カームさん達と合流した僕達は、偵察の為に森島の外周近くへとやって来た。

島の中に入らないのは、噂のバハムートを刺激しない為だ。

「ご覧ください、あの黒い山に見えるものが、突如現れた新たなバハムートです」

カームさんが説明するまでもなく、森島に居座った新たなバハムートの姿は分かりやすかった。

何しろ森を突き抜けてそびえ立っていたんだからね。

「しかしバハムートが手に持っているアレは何なのでしょう？　バハムートも人間と同じように道具を使うという事なのでしょうか？　そのような魔物は見た事もありませんが」

僕はカームさんの言葉を聞きながら、バハムートの手に握られているモノを見つめていた。

「うん、間違いない。アレは……アレは船ですね」

「船？　船とは何ですか？」

どうやら空島の住人であるカームさん達天空人は船を知らないみたいだ。

「船というのは、川や海の上に浮かべて移動したり、魚を獲ったりする為に使う乗り物の事ですよ」

「川に浮かべて移動する？　しかし川に浮かべたら流されて地上に落ちてしまうのでは!?」

ああ、空島の川って最終的には滝みたいに地上に落ちるもんなぁ。

文化の違いってやつだね。

「地上の川はそれ以上落ちる場所がないんですよ」

「なんと!?」

僕の説明に騎士達が驚きの声をあげる。

まぁ滝のある川とかもあるけどね。

というかなんだけど、あの船なんか見覚えがある様な……

いや見覚えどころか……

「ねぇ、あの船ってもしかして……」

リリエラさんがまさかという顔で僕に話しかけてくる。

「ええ、僕もそう思いました」

リリエラさんもそう思うって事はやっぱり……

「なぁ兄貴、あれってバーンのおっさんの船なんじゃねぇの？」

と、ジャイロ君が僕達の予想を口にした。

「あー、やっぱりそうよね」

「うん、凄く見覚えのある船」

「今度はバハムートに誘拐されるなんて、相変わらず不運な船ですね」

ジャイロ君だけじゃなく、皆も同意見となると、やっぱりグッドルーザー号なんだろうなぁ。

でもグッドルーザー号がどうして、それに中のバーンさん達は無事なんだろうか？

どうしたものかと考えていたその時、小さな唸り声と共にバハムートが僕達を睨んだ。

「イカン、気付かれた！」

結構離れていると思ったんだけど、意外と目が良いなぁ。

そしてバハムートは大きな雄叫びをあげると、体をこちらに向け翼を広げて威嚇してくる。

いや、威嚇じゃないな。アレはこれからお前達を狩るぞっていう意思表示だ。

「総員撤退！」

カームさんが号令をあげるけど、もう遅い。

バハムートは手にしていた船を振り上げると、なんとこちらに向けてぶん投げて来た。

フォームはめちゃくちゃだけど、船はとにかく大きいから当たったら大変な事になるぞ。

それにもし船の中に人が居たら、中の人達も大変だ。

「フィジカルブースト！」

僕は身体能力で肉体を強化し、更に風の魔法を発動する。

ただし発動するのは攻撃魔法じゃない。

「ガイドストリーム！」

発動した魔法が僕の周囲を巡る気流になる。

「いくぞ！」

僕は飛んでくる船の正面へと躍り出た。

「レクスさん!?」

「レクス殿!?」

「兄貴!?」

「「レクス!?」」

皆の戸惑いの声が聞こえたけど、説明するのは後！

僕は身体強化魔法で強化された視力と反射神経を最大限活用しながら船の速度と自分の速度を調整して後退しながら少しずつ船に近づく。

接触する程に近づいた僕は速度を完全に船と同調させる。

そして船に手を当てると、僕はゆっくりと速度を下げて船より遅くしていく。

当然船は僕の体を押しつぶそうと重量をかけてくるけれど、それを一気に押しとどめたりはしない。

このまま受け止めるとショックで中の人が壁に叩きつけれられてしまうからだ。

ゆっくりと自分のスピードを下げながら船の速度を下げていく。

更に発動したガイドストリームの気流が、ゆっくりとだけど力強く船の逆方向から吹いてくる。

このガイドストリームは、大型の飛行マジックアイテムなどを空中大陸の港に誘導する時に使われる魔法で、操縦不能に陥った飛行マジックアイテムを受け止める時にも使われる魔法でもある。

つまり、こういう時にも有効な魔法って訳だ。

身体能力を強化した僕の筋力と、魔法による減速で船は騎士達と激突する事も、このまま落下して地上に叩きつけられる事もなく無事に停止した。

「ふう、なんとかそっと受け止める事が出来たね。カームさん、この船を安全な場所に下ろしたいので撤退しましょう」

「……」

けれど何故かカームさん達は目を丸くしながらこっちを見て固まっていた。

「あのー皆さん、一旦撤退しませんか？」

「「「っ!?」」」

声をかけるとようやく皆がハッとなって動きを取り戻した。

「「「「「う、受け止めたぁぁぁぁぁぁぁぁぁぁ!?」」」」」

え？　なんでそんな事で驚いてるの？

しかもジャイロ君達まで一緒になって。

◆

あの後、バハムートが投げてきた船を受け止めた僕達は、一旦空島へと帰還する事にした。

というのも、保護した船の中に居るであろう船員達の安全を確認する為だ。

この戦艦、グッドルーザー号の船員達の安否を確認する為にね。

幸い、バハムートは船を投げつけて来ただけで、こちらを追撃する様子はなかった。

船を投げて来たのも多分威嚇だったんだろう。

ただ、僕の知ってるバハムートなら、迷わず追撃して来ただろうからちょっと拍子抜けだったけど。

「いやーそれにしても兄貴はすげぇな！　リリエラの姐さんに聞いた船キャッチをこの目で見れるなんて感動だぜ！」

「私もアレをまた見る事になるとは思わなかったわ」

「流石にアレはヒヤッとしましたよ」

「私が身体強化を極めても、アレはマネ出来る気がしない」

「というか絶対真似しちゃ駄目よ。アレはレクスだから出来るんだから」

「いやいや、皆の身体強化を極めていけば、あれくらい簡単にできるようになりますから」

「「「いやいや、無理でしょ」」」

「うぉぉおっ！　マジかよ兄貴！　燃えて来たぜ！」

「だから真に受けるんじゃないわよバカ！」

とまぁそんな訳で、僕達はこれ幸いとグッドルーザー号を空島に下ろし、船内へと入る。

「皆さん大丈夫ですか!?」

船の中は魔法の灯りが灯されており、薄暗いながらも中の状況が確認できた。

船内は食器や道具などがそこら中に散らばり、まるで大時化にでも遭遇したみたいだ。

幸い椅子や机は床に固定されていたので、それで怪我人が出る様な事態にはならなかったらしい。

「何者だ……」

船の奥から聞き覚えのある人の声が聞こえた。

その声音は硬く、強い警戒が感じられた。

「僕です、レクスですよバーンさん！」

「……レクス、だと!?」

奥からガタンドタンと何かにぶつかったり蹴飛ばす音を立てながら、バーンさんが姿を見せる。

どこかにぶつけたのか、あちこち擦り傷だらけだ。

「おお。本当に少年ではないか!?」

バーンさんが嬉しそうに声をあげる。

「お久しぶりです。他の皆さんはご無事ですか？」

「ああ、何とか無事だ！　そうか、突然船が凄まじく揺れたと思ったら、今度は急に静かになったのでどうなったのかと不思議に思っていたのだが、もしや君が我々を助けてくれたのか!?」

「まぁ、そういう事になりますかね」

「おぉー！　やはりそうか!!」

バーンさんは大きく喜びの声をあげると、船の奥に向かって声をかける。

「喜べ諸君！　少ね……レクス君が我等を救出してくれたぞ！」

「……レクス？」

「レクスだって？」

船の奥から少しずつ船員さん達が顔を見せはじめる。

「本当だレクスだ」

「レクスが居るって事は、俺達本当に助かったのか!?」

「当然だろ！　あのレクスだぞ！」

「だよな!?　レクスならあんな魔物が相手でも一発だよな！」

待って、今何か僕の事を過大評価というか、変な風に認識していなかった？

けれど船員さん達の喜びに水を差すのも申し訳ないので、僕はあえてその言葉を飲み込む。

「レクスさん！」

船の奥から新たに僕を呼ぶ声に振り向くと、そこには意外な人の姿があった。

「メイリーンさん？」

なんとそこに居たのは海辺の国のメイリーンさんだった。

「なんでメイリーンさんが？」

あれ？　バーンさん達とメイリーンさん達は別の国の人間だ。

それなのになんでメイリーンさんまでこの船に乗っているんだろう？

「レクス殿、中の様子はどうなっているのですか?」

と、外からカームさんの声が聞こえてくる。

いけないいけない、彼らにも事情を説明しないとね。

「とりあえず外に出ましょう。怪我人の治療も必要でしょうし」

◆

「エリアヒール!」

僕は1ヶ所に集まった怪我人を範囲回復魔法で治療する。

幸いにも大怪我をした人間は居なかったので、簡単な治療だけで済んで良かった。

「いやー、十数人もの負傷者を一瞬で回復させるとは、さすがはレクス殿ですな」

と言いながら、副長が感謝の言葉をかけてくる。

「いえいえ、簡単な範囲回復魔法ですよ」

「いえ、その様な回復魔法は初耳なのですが……」

額に汗を浮かべながら、副長がそんな事を言ってくる。

内大海の教会じゃあ範囲回復魔法を使える人間が居ないのかな?

うーん、前世だと権力争いにかまけて修行をおろそかにする司祭がけっこういたし、そういう事なのかなぁ。

だとすれば、ちゃんと修行していた真面目な司祭達はそれに嫌気がさして町を出て行ったのかもしれないね。

「王都の大きな教会なら、範囲回復魔法を使える人も居ると思いますよ？」

「そう……でしょうか？」

副長は眉を顰めて半信半疑って感じだけど、普通に範囲回復魔法を使える人はたくさんいますよ。

「……レクス殿の言う王都というのは、もしや聖教国の王都の事か？　確かに聖女がいらっしゃるという あの国ならば先ほどの様な大魔法を使える僧侶も居るだろうが……」

「ノルブ、そうなの？」

「いやー、僕も小さい頃お爺様に連れられて行ったことがありますが、そんな魔法を使える人は見たことがありませんよ」

いやいや、ちゃんと探せば居ますよノルブさん。

「まさかジャイロ少年まで居るとはな！　元気だったか？」

「おうよ！　バーンのおっさんもよく無事だったな！」

「一時はもう死ぬかと思ったが、運よく生き残ったとも！　これも日頃の行いのお陰だな！」

「「はははははっ！」」

久しぶりに……という程でもないかな、ともあれ再会したジャイロ君達は互いの健康をたたえ合って熱い握手を結んでいた。

「無事でよかったですねメイリーン様」

「はい、一時はどうなる事かと思いましたが、お陰様で助かりました」

向こうではリリエラさん達がメイリーンさん達、海辺の国の女性随行員達を介抱していた。

船旅に慣れている海辺の国の人とはいえ、長い間極限状態で船の中に閉じ込められていたからね。

怪我はないようだけど、精神的な疲労は大きいだろう。

そう考えると、女性であるリリエラさん達が相手をしてくれた方が、男では気付かない細やかなフォローをしてくれるだろう。

そして一通りの再会の挨拶が終わると、バーンさん達とカームさん達の話し合いが始まった。

「この度は我々を受け入れて貰い、誠に感謝いたします」

「本来なら我が国への侵入者はどのような理由があろうとも捕らえるのが決まりなのだが、貴公等がレクス殿のご友人とあれば、我々も歓迎いたしましょう」

「それはありがたい。少ね……レクス殿の導きに感謝ですな」

「ええ、全くです」

普段僕を少年というバーンさんだけど、こういう時はちゃんと名前で呼んでくれるんだなぁ。

でもなんでいちいち僕の名前が会話に入るんだろう？

「ところで、神聖天空王国セラフィアムとはどこにある国なのですかな？　あの巨大な魔物によって船ごと空へと連れ去られた際に慌てて船内に逃げ込んだため、どこを飛んでいるのか全く分からなかったのですよ」

あー、確かに、船の中に隠れていないと、いつ地上に真っ逆さまになるか分かんないもんね。

更に言うとこの国の場所はバーンさんが思う以上にびっくりする立地ですよ？

「バーンさん、ここは海辺の国から南方に向かった先にある平原の国の上にある国です」

「平原の国の上？　つまりやや北よりという意味かね？」

バーンさんは脳内に内大海近辺の地理を思い浮かべて考えているんだろうけど、ちょっと違う。

地図に描かれた平面上の上じゃないんだよね。

「いえ、地図的な意味での上ではなく、文字通り空の上です」

「空の上?」

バーンさんがどういう意味かと首を傾げる。

「ここは空島といって、空の上に浮かぶ島ですよ」

「……」

バーンさんが何言ってんだコイツと言わんばかりの目で僕を見る。

「いやいやいや、いくら少年でも冗談が過ぎるぞ。島が空の上に浮かぶとかありえんだろう」

まぁ、リリエラさんの時の反応からして、こう言われる気はしていたよ。

どうもこの時代の人達はあまり自分達の住んでいる場所以外の事は知ろうとしないみたいだ。

ちょっと調べれば、外の土地の情報なんていくらでも手に入るだろうに。

元難民のカームさん達は仕方ないけれど、ずっと昔から騎士の家系だったバーンさん達まで外の情報に疎いのはマズくない?

「バーンさん、それに船員の皆さんもこちらに来てください」

こういう時は説明するよりも実物を見せるのが早い。

僕はグッドルーザー号の皆を引き連れて、空島の端へと連れていく。

「足元に気を付けて下を見てください。あっ、あまり端に近づき過ぎないで!」

バーンさん達が一体何事かと下を見る。

最初は何これ？　って顔だったのが、次第に青ざめたり目を丸くしたりと表情が変わっていく。

「「「浮いてるぅぅぅぅぅぅぅぅっっっ!?」」」

自分達が現在どんな場所に居るのかを正しく理解した皆が、驚きのあまりへたり込む。

冷静な副長さんですら、顔を青くして地上を見つめていた。

「しょ、少年!?　これは一体!?」

「先ほど言った通り、ここは空島という空に浮かぶ島です。皆さんはバハムートによってこの島まで運ばれてきたんですよ」

「そ、空島……本当に空に浮かんでいるなんて……我々は夢でも見ているのか？」

夢じゃないですよー？

「それとも我々は既にバハムートの餌になっていて、ここはあの世なのでしょうか？」

「いやいや、皆さん生きてますからね？」

「これが普通の人の反応よねぇ」

「そうね、普通の人間は船に乗って空の上にやってくる事なんて出来ないものね」

何故か少し離れた場所で、リリエラさんとミナさんがしみじみと頷いていた。

◆

「ま、まさか空の上に大地が、それも国が存在しているとはな……」

「まだまだ世の中は、我々の知らない驚きに満ちていますね船長」

「ああ……本当にそうだな、副長」

自分達が空の上へと連れてこられた事を知ってショックを受けたバーンさん達だったけれど、時間を置いた事で少しずつ落ち着きを取り戻し、これまでの経緯をポツポツと語り出した。

「少年が去った後、我々は魔人の処遇について話し合う事となった」

「クラーケンの件を発端にして魔人を捕らえるに至った我々と、自国で起こった事件である事から魔人の身柄は自分達が預かると主張するヴェルティノ国との間で激しい権利の奪い合いが続いたのです。長い協議の末、魔人の身柄は両国が交代で預かる事にし、その際に得た情報は双方で共有する事となったのです」

成る程、それでメイリーンさんが海辺の国の使者として同行していたって訳だね。

「だが、魔人を船で運んでいた時、あの巨大な魔物、バハムート……だったか？　が突然襲い掛かってきて、我等は船ごと空高くへと連れ去られてしまったのだ。我々は地上に落とされない様、慌てて船内に逃げ込んだが、その際のどさくさに紛れて魔人に逃げられてしまったのだ」

「魔法を封じられた魔人が逃げた!?」

それはおかしい。アレを付けられて体も拘束されていた魔人が自力で逃げられる訳が無い。

と、そこで僕はバーンさん達を船ごと攫ったバハムートの事を思い出す。

もしかして、バハムートもクラーケン同様魔人が関わってるんじゃ……

「後はレクス君も知っての通りだ。助けて貰い、本当に感謝している」

バーンさんが僕に敬礼をすると、後ろに居る船員さん達もそろって敬礼をしてくる。

「いえいえ、単に飛んできた船を受け止めただけですから、そんな大した事はしていませんよ」

「「「「……」」」」

あれ？　どうしたの皆？　そんな真面目な顔して。

「レクス君」

「はい？」

「良いかい？　普通、生身の人間は船を受け止める事なんて出来ないんだよ？」

副長さんがゆっくりと、諭すように僕に話しかける。

「ええ、分かっていますよ。だから魔法を併用して受け止めました。いくら僕でも生身で受け止める事は出来ませんよ」

「「「「分かってないっっっ!!」」」」

え？　どういう事!?　何で皆叫ぶの!?

「まぁまぁ、レクスさんのいう事ですから」

リリエラさんが良く分からないフォローをしている。それ、フォローじゃないですよね？

「ううむ、確かにレクス君だからなぁ」

え？　それで納得するの皆!?

「だが困ったな。空の上の島など、どうやって地上に降りれば良いのだ」

冷静さを取り戻したバーンさん達は、今後の事についての相談を始める。

「本来なら軍が大金を支払って建造したこのグッドルーザー号を持ち帰ることを考えねばならぬところなのだが、それ以前に我々が戻る方法すら考え付かないぞ」

あー、最新鋭戦艦だもんねぇ。

これを空島に残したらそりゃあ大損害だよ。

「レクス殿、飛行魔法を使えるレクス殿でしたらこの船を地上に下ろせるのではないですかな?」

そんな時、副長が僕を見てそんな事を聞いてきた。

「おおそうか！　この船を受け止めた少年ならきっと可能だろう！」

んー、この船を地上にねぇ……

「それは出来ると思いますけど……」

「おお、まことか!?　ではさっそく！」

「ただ、このあたりの川ではこの船を運用するだけの深さと幅を持った川はありませんよ?　このあたりは内陸の土地ですし」

「何っ!?」

うん、飛行魔法でここに来るまでの間にそんな大きな河は見当たらなかった。

だからただ地上に下ろしただけでは結局運ぶのに物凄い人員と予算と時間が必要になるだろう。

あと周辺国家に対しての交渉も必要になるだろうからね。

「おおおおっ、まさか大河すらないとは……」

立地の悪さばかりはどうしようもないよねぇ。

「まぁ船の件は後にしましょう。バーンさん達だけなら僕達で地上まで送りますから」

「うむ、そうだな。命を救われたというのに、船までも運んでほしいというのはさすがに贅沢というものだな。すまない少年、我等85名を地上まで運んではもらえないだろうか?」

「……85名?」

「む？　ああ、我が船の船員だけでなく、ヴェルティノより我が国に向かう予定だったメイリーン殿をはじめとした使者達がいるからな。……まさか無理なのか!?」

バーンさんは焦るけど、運ぶだけなら別に問題は無い。

けど、その人数をいちいち運ぶのも面倒くさいなぁ。

リリエラさんに協力して貰っても一度に一人が限界だろうし、カームさん達の羽は修理して性能が戻ったけど、基本的に一人用だから成人男性を運ぶのはちょっとなぁ。

んー……面倒だから、船を飛べる様に改造するか。

幸い、この島には幾らでも飛行用マジックアイテムに改造する為の材料があるんだから。

「バーンさん」

僕はバーンさんに声をかける。

「な、なんだ少年？」

「皆さんを一人ずつ運ぶのでは少々時間と手間がかかります。ですので、皆を纏めて運ぶ為にちょっと船に細工をしてもよろしいですか？」

「船に？　ああ……まぁこのままでは使い物にならんからな。迅速に地上に下ろす為に使うというのであれば好きにしてくれて構わんぞ。どのみち、このままではここに置いていくしかないからな。水に浮いていない船などただの木材の塊だからなぁ……ハハハッ」

なんだかバーンさんの目が虚ろだけど、地上に戻れば元気になるかな？

ともあれ、バーンさんの許可も取ったから、今度はカームさんのほうだね。

「カームさん。ちょっと元天空王に、いえコノートトレア女王に許可をお願いしたいんですけど」

「女王陛下にですか？」

カームさんが何事かと僕に聞いてくる。

「実はですね、船を地上に下ろす為の改造をする為にグラビウムが欲しいんです」

「グラビウムをですか……？　あー、我々としてもレクス殿の頼みとあらば応えたい所なのですが、残念なことに今の我々ではグラビウムを採取する事は出来ないのです……」

「グラビウムを採取する技術に関しては、僕が知っているから大丈夫です。カームさん達にグラビウムが含まれる石材を用意して貰いたいんです」

「なんと!?　レクス殿はグラビウムの精製まで出来るのですか!?　……本当に貴方は一体何者……いえ、何でもありません。過ぎたる好奇心は身を亡ぼすだけですね」

いえいえ、僕はただの善良な冒険者ですよ？

「ともあれ、そうなると私の裁量を超えていますので、一度女王陛下にうかがってまいります」

そう言ってカームさんは天空城へと飛んで行った。

そして数時間後、天空城から戻ってきたカームさん経由でグラビウムの採取許可が下りた。

「是非やってみてくださいとの事です。そして成功したら是非ともやり方をご教授頂きたい、ともおっしゃっておりました」

あはは、ちゃっかりしてるなぁ。

でもグラビウムの採取のし過ぎは危険だから、そのあたりは注意しておかないとね。

けどまぁ、許可が貰えたのはありがたいね。

あと戻ってくるのに時間がかかったのは、バーンさん達の事も一緒に報告していたからみたい。

「普通ならバーン殿達も捕らえなければならないのですが、ジャイロ殿の知り合いならばと特別に許可を頂けました」

よーし、これで船を直す素材のアテも出来たし、ちゃちゃっと改造を済ませてしまおう。

◆

私の名はバーン・ドバッグ。

ロズウッド国内大海騎士団団長にして最新鋭戦艦グッドルーザー号の船長だ。

そして今は実質船を失ったに等しい男だ。

ついでに捕虜にも逃げられた男だ。

いかん、考えれば考えるほど辛くなってきた。

だが幸いにも偶然再会したレクス少年のお陰で部下共々命だけは助かった。

空島などという場所には驚いたが、少年のお陰で地上に戻るアテは出来たのは幸運だろう。

代わりに愛船は失うことになるが。

わずか1ヶ月も経っていないのに軍の最新鋭戦艦を失うなど、どんな厳罰が待っている事やら。

今から胃が痛くなってくる。

しかもその愛船は少年が我等を地上に下ろす為になにやら作業をするとの事だ。

おそらく複数の船員を纏めて運ぶ為に大きなタンカの様なものを作るつもりなのだろう。

伝説の魔物、エンシェントプラントの素材で作られた船の末路がタンカとは、哀れなものよ。

そして翌朝、野宿をして夜を明かした我々の下に少年がやってきた。

「バーンさん！　船の改良が終わりましたよ！」

改良か、戦艦からタンカに華麗なる転身という訳だ。

「じゃーん、これが新しいグッドルーザー号の姿です！」

と、少年が指さしたのは、解体されたはずの我が愛船だった。

「……少年、何処が新しいのだ？」

我々を地上に運ぶためのタンカを作ったのではないかね？

「おっと、外から見ただけじゃ分かりませんよね。じゃあ実際に動かしてみますね」

そういって少年は船の上に上がり、舵輪《だりん》を握る。

「動かす？」

少年の言いたい事が良く分からないのだが？　船は陸では動かないのだぞ？

「では、新生グッドルーザー号発進！」

そう、少年が言った瞬間、我が船が浮き上がった。

宙に、浮いたのだ。

「「「…………は？」」」

船が浮いている。

見間違いなどではない、船底が確かに見えるのだ。

「こ、これはどういう事だ少年!?」

私の船はタンカの材料にされたのではないのか!?

「いえね、いちいち全員を運ぶのが面倒だったので、一度に全員を運べるようにこの船を飛行船に改造したんですよ」

何を言っているのか良く分からない。

「これなら簡単に皆さんを運べるでしょう?」

よく分からないが確実に言える事がある。

それは……

「「「「簡単じゃないっっっ!!」」」」

今、グッドルーザー号の船員とヴェルティノからの客人達の心が一つになった。

第70話　二人の魔人と黒い卵

グッドルーザー号を飛行船へと改造した僕は、操縦方法を船員さん達にレクチャーした後、森島へとやって来ていた。

船員さん達の操船技術の習熟には時間がかかるし、なにより逃げ出した魔人とバハムートを放置する訳にもいかなかったからだ。

「さて、それじゃあ敵の本拠地を調査するとしましょうか」

「けどこの島は結構広いわよ。いちいち探してたら時間がかからない？」

「何か作戦でもあんのかよ兄貴？」

皆はこの広い森島を地道に探さないといけないのかと、うんざりした様子だ。

「とりあえず島の中央に向かおう。魔人が何かを企んでいるのなら、たどり着きにくい一番奥が怪しいと思うんだよね」

「まぁ順当な判断よね」

「今回は捜索を優先するから、目標以外とは極力戦わずに駆け抜けるよ」

「えー？　戦っちゃ駄目なのかよ」

戦っちゃ駄目と言われて、ジャイロ君は不満みたいだね。

「ただ強いだけが優秀な冒険者じゃないわ。無駄な消耗をせず、常に余裕を持って依頼を達成できるのが一流の冒険者よ」

「一流……分かったぜリリエラの姐さん！」

「……その姐さんってのいい加減止めてほしいんだけどね。私まだ若いのに……」

リリエラさんに諭された事で、ジャイロ君が納得の声を上げる。

それにしてもリリエラさんは良い事を言うなぁ。さすが僕達の中で一番熟練なだけある。

「それじゃあ行こうか！」

僕達は、身体強化魔法で肉体を強化すると、森の中を軽快に進んで行く。

「そういえば今日はバハムートが居ないな」

前の偵察じゃあ森島の外からバハムートの巨体を見ることが出来たけど、今はどこにも居ない。

「メシを取りに出かけたんじゃね？」

「そうかもしれないね」

前回の森島討伐で、バハムートと一緒に魔物を討伐しておいたのが功を奏したのかもしれないね。

今回は魔人の動向を優先して調べたいから、余計な戦いをせずに済むのはありがたいよ。

途中何体か魔物に遭遇したけれど、僕達は魔物が戦闘態勢に入る前にその横を通り過ぎる。

「キュウッ！」

「こらモフモフ、今は駄目だよ」

僕は魔物を狩ろうとするモフモフを捕まえて制止する。

「ギュウッ!!」

狩りの邪魔をされて、モフモフが不満げに声を上げた。

「後でお腹いっぱい食べさせてあげるからさ」

「……ギュウ」

僕が約束すると、モフモフは不承不承と言った感じで大人しくなる。

あっ、でも頭をペシペシ叩くのは止めてくれないかな。

「あーでもやっぱ戦えねぇって勿体ねぇよ」

「モフモフじゃないけど残念」

「ゴメンね。それにある程度は魔物を残しておかないと、カームさん達騎士団が戦闘経験を積む機会が減っちゃうからね」

そうしてしばらく進むと、少しだけ開けた場所に出た。

「あれは……」

僕はそこで古びた遺跡らしき建造物を発見した。

「これは、なにかの施設の跡かしら？　装飾を見るに、結構古い遺跡っぽいわね」

ミナさんが興味深げに遺跡について考察している。

やっぱり魔法使いだからこうした遺跡には興味があるんだろうね。

「お宝ないかな……」

メグリさんがさっそく周囲をキョロキョロと見回して、金目の物が無いか探している。

でも施設は建物というにはボロボロで、もう土台や柱くらいしか目ぼしいものは残っていない。

その柱にも蔦や苔が生い茂っているし、上空から捜索していたらよほど注意深く観察しなければ見つからなかっただろうね。

「あら？　何かしらアレ？」

と、そこでリリエラさんが何かを発見したらしく、遺跡の中央を指さす。

僕達がその指に沿って遺跡の中央に目を向けると、そこには奇妙なものが鎮座していた。

「あれは……卵の殻でしょうか？」

ノルブさんの言う通り、それは割れた卵の殻だった。

黒く大きな、卵の殻だ。

僕は卵の殻に近づくと、それを観察する。

「古いなぁ。苔が生えているし土も被ってる。孵化したのはだいぶ前かな」

殻の状態は大分古いし、生まれた雛はもう成体になっているんじゃないかな？

と、いうよりも……

「もしかして、これってこの間倒したバハムートの卵だったりして……」

さすがに前世の知識がある僕も、見ただけで何の卵か判別するのはちょっと難しい。

まぁ、前々世の知り合いの魔物研究家なら、これを見ただけで何の卵か分かるんだろうけど、普通の人間である僕にはとてもあの領域には至れそうもない。

「もしこれがバハムートの卵だとしたら、新しくやって来たバハムートの目的は……ここでまた卵を産む事？　だとしても今のバハムートは魔人に従っている筈だし……」

うーん、これだけじゃまだ断言はできないな。

「もうすこし捜索してみようか」

僕達は一旦バハムートの卵の殻を放置すると、更に遺跡の奥へと進んで行く。

そしてそれほど進まないうちに、遺跡の中にポツンと立った石造りの門を発見した。

「門……？」

「けどコレ、なんだか妙に綺麗じゃない？」

リリエラさんの言う通り、この門は不自然だった。

「まるで新築の家を破壊して、門だけを残したみたいな感じね」

「それに苔も蔦も碌に生えていない……」

そう、ミナさん達の言う通り、他の遺跡と比べて綺麗すぎる。

「それに建築様式も他の遺跡と違うみたいね。明らかに違う人間が作ったものだわ」

「うん、これはゲートだね。それも稼働状態の」

間違いない。かつて前世で見た魔人達の使う転移装置、ゲートだ。あの頃に見たものとデザインは違うけど、全体的な作りや装飾のクセが酷似している。

「稼働状態って事は、この近くに魔人が居るって事よね？」

「でしょうね」

当然だけどマジックアイテムであるゲートは稼働すると魔力を消耗する。

だから長期間動かさないなら動力は止まっているのが常識、というか無駄な魔力を消費しない為に大抵のマジックアイテムは一定期間動かさないでいると勝手に止まる様にできている筈なんだ。

まぁ現在の魔人のマジックアイテムは、そんな事気にせず開発してる可能性もあるんだけど。

ともあれ、このゲートは稼働状態を維持していた。

これは間違いなく使っている誰かが居るという証だ。

ここは長らくバハムートに占拠されていた訳だから、うっかり天空人が稼動させたとは思えない。

となれば、やっぱり魔人と考えるのが妥当だよね。

「そしてアレも魔人の企みの一環なんだろうね」

「「「「え？」」」」

僕の言葉と視線を受けて、皆が同じ方向を見る。

ゲートから少し離れたそこには、不自然に折れた木々が積み重なっている場所があった。

「あれは……何？」

「まるで鳥の巣みたい」

「で、でも鳥の巣と言うには、ちょっと豪快すぎませんか？」

うん、普通の鳥の巣は木の枝を集めて作るものだからね。あれはちょっと規模が大きすぎる。

それこそ人間が入るくらいの大きさだよ。

更にその中心には、黒く大きな物体が鎮座していた。

「兄貴、あの卵ってもしかして……」

「うん、多分バハムートの卵だね」

「「「バハムートの卵っ!?」」」

僕の言葉に、皆が驚きの声を上げる。

倒れて積み重なった木々が巣なのだとしたら、あの巣を作った生き物は相当な大きさだろうね。

そしてこの島でそんな大きさの生き物となると、候補は数えるまでもない。

「位置的にも、グッドルーザー号を投げたバハムートが居た位置がこのあたりの筈だしね」

それを証明するように、巣の周囲の木々もまた、不自然な形で折れ曲がっていた。

「キュウ！」

そしたら、僕の頭の上に乗っていたモフモフが突然バハムートの卵に向かって飛び出してゆく。

「あっ、こらモフモフ！」

「もしかしてバハムートの卵を食べるつもりなんじゃ？」

「え？　そんな事になったら卵を食べられて怒ったバハムートが大暴れするんじゃない⁉」

「それ、天空島の人達が危ないんじゃないですか⁉」

「やべぇ！　おいモフモフ止め……」

慌てた皆の制止を振り切り、モフモフが巣に飛び込んだその時だった。

「ブギュウッ⁉」

バチンという大きな音と共に、モフモフが弾かれたんだ。

「あれは……」

僕達が卵に近づくと、巣に隠れて見えなかったソレの存在に気付く。

「何これ？」

そこにあったのは、バハムートの卵を囲うように設置された何らかの装置だった。

「もしかしてマジックアイテム？　でもなんでこんなところに？」

周囲の巣の素材が木々で出来ているのに対し、このマジックアイテムは明らかに異質だった。

「これはどうやら結界のマジックアイテムみたいですね」

モフモフはこれにぶつかったみたいだね。

モフモフが弾かれた事から、このマジックアイテムは結界としての効果を発揮するんだろう。

卵を覆うように、魔力で作られた円形の壁が張り巡らされている事から、卵を守っているのかな？

「……いや、もしかしてバハムートが卵に接触できない様にするため？」

「レクスさん、それってどういう事？」

弾かれたモフモフを抱えたリリエラさんが僕の言葉に首を傾げる。

「おそらくこのマジックアイテムを設置したのは魔人です。装置の装飾がゲートのものと酷似していますし、間違いないでしょう」

「言われてみればそうね。でも何で……っ！　もしかして！」

考えたリリエラさんは、すぐにその理由に思い至ったみたいだ。

「バハムートに言う事を聞かせる為の人質にするため!?」

「え!?　でもバハムートって魔物でしょう!?　人間、じゃなくて魔人の言う事なんて聞くの!?」

リリエラさんの推測に、ミナさんがまさかと驚きの声をあげる。

「ありえない話じゃありません。バハムートは高位のドラゴンですから、魔人の言葉を理解出来る可能性があります。それに今までの魔人が使ってきたマジックアイテムを考えると、魔物と意思疎通する為のマジックアイテムを有している可能性もありますしね」

「そ、それは確かにそうかもしれないわね……」

「って事は、このマジックアイテムを壊せばバハムートはこっから出ていくって事か？」

「その可能性は高いよ。卵が孵化するまでは居るかもしれないけど、魔人に良いように使われた場所にいつまでも居座り続けるとは思えないからね」

「ですがどうやって破壊するんですか？　下手に近づけば僕達も弾き飛ばされてしまいますよ？」

「キュウゥ～」

ノルブさんの言う通り、モフモフはリリエラさんの腕の中でぐったりしている。

「ああ、それなら対処法があるから大丈夫ですよ」

「マジかよ!?　流石兄貴だな！」

「結界を解除なんて出来るの!?　普通結界対策って術者の魔力切れを待つものじゃないの!?」

そうだね、無駄な労力を消耗しない為の一番いい方法は、術者の魔力切れを待つ方法だ。

でも時間が無い時、例えば堅牢な要塞を急ぎ攻める時は、もっと手っ取り早い方法がある。

「こうするんですよ」

僕は体に魔力壁を覆わせると、結界を通り抜けた。

「「「「……」」」」

「ほらね？」

「「「「何したぁぁぁぁぁっ!?」」」」

結界を通り抜けた僕に、皆が驚きの声をあげる。

「結界の波長に合わせた魔力壁を全身を覆う様に纏わせたんですよ。身体強化魔法の要領ですね。こうすれば、結界が魔力壁を自分の一部だと勘違いして、簡単に通り抜ける事が出来るようになるんです。ねっ、簡単に通り抜けられたでしょう？」

「「「「全然簡単じゃないっっ！」」」」

「結界と同じ波長の魔力壁？　そんなのどうやるの!?　どうやって波長なんて調べるわけ!?」

自分の知らない魔法技術を見て、ミナさんが興奮気味に聞いて来る。

ミナさんは本当に研究熱心だなあ。

「今は魔人の暗躍を調べないといけませんから、また次の機会に教えますよ」

「絶対よ！」

「さて、それじゃあこのマジックアイテムをっと、てい！」

マジックアイテムを一刀両断にすると、あっさりと卵を覆っていた結界が解除される。

「これで良しっと。これで君のお母さん達も二度と魔人に従わずに済むよ」

そう言って、僕はバハムートの卵を撫でる。

「っ!?　レクスさん、ゲートがっ！」

と、その時だった。リリエラさんが慌てた様子でゲートを指さす。

見ればゲートが淡い光を放ち、起動を始めているじゃないか。

「誰か出て来る！　皆隠れて！」

僕達はバハムートの巣に使われている大木の陰に潜み、誰が出て来るのか警戒する。

上位の魔人なら僕達が隠密魔法を使っていても探知する事が出来るだろうから注意しないと。

そしてゲートの輝きがひと際強くなり、石で出来た扉がひとりでに開きだす。

ちなみに石と言っているけれど、知り合いの研究者曰くこの扉は魔人の世界の鉱物なので厳密には石ではないのだ！　って言ってたっけ。

まぁそれは今はどうでもいい話か。

ゲートが完全に開くと、中から二つの人影が出て来た。

二人ともまだこちらの存在に気付く気配はないけれど、油断は禁物だ。

気付いていないフリをしてドカーンとやってくる可能性もあるからね。

「まったく、貴様がヘマをしてくれたおかげで、こちらまでとばっちりだ」

現れた魔人の一人が不機嫌そうに呟く。あんまり仲が良くないのかな？

「仕方ないだろう！　相手は我等のマジックアイテムを容易に解体する様な奴だぞ！」

「あれ？　なぁ兄貴、あっちの奴って」

「うん、あの時のアイツだね」

もう一人の魔人、アイツはメガロホエールに刺さっていた大型マジックアイテムの中で遭遇した魔人だ。さっそく逃げた魔人に会えるなんてね。

「敗北を偉そうに語るなバーゲスト！　お前のヘマをフォローする為に持ち場を離れた所為で、俺が担当していた魔物が1匹殺されたんだぞ！」

「はっ、人間に殺される程度の魔物では、どのみち役目は果たせなかったんじゃないのかロドルガ？」

ふむ、メガロホエールを担当していた魔人がバーゲストで、バハムートを担当していた魔人はロドルガって言うのか。

「人間の力ではない。使い魔の報告ではマジックアイテムの力で倒したらしい」

おや？　これはもしかして、僕らがバハムートを倒した事を言っているのかな？

「ふむ。小柄とはいえ、よもやバハムートを倒す程のマジックアイテムを所有していたとはな。腐っても天空大陸の末裔だけの事はある」

やっぱりバハムートの事を話していたみたいだ。

小柄っていう事は、あのバハムートはまだ若い個体だったのかな？

まぁ人間に襲い掛かってきた以上、魔物に手加減する事は出来ない。

小柄でも戦えない人達にとってドラゴンは脅威だからね。

「だがそれなら新しいバハムートを用意してもまたマジックアイテムで殺されるんじゃないのか？」

バーゲストの発言にロドルガが首を横に振る。

「いや、使い魔の報告ではバハムートを倒した後、マジックアイテムは自壊したらしい。さすがに複数回使える様な強力な品は所持していなかったと見える」

「だからこれ以上倒される心配は無いと言う事か」

「ああ、今の人間の文明は衰退しているからな。新しくマジックアイテムを作ることなど出来ん」

文明が衰退した時代？　それってどういう……

「本当にそう思うかロドルガ？」

「……まぁ、まだマジックアイテムを隠し持っている可能性は否定できん」

あぁ、重要そうな話だったのに……

「なら俺が力を貸してやろう」

そう言ってバーゲストが自分の胸をドンと叩く。

「それで今回の借りを返すとでも？　元々お前がヘマをしたから、俺もバハムートの見張りを中断せざるを得なかったんだぞ？」

「だがどのみち今回の件が無くとも、人間は近くマジックアイテムを使ってバハムートを倒していただろうよ」

「むぅ」

ロドルガはバーゲストの言葉に思案する。

「確かにな。人間がどれだけマジックアイテムを保有しているか分からん以上、いずれは今回と同じ状況に陥っていた可能性は高い」

「だろう？　だから今回は俺が人間達の本拠地を攻めてマジックアイテムごと奴らを殲滅する。お前は残ったバハムートと卵を守っていればいい」

そう言って、バーゲストは奥に見える黒い卵を指さす。

やっぱりアレはバハムートの卵だったんだね。

「まぁ良いだろう。ならば貸した借りをさっそく返してもらおうか」

「ではさっさと人間共を殲滅して俺も新しい獲物を仕込みに行くとするか」

そういって、バーゲストは舌なめずりしながら指を鳴らす。

おっと、天空島の人達に危害を加えようというなら僕も見逃すわけには行かないよ。

「兄貴！　アイツ等コノート達を襲うつもりだ！」

ジャイロ君がもう我慢できないと言いたげに腰を上げる。

「うん、やろうか！」

天空島の人達を襲わせはしないよ！

「そこまでだ！」

僕は武器を片手にバーゲスト達の前に躍り出る。

「彼等には手を出させないよ！」

「何者だっ⁉」

「『通りすがりの冒険者さ』」

僕とジャイロ君の声が綺麗にハモる。

突然現れた僕達にロドルガが警戒をあらわにする。

「き、貴様等はあの時の⁉」

対照的に、僕達と戦った事のあるバーゲストは驚愕の表情を見せる。

「気を付けろロドルガ！　この小僧共が俺の計画を邪魔した人間共だ！」

「何だと⁉　こんな若い小僧共がか⁉」

「まさかこんな所まで追って来るとは……」

いや、別に追ってないんだけどね。

「だが運が悪かったな！　いかに貴様と言えど、我等二人を相手にしては勝ち目などあるまい！」

そう言うや否や、バーゲストが魔力波を乱射してくる。

「この程度の攻撃、何の意味もないよ！」

バーゲストの放つ魔力波は、数こそ多いものの、やみくもに乱射しているだけで、回避は容易だ。

「プロテクトシールド！」

ノルブさんが魔法で大盾状の防御壁を作りだして後衛のミナさんをガードし、ジャイロ君達は身体強化魔法で身体能力を向上させて回避する。

「はっ、この程度の攻撃なんか効くかよ！　今度は俺達の番……ってあれ!?」

弾幕が消え、反撃に出ようとしたジャイロ君だったけれど、そこにバーゲスト達の姿は無かった。

けれど僕には分かっている。

「右だよジャイロ君！」

「っ!?」

僕の声に反応して、ジャイロ君が間一髪でロドルガの攻撃を受け止める。

「ぬっ!?」

「つぶねー！　サンキュー兄貴！」

そう、バーゲストの攻撃は目くらましだ。

そして当のバーゲストはと言うと。

「ふはははっ！　俺を甘く見たな小僧！　貴様の化け物じみた力は既に分かっている。だがそんな貴様も、同胞を盾に取られてはどうかな？」

「アイツもしかして!?」

「天空島の人達を人質にするつもりみたいだね」

「させないわよ！　サンダーシュート！」

「甘いわ！　サテライトシールド！」

ミナさんの放った雷の攻撃魔法に命中するかと思われたその時、バーゲストを守る様に魔力で出来た盾がその攻撃を防ぐ。

「ふははははっ！　貴様等の攻撃など通用するものか！」

「このっ！」

ミナさんが更に魔法で攻撃をするものの、それらの攻撃は全て魔法の盾で弾かれてしまった。

「駄目、もう届かない！」

距離が離れすぎた為、ミナさんの魔法では途中で消滅してしまい届かなくなっていた。

「ミナさん、こういう時はこっちの魔法の方が良いですよ。ライトニングジャベリン！」

僕が放ったのは、雷の槍を放つ魔法だ。

それはサンダーランスに似ているけれど、それよりも細くやや長い。

なにより、その魔法はサンダーランスよりも、速く遠く飛び続けた。

そして僕の放った雷の投げ槍は、あっという間にバーゲストに追いつくとその羽を貫いた。

「ぐあぁぁぁっ！」

羽を貫かれたバーゲストは、そのまま地上へと墜落してゆく。

「キュウ！」

更にモフモフが僕の頭から飛び降りて、森の中へと飛び込んで行った。

もしかしてバーゲストを狩りに行ったのかな？　前もアイツの羽を美味しそうに齧っていたし。

「レ、レクス。い、今のって……？」

「ああ、今のは射程と速度重視の雷属性魔法です。サンダーシュートよりも射程がありますが、代わりにサンダーランスより威力が低めなんですよね」

「あ、あれで威力低いの？」

どの性能も高い魔法を使おうと思うと、どうしても魔力消費が多くなっちゃうし、魔力を節約すると、どれかの性能が犠牲になっちゃうんだよね。

「説明は後よレクスさん！　魔人はまだ居るわ！」

おっとそうだった。

「ちぃっ！」

バーゲストが撃墜されて不利を悟ったロドルガが、後退しながら赤い魔力光を放ち牽制してくる。

「当たらないよ！」

僕はロドルガの攻撃を回避しながら一気に距離を詰める。

さっさと捕まえて、バーゲストの方も捕まえないとね！

「舐めるな！」

その時、ロドルガの赤い光が破裂し、散弾となって周囲にばらまかれた。

「どうだ！」

やるなぁ、当たらないと分かったら、即座に回避困難な高密度の弾幕に切り替えてきたよ。

連射ではなく密度の濃い散弾にしてきたあたり、ロドルガの方が実戦経験が多いみたいだ。

「でも、効かないよ！」

土煙を抜けて、僕はロドルガの正面に躍り出る。

「馬鹿な!?」

おあいにく様。どれだけ威力があっても、散弾状にした事で一発の威力は低下しているんだ。

そこまで弱体化した攻撃なら、僕の全身を包む全周型防御魔法だけで事足りるさ。

「さぁ、とどめだ！」

と、思ったんだけど、よく考えたらコイツ等を殺すと魔人の情報が手に入らなくなっちゃうや。

ここは方針転換して生け捕りにしよう。

僕はとっさに剣を逆手に持って、剣の柄をロドルガの鳩尾に叩き込む。

「ぐほっ!?」

柄での攻撃とはいえ、身体強化魔法で強化された攻撃だ。

ロドルガは口から血を吐いて悶絶する。

よし、あとは拘束魔法で捕獲すれば……

「させるかぁ！」

と、その時、墜落した筈のバーゲストが僕に飛び掛かってきた。

「バーゲスト!?」

「油断したな小僧！」

僕は即座にバーゲストの攻撃を受け止める。まさか墜落したのはブラフだった!?

「ちっ、それにしても忌々しい小僧よ！　このような所まで追って来るとはな！」

だから追ってきたつもりはないんだって。

「というかなんで傷が治ってるの？」

うん、バーゲストの羽は完治こそしていないものの、明らかに傷が治っていた。

「フハハッ！　次に貴様と戦う時の為にハイポーションを用意しておいて正解だったぞ！」

おっと、敵も回復手段を用意していたのか。

まぁでも、よくよく考えると普通の事だよね。

冒険者さん達だって僧侶の回復魔法だけでなく、予備にポーションを用意するんだから、敵が使ってもおかしくはないか。

でも僕が戦った敵はポーションの類を使ったりはしなかったんだよなぁ。

「さぁ、この前の借りを返させてもらうぞ！　我等の計画を阻止できる貴様を倒せば、俺の失敗も帳消しにして余りある戦果となるからな！」

なんだか僕の事を過大評価しているなぁ。

「さぁ今だロドルガ！　やってしまえ！」

「う、うむ」

背後からロドルガの掠れた声が聞こえて来る。

どうやらロドルガもハイポーションを持っていたみたいだね。

「ふはははっ！　抵抗も出来ずに死グボァッ!!」

その時、勝ち誇っていたバーゲストが真横に吹き飛んだ。

そうさ、仲間が居るのはお前だけじゃない！

「調子に乗ってんじゃねぇぞコラァ！」

そう、バーゲストを吹き飛ばしたのは、ジャイロ君だ。

「テメェなんかが兄貴を倒せる訳ねぇだろ！　兄貴に代わって俺が相手だ！　兄貴！　アイツは俺達に任せてくれよ！」

「うん、頼んだよ！」

「こらジャイロ！　俺が！　じゃなくて、俺達が！　でしょ！」

「あっ、悪ぃ悪ぃ」

ジャイロ君がバーゲストの前に立ちはだかると、その横にミナさん達が立つ。

「そんじゃ行くぜお前等！」

「任せなさい！」

「ん」

「が、頑張ります！」

「それじゃあ、私はこっちね」

そう言って、リリエラさんが槍を構えて僕の横に立つ。

「正直言って足手まといだと思うんだけど……」

「そんな事ないですよ。とても心強いです！」

僕達の方はロドルガと対峙する。

「流石はバーゲストを捕らえた人間か。正直油断していたぞ」

そう言いながらロドルガは、懐から小瓶を取り出し蓋を開ける。

すると小瓶の中から紫色の霧が湧き出して、ロドルガの体を包み込んだ。

「ぐぅおお！」

するとどうした事だろう。ロドルガの傷が瞬く間に回復したんだ。

「飲んだり塗布したりせず、霧状になって傷を治すポーションかぁ。どんな調合で作るんだろう!?」

「レクスさん、そう言うのは後にして……」

おっといけない、つい知的好奇心が湧いちゃったよ。

「だがもう油断はせん！　覚悟しろ人間共！」

◆

僕達がロドルガと対峙している間に、ジャイロ君達の戦いが始まった。

「サンダーシュート！」

「ウォールガード！」

ミナさんの魔法をバーゲストが魔法でガードする。

「はっ！　貴様程度の魔法でこの俺の防御魔法を貫けるものか！」

「喰らいやがれ！」

「はぁっ！」

即座にジャイロ君とメグリさんが左右からバーゲストに襲い掛かる。

「甘いわ！　サテライトシールド！」

バーゲストが両腕を左右に向けると、その先に先ほどと同じバックラーサイズの魔力で紡がれた円盤が現れて二人の攻撃を受け止める。

「この鉄壁のバーゲストにその程度のぬるい攻撃など通じん！」

成る程、あいつは攻撃力が低い代わりに、守りに優れている魔人なんだね。

ライトニングジャベリンを喰らって墜落した際も、意外と早く戦線復帰してきたのも、ハイポーションの効果だけじゃなさそうだね。

前の戦いであっという間に倒せちゃったのは、本領を発揮する前に倒しちゃったからなのかな?

「お返しだ小僧!」

「うあっ!?」

バーゲストの反撃を受けて、ジャイロ君が負傷する。

「ジャイロ！　サンダーシュート!」

「ふははははっ！　無駄無駄無駄!」

ミナさんの魔法はやはりバーゲストの盾の魔法に受け止められてしまう。

だけどミナさんの狙いはバーゲストを攻撃する事じゃない。

「大丈夫ですかジャイロ君！　ミドルヒール!」

ミナさんの狙いはノルブさんがジャイロ君の治療をする為の隙を作る事だ。

「すまねぇノルブ、助かったぜ」

「あの魔法、面倒」

バーゲストの防御魔法を貫けず、ジャイロ君達は攻めあぐねていた。

「よそ見をして良いのか小僧!」

と、ジャイロ君達の戦いに意識を向けていたら、ロドルガが動いた。

「喰らえっ!」

「たぁっ！」

魔力光を潜り抜けたリリエラさんの槍が、ロドルガの胸を貫く。

「ぐぉお!?」

ロドルガがあまりの激痛に悶絶する。

すかさず僕も振り抜いた剣を逆袈裟に振ってロドルガの腕を切断する。

「ぐあぁぁぁぁぁっ！」

「ここまでだね！」

後はロドルガを捕縛するだけだ。

「な、舐めるなぁぁ！」

けれどロドルガはまだ諦める様子もなく吼える。

コイツ、まだやる気なのか……

あっさり命乞いをしたバーゲストとは大違いだ。

「早く治療しないと、いくら魔人でも命はないよ」

胸を貫かれて片腕を失っているんだ。

このままじゃ命にかかわると自分でもわかっている筈。

「ふん、甘く見るなよ。我が薬にかかれば、この程度の傷など！」

再びロドルガが懐から取り出した小瓶を破壊すると、胸の傷口が泡立ちながら塞がり始めた。

「ぐぉぉぉっ！」

更にポーションから発された紫の霧は、切り飛ばされた腕へと伸び、胴体へと引き寄せる。

「ぐあぁぁぁぁっ！」

ロドルガは苦悶の声をあげたかと思うと、切断された筈の腕を動かし始めた。

「ふぅ……」

「ちょっ、なんなの今の薬は!?　切った腕が繋がっちゃったわよ!?」

「ハイポーションの一種みたいですね。ただ使う際に苦しんでますし、あまり体に良い薬じゃなさそうです」

「そ、そういう問題じゃないような……」

「うぁぁっ！」

とそこに、ジャイロ君が転がり込んできた。

「ジャイロ君!?」

僕は転がってきたジャイロ君を受け止める。

「す、すまねぇ兄貴。アイツの防御を抜けられなくてよ……」

見ればミナさん達の連携攻撃は全てバーゲストの自在に動く魔力盾に封じられていた。

「……よし、相手を交代しよう」

「「えっ?」」

リリエラさんとジャイロ君がどういう事かと声を上げる。

「僕がバーゲストの相手をする。ジャイロ君達はロドルガの相手をして」

バーゲストの防御魔法は厄介だ。このままだとジャイロ君達の魔力が尽きてしまうのが先だろう。

「け、けどアイツにはあの硬てー防御魔法があるぜ。俺達全員で攻撃しても全部防がれちまったし」

「大丈夫、任せて。ロドルガの方は武器を破壊して弱体化してるから、そっちを任せるよ」

「すまねぇ兄……いや、やっぱり駄目だ」

僕の提案を受けようとしたジャイロ君だったけど、それは出来ないと強く拒絶した。

「ここで兄貴に頼ったら何も変わんねぇ！　４人も頭数揃えて役に立たなかったら、兄貴と一緒に冒険する資格もなくなっちまうぜ！」

そう言って剣を握りなおすと、ジャイロ君は再びバーゲストへと向かってゆく。

「舐めんなおらぁぁぁぁぁっ！」

……うん、今のは僕のおせっかいだったみたいだね。

ジャイロ君達は一人前の冒険者だ。それを苦戦しているからって手出しするのは傲慢だったよ。

『冒険者は、その資格を得た瞬間から生きるも死ぬも自分次第だ！』

僕はライガードの物語の中で、冒険者ギルドの長が若きライガードに語った言葉を思い出す。

なら、ジャイロ君達の運命はジャイロ君達のものだ！

「リリエラさん、僕達はロドルガに集中しましょう！」

「ええ、そうね」

頷いたリリエラさんも、なんだか嬉しそうに頷く。

きっと先輩冒険者として、ジャイロ君の決意を心地良く感じたんだろう。

「でもどうするの？　このままだとアイツはあの反則ポーションで何度でも回復しちゃうわよ」

そうだね。生け捕りにするにはちょっと厄介だ。

でもそれなら……

「それなら、ポーションが切れるまで何度でも攻撃を続ければいいんですよ！」

「割と脳筋な答えが来た!?」

「シンプルな答えは強いですよリリエラさん！」

僕はロドルガに向かって飛び込む。

「速っ!?」

そしてロドルガに対し、矢継ぎ早に斬撃を繰り出した。

「ぐぉっ!?　な、なんというっ!?」

ロドルガの全身が斬撃で切り刻まれる。

「こ、このっ!?」

慌てたロドルガが反撃をしようとするも、その手に発した赤い魔力光を、リリエラさんが貫く。

「させないわよ！」

属性強化で魔力を帯びた槍はロドルガの魔力光を破壊する。

「くっ!?」

空を飛んで逃げようとするロドルガを逃すまいと、僕は後ろに回り込んで両の翼を切断した。

「ぐあぁぁぁぁぁっ!?」

ロドルガの手が懐に伸びるけど、リリエラさんの槍がその手を貫く。

「何度もやらせると思った？」

「おのれぇぇぇっ!!　バーゲスト！　何をしている!?　そちらはただの小僧共なのだろう!?」

ロドルガがバーゲストに助けを求める。

けれどバーゲストからの返答はなかった。その代わりに……

「ぐわぁぁぁぁっ！」

バーゲストの絶叫が戦場に響いていた。

見ればバーゲストの羽にはモフモフが嚙みついている。

しかもモフモフの角には魔物から奪ったらしい羽が何枚も刺さっていた。

成る程、遭遇した魔物を狩るのに夢中になってバーゲストを見失っていたんだな。

「よっしゃナイスだぜ！」

すかさずジャイロ君達がバーゲストに一斉攻撃を仕掛ける。

「ぐぅっ!?」

バーゲストは魔力盾を動かして防御を試みるけれど、そうはさせるかとモフモフが羽に嚙みつく。

「ぐぉぉっ!?　やめろこのケダモノがっ！」

魔力盾の制御が乱れ、ジャイロ君達の攻撃がバーゲストを貫いた。

「がはっ！」

「まだまだぁっ!!　フレイムソードッ！」

「ウインドスラッシュ！」

「サンダーランス！」

「アイアンメイス！」

属性強化で威力が増幅された攻撃が、バーゲストに炸裂する。

「ごぁっ!?　……がふ」

そしてバーゲストは崩れ落ちる様に力尽きた。

「はぁはぁ……か、勝った。勝ったぜぇぇぇぇぇっ！」

バーゲストに勝利したジャイロ君が勝利の雄叫びをあげる。

「う、嘘……私達魔人に勝っちゃった……」

「勝利……出来た」

「う、嘘みたいです……」

ミナさん達も自分達の勝利に珍しく興奮している。

「キュッキュッキュッ」

モフモフは満足げに鳴き声を上げると、角に差していた羽を引っこ抜いて食べ始めた。

アイツだけマイペースだなぁ。

「くっ、まさかバーゲストがっ!?」

僕達と戦っていたロドルガが驚愕に声を震わせる。

「鉄壁のバーゲストの守りを貫くなどっ、貴様等は一体何者なのだ!?」

するとジャイロ君がニヤリと笑みを浮かべて答える。

「へっ、聞きたいのなら教えてやるぜ！　俺はレクスの兄貴の一番弟子ジャイロ様だ！」

「で、弟子だと!?」

「おうよ！　そっちの兄貴はもっと強いぜ！」

ロドルガが驚愕の眼差しで僕を見る。

「き、貴様等本当に何者なのだ!?　我等魔人と対等に戦える者がこの時代に居る筈がっ!!」

「ええと、さっきも言ったけど、ただの冒険者だよ？」

二度言うのは恥ずかしいなぁ……

「た、ただの冒険者だと!?　ふざけるなぁぁぁ！」

絶叫をあげたロドルガが僕に向かって飛びかかって来る。

「このっ！」

リリエラさんが背後から槍で貫くも、ロドルガは構わず飛び掛かって来る。

それどころか体の傷がみるみる間に癒え始めていた。

「何で!?　ポーションを飲む隙なんて与えてないのに！」

「くははははっ！　緊急用の強化ハイポーションを口の中に仕込んでおいたのよ！　この薬を飲んだ俺はどれだけ切り刻まれようとも10分は傷が治り続ける！　体の負担が大きすぎる未完成の薬だが、貴様さえ殺せれば！」

傷が治り続けるポーションか……それなら。

「レクスさん!?」

「大丈夫！　でもちょっと離れていてくださいね！」

「っ!?　わ、分かったわ」

僕の言葉を聞いたリリエラさんが、慌てて飛び退る。

うん、それだけ離れていれば大丈夫だね。

「死ねぇ小僧っ！！！」

「リピートサンダーボルト！」

僕の魔法が発動した瞬間、落雷がロドルガを貫いた。

「ぐあぁぁぁぁぁっ！」

しかしロドルガは歩みを止めず僕に向かおうとする。

「だ、だが、無駄だぁぁぁっ！」

けれど、更に落雷が落ちた。

「ぐぉおぉっ!?　な、なんの……」

もう一度落雷が落ちた。

「ぎゃぁぁぁぁっ！」

落雷は何度もロドルガに向けて落ち続ける。

「ぐぎゃぁぁぁぁっ！」

「レ、レクスさん？　あ、あれもレクスさんの魔法なの？」

リリエラさんが落雷に巻き込まれない様に回り込んでこちらにやってくる。

「ええ、あれはリピートサンダーボルトと言って、対象に何度も落雷を叩きつける魔法ですよ。あのロドルガの様に、回復力の高い敵を倒す為の魔法なんです」

「そ、そう……」

「うぎゃぁぁぁぁっ！」

そしてロドルガは、延々と雷を喰らい続け、遂には豪語していた10分を待たずして黒焦げになってしまった。

「未完成って言ってたし、効果にムラがあるのかな？」

「素直に捕まっていればこんな目に遭わなかったのにねぇ」

「ともあれ、これで俺達の勝利だな、兄貴！」

魔人を倒した事が本当に嬉しいらしく、ジャイロ君はずっとはしゃいで……って、あっ!?

「しまった！　情報を引き出そうと思ってたのに、二人共倒しちゃったよ！」

僕はロドルガを見るも、黒焦げになったロドルガはどうみても治療できそうじゃなかった。

バーゲストは……まぁそっちも無理だろうなぁ。

と思った僕は、そこに倒れていた筈のバーゲストの姿が無い事に気が付く。

「あれ？　もしかしてモフモフが食べてるのかな？」

魔人の羽がお気に入りだったし、羽を食べる為にどこかに引きずって行ったのかな？

「キュウ？」

けれどモフモフは狩って来た魔物の羽を食べるのに夢中で、そこにバーゲストの姿は無かった。

「どうしたんだよ兄貴？」

「ジャイロ君、バーゲストの死体を知らない？」

「え？　それならそこに……って無えっ!?」

倒した筈のバーゲストの死体が無い!?　嫌な予感がする！

「レクスさんあそこです！」

ノルブさんが指さした先には、倒れた振りをして少しずつ移動するバーゲストの姿があった。

「くそっ、気付かれたか！」

「嘘っ!?　倒した筈なのに!?」

「ふははははっ！　ハイポーションが1本だけだとでも思ったか！」

そう言ってバーゲストは羽を羽ばたかせながら起き上がると、一直線にバハムートの卵に向かって飛んで行く。

「バハムートの卵に何を!?」

魔人達はバハムートの卵を結界で封印していた。

それはつまり彼等がバハムートの卵で何かを企んでいたって事だけど、この状況でどうするつもりなんだ？

バハムートが居れば人質には出来ただろうけど、人間の僕達には意味が無い。

それくらいならゲートに逃げればよかっただろうに。

なのにわざわざ卵に向かう理由は……はっ、まさか!?

僕はバーゲストの目的に思い至る。

「バハムートの卵を割るつもりなのか!?」

「何ですって!?」

「ふははっ！　その通りだ！　大事に守ってきた卵を我々に奪われたばかりか、あげく破壊されたと知ったらバハムートはさぞや怒り狂うだろうな！」

やっぱり！　あいつはバハムートを怒らせて周囲を巻き添えにするつもりだ！

「バハムートを利用してこの地域の空島を破壊し、地上の人間共の町に落とす予定だったが、こうなれば仕方あるまい！　怒り狂ったバハムートならば、多少確実性は落ちようが十分に人間共に地獄をみせてくれる事だろうよ！」

「何て事を！」

「待ちやがれ！」

ジャイロ君達が追いかけようとするけど、この位置からじゃとても間に合わない。

「こうなったら！」

僕が魔法でバーゲストを打ち落とそうとしたその時だった。

「くははは……」

バーゲストがバハムートの巣に入ろうとした瞬間。

ズズゥゥゥン!!　という音と共に、黒い塊が視界を埋めた。

「え？」

視線を上に向けると、そこには大きな山と見まがうほどの巨体の姿。

「……バハムート」

そう、それは嵐の魔物バハムートの姿だった。

しまったな、魔人との戦いに夢中になってバハムートの接近に気付いていなかったよ。

「……」

バハムートが僕を見つめると、僕もまたその視線を真正面から受け止める。

目を逸らせば戦いが始まると、本能が告げている。

バハムートは縄張りに入り込んだ僕に対してどう動く？

いや、その前に魔人に従っていたのなら、一緒になって襲ってくるんじゃないかな？

うーん、それは面倒だな。

緊張に包まれたその時、パキリと小さな音が響いた。

その音にバハムートが反応すると、視線を逸らして向きを変える。

「何だ？　何が起きてるんだ？」

そして再びパキリ、パキリという音が聞こえたと思ったら……

クキャアア！

と、小さな、けれど元気な声が聞こえて来た。

「これって……!?」

そしてバハムートは、一度体をかがめると再び立ち上がった。その口に小さな雛を咥えて。

「やっぱり、雛が孵化したんだ！」

生まれたばかりの雛が可愛らしい声で鳴き声をあげると、バハムートは雛を咥えたまま空へと飛びあがり、いずこかの空へと消えていった。

「子供を守りながら戦う気はないか……」

まぁ、こちらとしても無駄な殺生をせずに済んで良かったよ。

そしてバーゲストの事を思い出した僕は視線を巣に戻したんだけれど……

「潰されてるなぁ……」

憐れバーゲストはバハムートに踏みつぶされてペシャンコになっていた。

「あっ!?　結局、魔人達の企みを聞きだす事が出来なかったよ」

あちゃー、バーゲストだけでなく、ゲートも一緒に踏みつぶされちゃってるよ。

「せめてゲートが残っていれば、魔人達の本拠地を見つける事が出来ると思ったんだけどなぁ」

「まぁまぁ、魔人達の企みを阻止できたんだから良かったんじゃないの？」

と、リリエラさんが当初の目的は達成したんだからいいじゃないと微笑む。

「……そうですね」

うん、そうだね！　そう考えれば十分成果はあったよね。

「いよっしゃぁぁぁ！　今度こそ魔人に勝ったぜぇぇぇっ!!」

「あんまり調子に乗らないの！　完全に倒した訳じゃなかったし、止めはバハムートが刺したでしょ！　……でもまぁ、昔に比べれば私達も強くなってるかもね」

「うん、私達凄く強くなった！」

「ええ、これほど戦える様になっているなんて、驚きですよ！」

ジャイロ君達は魔人を撃退出来た事で大はしゃぎしていた。

「さっ、魔人を倒した事だし報告に戻ろうか！」

「「「「おーっ！」」」」

「へっへー、魔人を倒したって言ったら、コノートの奴驚くぜ！」

「アンタが倒した訳じゃないでしょ！　止めはバハムートだったし」

「そ、それを言うなよ」

バハムートも森島から出て行ったし、魔人に卵を人質にされた場所に戻ってはこないだろう。

これで本当に一安心だね！

◆

我は空を統べる者バハムート。

小癪な魔人に卵を人質にされ従属を強要されていたが、ちょうど帰ってきたら魔人が弱っていたのでこれ幸いと踏みつぶしてやったわ。

ふはは、良い気味よ！

卵を覆っていた忌々しい魔力の壁もなくなっておるし、言う事ないわ！

とか思っていたらなんかヤバい人間が居た。もう見た感じでヤバい。

だって後ろで魔人が黒焦げになっているのだもの。

今潰した魔人がボロボロだったのも、この人間が原因と見るのが自然だろう。

だって人間の細長い一本爪が凄い威圧感を放っているし。ヤバい、我どうしよう。凄いピンチ。

今すぐ逃げたいけど、我が子がもうすぐ孵化しそうだから放っておくわけにもいかない。

戦ってもとても勝てそうもない、相手の沈黙が凄く怖い。

その時だった。我が子の卵に亀裂が入った。

生まれるのか!?　生まれるんだな!?　頑張れ！　早く生まれろ！

クキャアア！

よし生まれた！　それじゃあ逃げるぞ！

こうして我は生まれたばかりの子と共に、恐ろしい人間の下から逃げだす事に成功したのだった。

あー怖かった。

第71話　貿易品を探そう

私の名はカーム。天空騎士団の騎士団長だ。

この天空島にレクス殿達が来てからというもの、あらゆることが目まぐるしく過ぎていった。

正直言って、私が騎士団長になってからの日々よりも、ここ数日の方が圧倒的に密度の濃い日々だったと言える。

長年我々を苦しめていたバハムートをレクス殿が倒してくださった事で、我々を脅かしていた食料不足の心配がなくなった。

更に裏ではあの魔人がバハムートを利用すべく暗躍していたのだが、一人はレクス殿に倒され、もう一人は別のバハムートに踏みつぶされて死んでしまった。

伝説に語られる恐ろしい存在が、そのようにあっさり死んでしまったのは拍子抜けだが、それというのもレクス殿が規格外過ぎるのが原因だな。

知らぬ間にこの天空島が魔人の計画に利用されていたと知り、私達は愕然とした。

もしレクス殿が来てくれなければと思うとぞっとする程だ。

ただレクス殿からは、魔人の使っていたゲートは既に破壊されたので、今後天空島が狙われる可能性は低いだろうとの事だった。

この件で地上の民が船ごとバハムートに連れ去られてきたのだが、これに関してはレクス殿が船をまるごと空飛ぶマジックアイテムに改造した事で帰還の目途が付いた。

……本当に何者なのだレクス殿は？

ともあれ、これで全ての憂いも無くなって一安心……と思っていたのだが、レクス殿より提案があると言われたのだ。

「レクス殿、提案とは一体？」

現在我々は、レクス殿と共に森島へとやって来ている。

「まさか森島に魔人の仲間が居るのでは!?」

部下がまだ敵が残っていたのかと慌てるが、レクス殿はそれをやんわりと否定した。

「いえ、そういう訳ではないんです。ただちょっと心配事がありまして」

「心配事ですか？」

レクス殿ほどのお方が懸念される事とは一体どのような問題なのだろうか？

私だけでなく、部下達も緊張した様子でレクス殿を見つめている。

「はい、この島の将来の話です」

「将来とは？」

なんとも漠然とした話題に、我々は肩透かしを食らってしまった。

「皆さんはかつて天空大陸で暮らしていた方達の子孫です」

レクス殿の言葉に我々は無言で頷く。

もはやおとぎ話と言えるほど古い話だが、我々がかつて崩壊した天空大陸から避難してきた民の末裔という話は、子供でも知っている。

「そういった背景から、皆さんは現在の天空島に暮らしている訳なんですけど、このままだと天空島での生活にも支障をきたす可能性が出て来ると思うんです」

「何故そう思うのですか？」

我々は生まれてから今日までの生活で、これと言って生活に困った事は無かった。いや、森島にバハムートが巣くった事には困ったが、アレはまぁ天災の様なものだ。奴が巣くう以前は特に困る事も無かったと祖父母も話していた。

「皆さんが使っている羽のマジックアイテムです」

「羽ですか？　確かにアレは大切な装備ですが、それが何故生活に支障をきたすと？」

マジックアイテムは我等天空島に暮らす者にとってなくてはならない貴重な品だ。

魔物と戦う為の武器であり、また羽は地上に降りる為には必須の品だった。

しかし我々が地上に降りていたのは、バハムートによって森島を制圧されていた事が原因だ。

バハムートを倒した現在では無理に地上へ降りる心配もない。

何より、レクス殿が修理してくれたおかげで、羽の性能はこれまでとは比べ物にならない程高性能になっていた。

それが何故生活に支障をきたすと？

「今回は僕が修理出来ましたが、僕達が天空島を去ったらこの羽を修理する事の出来る人が居なくなります。それが理由です」

「そ、それは!?」

い、言われてみればそうだ。

天空島に暮らす我々の中には、マジックアイテムを修理する事が出来る者が居ない。

とはいっても、何もしてこなかった訳ではない。

かつてはマジックアイテムを研究しようとした者も居たのだ。

だが技師でもないただの素人がマジックアイテムを調べても、その構造を理解する事は出来ない。

結果解体したマジックアイテムを元に戻す事が出来なくなってしまった為、以後マジックアイテムの研究はタブーとなってしまったのだ。

研究する度に壊してしまっては、元も子もないと言われればそれまでなのだが、そのツケが我々の代でやってくるとは……なんとも情けない。

「そしていつかマジックアイテムが完全に壊れてしまったら、これまでマジックアイテムの力で倒せていた魔物を倒す事が出来なくなるばかりか、天空島から離れた森島に食料を採取しに行く事も出来なくなってしまいます」

うう……レクス殿の言う通りだ。

遠距離からの攻撃に使っていたマジックアイテムが壊れてしまえば、我々は否が応でも魔物と接近戦で戦わないといけなくなるだろう。

何より、空を飛べなくなる事で周辺の空島に行けなくなるという事実は我々に絶望的な未来を予見させた。

いや、皆分かっては居たのだ。

何時かそういう時が来るかもしれないと、調子の悪くなる羽を見ては内心で思っていた。

だがそれが事実になる事を恐れ、だれも口にする事が出来ずにいたのだ。

レクス殿の言葉は、そんな我々の甘えを蹴り飛ばし、現実を直視させただけだ。

「という訳で、森島を始めとした空島を天空島にくっつける事にしました！」

成る程、くっつけるか。だがそれでどうやってマジックアイテムの……

……ん？　くっつける？

「くっつける……とは一体どういう？」

レクス殿の言葉の意図を測りかね、我々は思わず首をひねる。

「はい、皆さんの羽がいつか壊れて空を飛べなくなるなら、飛ばなくても森島に行けるようにすればいいんですよ」

「と、飛ばなくても行けるようにする⁉　それはどういう意味ですか⁉」

分からん。レクス殿が何をしようとしているのかサッパリ分からん。

「ど、どうやって森島を天空島にくっつけるのですか？　いやそもそも、この巨大な森島をどうやって移動させるのです？」

部下がレクス殿にどうするつもりなのかと質問を投げつけると、レクス殿は気負う様子もなく気軽に答えて来た。

「魔法で動かします」

「魔法で⁉　それはいくらなんでも無理でしょう⁉　たとえ大岩を動かすような魔法を使えても、流石に島を動かす事は不可能です！」

部下の言う通りだ。確かにかつては大岩を動かすような魔法が存在していたらしいが……これは島だ。そのような巨大なモノを動かす事の出来る魔法があるとは到底思えん。

「それについてはちょっとしたコツがあるんですよ」

「コ、コツ……ですか？」

いやいやいや、そんな女房の作る料理の隠し味みたいに言われても……

「空に浮く空島はいわば船のようなものです。また船と違って錨などでその場に停泊している訳でもなく、ゆっくりとですが常に移動しています」

「ええ、そうですね」

だが、だからと言って押して動くようなものでもない。

単純に風で動く訳でもなく、どうやって空島が動いているのかは誰にも分からないのだ。

「そこで皆さんの使っているマジックアイテムの話になります！」

「え？　我々のマジックアイテムですか!?」

そこで突然我々が使っているマジックアイテムの話になり、皆が目を丸くする。

「はい、皆さんの使っているマジックアイテムはグラビウムを操作して自由自在に空を飛ぶ事が出来ます。ではこのグラビウムはどこから産出されるでしょうか？」

「そ、それは空島の……まさか!?」

レクス殿がやろうとしている事を察し、私は足元の地面を見る。

「ほ、本当にそんな事が出来るのですか!?」

「ええ、ただの島を動かすのは大変ですが、これだけ条件が整っていれば、空島の移動は難しい事じゃありません」

いや、島を動かすのが大変って、普通は不可能では……？

「ああでも、天空人のしきたりなどで島を動かすのがタブーなら、飛行魔法をお教えしますよ」

「おおっ、レクス殿達が使っている魔法ですな！」

確かにそれはありがたい！　空島を動かすと言うのは想像もつかないが、皆が羽に頼らず空を飛べるようになるのは素晴らし……

「でも天空島の皆さんに教えるには時間が足りないかな？　ああ騎士団式の詰め込み修行なら……」

「いえやはり空島を動かす方向でお願い致します！　教義的にも何の問題もありませんっ！」

あの修行は二度と御免だ！　延々と回復魔法と意識覚醒魔法を使われて無限に修行するアレはもう修行じゃない！　地獄だっっ!!

「わかりました。では森島を動かす準備をしますね！」

そう言うとレクス殿は森島の上空に飛びあがると、上空から何かを探す様に島を見回し始めた。

「よし、あそこにしよう！」

そして何かを決めたレクス殿は、島の中央付近に着地すると、懐から大量の品を取りだしては地面に並べていった。

……というか、どこにあれだけの品が入っていたのだ!?

レクス殿は取りだした品で地面に複雑な魔法陣を躊躇う事無く一気に描いてゆく。

何をしているのかさっぱり分からないが、素人目に見てもこれだけ精密な魔法陣を迷いなく描けるのは並大抵の技術ではあるまい。

「ええと、核に使う魔力媒体は……そうだ、これを使おう！」

更にレクス殿は、これまたどこから取りだしたのか、数メートルはあろうかという程の巨大な宝石の塊を取りだし、躊躇う事なくそれを削り取ったではないか！

もうどこから驚いて良いのか分からん！

そしてレクス殿は切り取った宝石の一部を魔法陣の中央に突き刺す。

「よし、準備完了！　カームさん！　今から森島を動かしますので、上空から天空島へのナビゲートをお願いします！」

「しょ、承知しました！」

レクス殿の要請を受け、私は慌てて上空へと飛びあがる。

だが本当に空島が動くのだろうか？

レクス殿の実力を疑う訳ではないが、それでも島を動かすと言われれば出来るのかと疑問が湧く。

「よーし、それじゃあ行こうか！　森島、発進！」

レクス殿が軽快に声をあげると、地面に突き刺さった宝石の欠片が光り輝いてゆく。

そして光は魔法陣に流れ込み、魔法陣もまた光り輝いた時、異変は起こった。

森島が、揺れたのだ。

木々が揺れ、地上に居た部下達が驚いてへたり込む。

「うぉぉ!?　島が揺れている!?」

「こ、これは一体!?」

この揺れはレクス殿の魔法によるものなのか!?

未知の現象に驚いてパニックに陥った部下達が、慌てて空へと逃げだす。

無理もない。私も地上に居たら同じ様に慌てふためいていた事だろう。

だがこの揺れと森島を動かす事と、一体何の関係があるのだ？

私は更に上空に上がり、森島の全貌を確認する。

そして、見てしまった……

「うおぉぉぉぉぉぉぉっっ!?」

その信じられない光景に、私は思わず声をあげてしまった。

「も、森島が動いたぁぁぁぁ!?」

見間違いではなく森島は動いていた。それも見て分かる程の速さで動いている。

「な、なんだって!?」

「本当ですか隊長!?」

私の叫びを聞いた部下達もまた高度を上げて森島を見下ろし、そして叫んだ。

「「「ホントに動いてるぅぅぅぅぅぅっ!?」」」

驚いた部下達は、何度も目を擦ったりして自分達の見ている光景が現実なのかと森島を凝視する。

正直言って私も同じ気持ちだ。

「マ、マジかよ!?　森島が動いてるぞ！」

「ほ、本当に動いてる……信じられん……」

「カームさーん！　天空島へのルートは合っていますかー？」

と、私達が驚いていたら、地上のレクス殿から声がかかった。

いかんいかん、そうだった。自分の仕事をしなければ。

「あー……ええと、もう少し左です！　……はい！　このまま真っすぐ進んでください！」

私の指示に従い、森島が進路を変更してゆく。

この光景を見ては、もはやレクス殿が空島を動かせる事を信じない訳にはいかない。

そしてしばらく進むと、我等の暮らす天空島が見えてくる。

「レクス殿！　天空島が見えてきました！」

私が注意を促すと、地上のレクス殿も手を振って応じてくる。

「カームさん！　森島が天空島とぶつからない様にギリギリまで近付いたら教えてください！」

「分かりました！」

私は速度を落としてゆっくりと進む森島を注意深く観察する。

そして天空島に近づいたところでレクス殿に声を掛けた。

「……止まってください！」

「止まれ！」

レクス殿が声をあげると、森島がぴたりと止まる。

だがあまりに早く止まった為、天空島との間には大きな隙間が出来ていた。

「すみませんレクス殿！　まだ数十メートル程隙間があります！　少しだけ動かしてください！」

「分かりました。ちょっとだけ動かしますね！」

レクス殿が応じると森島が少しだけ動く。

うむ、これだけ近ければあとはどうにでも出来るだろう。

「かなり近づきました。これなら橋を架ければ行き来出来ます！」

しかしレクス殿は首を横に振る。

「いえ、橋だと、万が一壊れた時に架け直す事が出来ませんし、森島が動いたら橋を引きちぎってしまいます。だから完全にくっつけます！」

「しかしこれ以上動かすとぶつかってしまいますよ!?」

それにくっつけただけではやはり離れてしまうのではないか？

まさか島を糊でくっつけるとでもいうつもりか？

いや、レクス殿なら本当にそんなとんでもない糊を用意しそうではあるが。

「今度は別の魔法で天空島と森島をくっつけます！」

だが私の予想とは裏腹に、レクス殿は別の魔法で島同士をくっつけると言い出した。

一体どんな魔法で島をくっつけると言うのだ!?

魔法陣から離れたレクス殿は、羽を使わず空を飛び、森島の端へと降り立つ。

ううむ、羽を使わず飛ぶ姿はやはり不思議な光景だ。

「では森島を連結します！　コントロールプラント！」

その時、不思議な事が起こった。

レクス殿が魔法を発動させると、周囲の地面が突然波打ち始め、森島の地面の側面から大量の木の根が飛び出したのだ。

「な、なんだあれは!?」

そして木の根はどんどん伸びていき、天空島の地面へと潜り込んで行った。

しかしそれで終わりではなかった。

再び森島が動き出したのだ。

森島は木の根に引っ張られて天空島に近づいてゆき、二つの島の隙間はどんどん小さくなっていった。そして二つの島の隙間は完全に埋まった。

「もういっちょコントロールプラント！　今度は天空島の木に！」

レクス殿が更に魔法を発動させると、今度は天空島に生えていた木が蠢きだし、先程と同じように木の根が森島へ向かって伸びだした。

「お、おお……」

そして木の根は森島の大地に突き刺さり、また森島の木々の根と複雑に絡まりあっていった。

それはまるで恋人同士が強く抱きしめ合うかのように……

そして木の根の動きが完全に止まると、レクス殿が手を上げて宣言する。

「よし、完成！」

何が起きたのかさっぱりだが、レクス殿がそう言うのなら無事終わったのだろう。

「レクス殿、終わったのですか？」

「ええ、植物操作魔法で複数の木々の植物を操ってそれぞれの島の地面に根を伸ばしたんです。そうする事で、森島の木は天空島の大地に、天空島の木は森島の大地にがっしりと食い込んだんです。そうですね、二枚の布切れを糸と針で縫い付けるような感じでしょうか」

「な、成る程、そういう事ですか……」

言うのは簡単だが、それを実行してしまうとは……やはりレクス殿はとんでもないお方だ。

「これで天空島から森島が離れる心配もなくなりました！　あっ、でも連結に使った木は切らない様に注意してくださいね！」

「わ、分かりました！　村の者達にしっかり伝えておきます！」

「よろしくお願いしますね」

ただのマジックアイテム技師ではないと分かってはいたが、まさかこれほどとはな……

「あっ、それともう一つ提案があるんですが」

「ま、まだ何かあるのですか!?」

あれだけの事をした直後だというのに、レクス殿はまたしても何かを提案してきた。

今度は一体何をするつもりなのだ!?

「はい、この天空島の皆さんの、地上への移住です」

「「「……はぁ!?」」」

今度は移住!?　本当にこの人は何を考えているんだ!?

◆

森島と天空島をくっつけた僕達は、次の問題解決の為にグッドルーザー号の下へとやってきた。

というのも、この話にはバーンさん達の協力が不可欠だからね！

「空島の住人を地上に移住？」

僕の提案を聞いたバーンさん達が、何故そんな事をするのかと首を傾げる。

「はい。この国の空を飛ぶ為のマジックアイテムは、修理する為の技師が居ないので、いつか壊れてしまいます。そうなると地上との行き来が出来なくなってしまうんです」

「ですがレクス殿、それは森島が合体した事で何とかなったのでは？」

食料調達に不安がなくなったのに何故そんな事を気にするのかと、カームさんも不思議そうに聞いて来る。

「確かに食料の問題は解決しました。ですが、今後それ以外の問題が発生する可能性も十分あります。例えば流行り病、他にもバハムートよりも危険な魔物が人間を食料として襲う可能性もあります。そんな時、どこか他の場所に避難する手段が無いと困る事になると思うんですよ」

「流行り病ですか……」

「確かに地上の町でしか手に入らない品もありますからな」

僕の提案に騎士団の人達も納得の声をあげる。

「ううむ、バハムートが出現した時がまさにそれだったからなぁ……」

「勿論全員とは言いません。この空島を離れたくない人もいるでしょうし、まずは希望者を募る所から始めてはどうでしょうか？」

今なら飛行船に生まれ変わったグッドルーザー号があるしね。

船員達が飛行船の操縦に習熟する間に、コノートレア女王と空島の住人達に現状を認識して貰い島に残るか地上に移住するかを考えて貰おうという訳だ。

「成る程、確かに将来の事を考えれば、空島から移住するという考えは一つの選択肢ですね。マジックアイテムがいつか壊れるかもしれないという不安は……我等騎士にもありましたから」

幸いにも、カームさんは移住に対して好意的な意見を見せてくれた。

マジックアイテムを使っている本人だからこそ、感じる不安があったみたいだね。

「ううむ、しかしだな……」

と、一緒について来ていたバーンさんはちょっと思案顔だ。

「何か問題があるんですか？」

僕が問いかけると、副長が代わりに答えてくれた。

「それはですね、空島の住民を地上に下ろすだけならば、我々の独断でも可能ですが、我が国に移住となると、我々だけの裁量では難しいかと。他国からの移民を受け入れる事になる訳ですからね」

むむむ、政治的な問題って訳か。

「ただ……」

と、副長が続ける。

「レクス殿に改造して頂いたグッドルーザー号を見せれば、上の説得も楽になるかと。何しろ空を飛ぶ船など誰も見た事がありませんからね」

え？　飛行船くらい普通にあると思うけど？　あっ、それともグラビウムで飛ぶ船の事かな？

「時にレクス殿、この船は量産が可能でしょうか？」

と、聞いてきた副長の顔は、政治的な考えをしている貴族の顔だった。

きっとグラビウムで飛ぶ船を軍事利用できないかと考えているんだろうなぁ。

でも残念。グラビウムで飛ぶ船は旧型の飛行船だから、普通の飛行船よりも性能が悪いんだよね。

人助けの為に改造した船を戦争に使われるのも気分が良くないし、適当に誤魔化しておこう。

「いえ、この飛行船に使われている材料は数に限りがありますので、量産には向きません」

天空大陸無き今、グラビウムは今残っている空島にしか存在しない。

だからグラビウムを使ったマジックアイテムは量産が難しいと正直に答えておいた。

それに後で改造したグッドルーザー号を調べれば、これが簡単に作れるってだけで性能的にはそう大した事の無い飛行船だと気づいてがっかりするだろうしね。

「そうですか、それは残念ですね」

僕の言葉を信じてくれたのか、副長はあっさりと引き下がる。

けど何でそんなに飛行船に興味を示したんだろう？

もしかして本当にあの国には飛行船が無いとか？

そう言えば、王都でも飛行船を見た記憶が無いような……

いやいや、多分戦争とかで壊しすぎて数が少なくなったとかだろうね。

前々世でもそれが原因でとりあえず輸送にギリギリ耐えられる程度の性能で良いから、飛行船を大量に作れって無茶振りされた事あるし。

「話は戻りますが、先ほども言った通り我が国への移住については上の方々の判断が必要です。ですので、まずは貿易から始めてはいかがでしょうか？」

「貿易からですか？」

「ええ、空島特有の交易品を提示する事で我が国が空島と交流するメリットを上に示すのです。幸い我等には空を飛べるようになったあの船がありますから」

そう言って副長は飛行訓練を続けるグッドルーザー号を見る。

成る程ね、いきなり移住させてくれと言うよりは、食料の交換もできる貿易の方がお互いやりやすいって訳だ。そして国同士が仲良くなれば、将来的には揉める事無く移住をする事も出来るようになるかもしれない。

「どうでしょう船長、カーム殿。まずは貿易という形で両国の交友を考えては？」

「うむ、副長の言う通りだな。貿易なら私も協力しよう！　少年には我が愛船に素晴らしい改造をしてくれたお礼がしたいからな！　そして貿易が出来るのは我がグッドルーザー号ただ1隻のみ！これは私の時代が来たという奴だな！　フハハハハッ！」

バーンさん嬉しそうだなぁ。

って、あの国って戦争で飛行船が1隻もなくなっちゃったの!?　そりゃあ副長も焦る訳だよ！

一体どんな激しい戦いが繰り広げられたのやら。

「ですので、船長は政敵に船を取り上げられない様に気を付けてください」

「う、うむ」

あっさり副長に釘を刺されてるよ。

「ふむ、確かに食料のアテが増える事は我等にとっても利益となりますな」

カームさんも貿易には好意的な反応だ。

故郷を捨てずに済むと分かって安堵の表情が見える。

「わ、我が国からも豊富な海産物を提供できますよ！　沖合の大きな魚が沢山提供できますよ！」

おっと、ここにきてメイリーンさん達ヴェルティノ国の人達も貿易交渉に加わって来た。

皆儲け話に乗り遅れない様に必死だなぁ。

「いやいや、貴国には飛行船がありませんでしょう？　それに内大海でも海の魚は獲れますからな」

「はははは っ、しかし両国で管理すべき魔人に逃げられたのですから、我が国の損も補塡してもらいませんと。船による魔人の移送は貴国が責任を持って行うと言っておられましたよね？」

すかさずヴェルティノの外交官がバーンさんに反論する。

「うぐぐ……」

いやー、熾烈な政治争いが繰り広げられているなぁ。

まぁその辺は専門家にお任せするとしよう。

一介の冒険者の僕には関係ないからね。

◆

「良いと思いますよ」

カームさんから事情を聞いたコノートレア女王が笑顔で答える。

ちなみに、なぜか僕とジャイロ君も会議の場に連れてこられていたりする。

僕はバーンさん達の傍に、ジャイロ君はコノートレア女王の隣でガッチリ腕を組まれながら座っていた。

ジャイロ君が「何で俺こんな所にいんの？」って顔をしているけど、それは僕も同じだよ。

国家間の貿易交渉の場に僕の存在は不要だと思ったんだけど、地上への移住の提案やグッドルーザー号の改造の件は僕が深く関わっているので、是非とも会議に参加して欲しいと頼まれたんだ。

僕が居ても意味ないと思うんだけどなぁ。

「貿易の件は認めましょう。そして移住の件は民にも伝えなさい。バーン様達の国が無理でも、他の国であれば受け入れてくださるやもしれません」

「よろしいのですか女王陛下？」

遠慮がちにカームさんがコノートレア女王に確認する。

「良い機会なのだと思います……かつて私達の祖先は天空大陸の崩壊から逃れ、命からがらこの空島へと移り住みました」

コノートレア女王の言葉を、騎士達が神妙な顔で聞いている。

「呰に残ったわずかなマジックアイテムで魔物達の襲撃から身を守り、人々の不安を払拭する為に、希望を与える為に新たな国を興した。ですが地上に逃れる事を選ばなかった私達子孫は、いつか来る終わりの日を恐れ疲れ果てていたのです」

コノートレア女王は、玉座から立ち上がると騎士達に告げる。

「私達の祖先がこの空島に移住したのは安住の地を求めての事。ならば先の無い空島にこだわる必要もありません。カームよ、まずは貿易に使える品を用意しなさい。そして騎士達は移住を望む者を集めるのです！　ただし、二度と故郷に戻れないかもしれないとも伝えるのですよ」

「「「はっ!!」」」

コノートレア女王の命を受け、騎士達が迅速に動き始めた。

「ふふっ、まさか女王に即位した途端こんな大事業の数々に関わるなんて。驚き過ぎてもう何から驚けばいいのやら」

そう呟いたコノートレア女王の表情は、疲れてはいたもののとても楽しそうだった。

◆

「という訳で、貿易の商品になりそうなものを探してみたのだが……」

貿易に使う商品を見繕う様に命令されたカームさんは、天空島に点在する各村の村長さん達を呼んで交易品となりそうな品が無いかの相談をしていた。

商品の選定にはグッドルーザー号の乗組員と、海辺の国の使者達も参加しており、自国に利益をもたらすものが無いかと商品の選定を行っている。

「ううむ、正直言いますと、貿易の商品にするには少々物足りませんね」

「我が国も同様ですな」

うーん、どうもめぼしい商品が無いみたいで交渉は難航しているみたいだ。

「これは困った。我が国のめぼしい特産品はこのくらいしかありませんぞ」

カームさんも他に出せる商品が無いと頭を抱えてしまう。

各村の村長さん達も、折角の商売がふいになりそうで不安げな様子だ。

「ええと、それじゃあ森島になにか売れそうな品が無いか探索してみませんか？」

「森島ですか？」

「ええ、森島は今までバハムートに占拠されて人が近寄る事が出来ないでいました。でも今なら森島に入る事が出来ますし、もしかしたら地上では希少な薬草などがあるかもしれません」

「成る程、確かに森島の探索は元々必須の作業。ならばこれを機に大規模な捜索を行うべきですな」

まだ希望があると分かったカームさんが部下に森島の探索を命じる。

さて、森島に交易品になりそうな物があると良いなぁ。

◆

「ではこれより森島の探索を行う。今回は交易品となる品を捜す事が最優先ゆえ、魔物との戦闘は最小限とせよ」

「「はっ！」」

カームさんの指示を受け、騎士達が森島の中へと進んで行く。

「それじゃあ僕達も行きますか」

「ええ」

「キュウ！」

「おっしゃ！　魔物を倒しまくるぜ！」

「そうじゃなくて、今日の目的は交易に使える品探しでしょう?」

「魔物の素材が貴重かもしれねぇだろ!?」

「ここでしか手に入らない貴重なお宝を探す！」

「貴重な薬草などがあると良いですね」

　森島での本格的な探索とあって、皆もやる気満々だね。

「バハムートとか魔人とかで冒険らしい冒険が出来なかったし、今回の探索じゃ頑張らないとね」

「キュウ！」

「森は私の得意なエリアだから、期待してよねレクスさん！」

「ええ、期待してますよ」

　リリエラさんは故郷の皆の為に希少な薬草を捜していたわけだし、お金になりそうな薬草の知識は豊富そうだ。

「キュウ！」

「おっしゃ俺達も負けていられねぇぜ！　行くぞお前等！」

「待ちなさいよジャイロ！」

　さっそくジャイロ君達とモフモフが森の中へと飛び込んで行く。

　と言っても、モフモフの目的は交易品じゃなくて魔物の肉なんだろうけどね。

　まぁ、魔物が少なくなるのは良い事だし、モフモフもそれなりに鍛えてあるから大丈夫だろう。

「じゃあ僕達も行きましょうかリリエラさん！」

「ええ！」

　二人で森の中を歩いていくと、鹿や兎といった野生の獣が何頭も姿を現す。

「意外に普通の獣も生き残っているのね。魔物に喰い尽されているかと思ったわ」

「多分ですけど、獣を食べる魔物はバハムートの餌になっていたんじゃないですかね。で、小さい獣だと腹の足しにならないからと見逃されていたんじゃないかと。寧ろ餌になる魔物を呼び寄せる撒き餌として放置されていたのかもしれないですね」

「成る程ね、そう考えると、上手く棲み分けが出来ていたのねぇ」

とはいえ、バハムートが居なくなってから魔物が活発化しているらしく、時折魔物に食い荒らされたと思しき獣の死骸も散見された。

ついでに奥に進むほどこっちを餌と勘違いして襲ってくる魔物もちらほらと姿を見せ始める。

「ここは私に任せてよね！」

そう言ってリリエラさんが槍を構えて魔物に向かっていく。

うーん、ホームである森の中だけあって、リリエラさんが活き活きとしているなぁ。

「よし、それじゃあ僕は薬草を探すとしようかな」

探知魔法でリリエラさんと周辺の魔物の状況を確認しつつ、僕は薬草を探す。

「さすがに長年誰も入れなかったから、そこら中に薬草が溢れているなぁ。これなら暫くは採り過ぎを気にせず薬草を採取出来るぞ」

仮にこれらの薬草が貿易の目玉にならなくても、薬の材料が増えるのなら空島の人達の生活に役に立つから良いね。

「あっ、昔はこれを使って沢山ハイポーションを作ったっけ」

襲ってくる魔物を殴り倒しながら、僕は懐かしい薬草を見つける。

特別希少な薬草って訳じゃないけど、これも薬草だし一応持っていこうかな。

よし、そこそこ色んな種類の薬草が採れたぞ。

森島はかなり大きな島だし、採り過ぎなければ貿易に必要な量を問題なく確保できるね。

「って……そういえば貿易をするのなら船が沢山要るよなぁ」

そう、ここは空『島』といってもかなり広い。

はっきり言って小国規模の大きさがある島だ。

となると貿易の量も町単位じゃなく国家単位になるんじゃないかな？

そんな規模で貿易をするのなら、グッドルーザー号1隻ではかなり心もとないかもしれない。

となると、もっと飛行船を増やした方が良いのかなぁ？

ああそうか、副長がもっと作れないかって聞いてきたのはその為でもあったのか！

「じゃあ、ぱぱっと作っちゃおうかな」

僕は前々世で上から急かされて作った輸送用の飛行船の事を思い出す。

とにかく数を用意する為に作ったものだから、性能が低すぎて戦闘にはとても耐えられないヤツだけど、少数の乗組員と荷物を運ぶだけなら問題なく出来る。

それにあの輸送船なら、量産性重視で作ったから簡単に作れるのがメリットなんだよね。

なにより性能度外視だから、必要とする材料が手持ちの素材と森島で採取できる素材だけで事足りるのが良いね。

幸いリリエラさんとモフモフは魔物狩りに夢中だし、今のうちにちゃちゃっと作っちゃおう。

僕は魔法で作業用のゴーレムを土から生み出すと、周辺の手ごろな木の伐採を命じる。

「それじゃあ、作業開始っと！」

ええと、触媒はっと……ああそういえば、メガロホエールから貰った宝石が使えそうだな。

なんだかよく分からない材質だけど、魔力の伝達効率はよさそうなんだよね。

僕はメガロホエールの宝石の原石を少しだけ削って飛行船の核と操縦系の伝達素材を作る。

それと1隻ずつ空島に運ぶのも面倒だから、船団の旗艦から他の船を操作できるようにしよう。

うーん、ちょっとした日曜大工の気分だね！

◆

「よーっし、こんなもんかな」

新しい飛行船も完成したし、そろそろ帰るとしようかな。

「リリエラさーん、モフモフー、そろそろ帰るよー」

「はーい！」

「キュウー！」

拡声魔法で声をかけると、リリエラさんとモフモフが意気揚々と獲物を持って帰ってくる。

「ここは良いわね、Bランククラスの見た事も無い魔物や貴重な薬草がたくさん狩れたわ……よ？」

と、嬉々として報告してきたリリエラさんの動きが止まる。

「なにこれっっ!?」

リリエラさんが僕の背後で浮かぶ飛行船を見て絶句する。

「何って飛行船ですよ。グッドルーザー号だけだと貿易するには積載量が足りなそうだったので、輸送用の船を追加で何隻か作っておきました」

「足りなそうだから何隻か作った!?」

「はい、ありもので作ったので、性能は低いんですけどね」

「ありもので作れるものなのね……」

「それじゃあ皆さんと合流して帰りましょうか」

「これは皆驚くわ……」

あはは、たかが輸送船で驚くわけないじゃないですか。

第72話　失われた薬草と大喪失

「「「「薬草を採りに行ったんじゃなかったんですか!?」」」」

天空島に戻ると、何故か量産した輸送船を見た皆に驚かれてしまった。

そんな大したものじゃないのになぁ。

ともあれ、さっそくカームさん達が集めてきた何種類もの薬草をグッドルーザー号の船医さんに調べてもらう事にする。

待っている間ヴェルティノ国の外交官の人達から、飛行船を貿易品として売って欲しいと言われたけど、アレは材料が貴重だからと丁重にお断りしておいた。

さすがに輸送用の超手抜き飛行船の方を欲しがるとは思えないしね。

「ふぅむ、それなりに売り物になる薬草はありますが、やはり目玉とするにはちと弱いですな」

「ぬぅ、そうですか……」

結局持ってきた薬草はどれも決定打にはならず、カームさん達は残念そうに項垂れた。

国の上層部が納得する物でないと貿易自体が中止になるかもしれないからなぁ。

「これは参った……」

「ふむ、飛行船を使った貿易は魅力的だが……」

これが欲しいという物が無い所為で、微妙に交渉の空気が重くなる。

うーん、僕が採ってきた薬草もカームさん達の薬草と同じものばかりだし……

あっ、でも一種類だけ調べて貰っていない薬草があった。

でも、これってそんなに珍しい薬草でもないんだよなぁ。

まぁ、一応確認はしてもらおうかな。海辺のヴェルティノでは価値があるかもしれないし。

と、そう思った時だった。

「カーム団長ーっ！」

慌てた様子で何人もの騎士達が空から降りてくる。

「何事だ!?」

大事な交渉の場に乱入してきた部下をカームさんが叱る。

「も、申し訳ありません！　し、しかし部下が！」

「落ち着け！　部下がどうした」

慌てる騎士をカームさんが一喝し、何があったのか説明させる。

「は、はい！　森島を探索中、部下が魔物に襲われ腕を噛み千切られたのです！」

「な、何だと!?」

突然のショッキングな報告にその場に居た全員が色めき立つ。

見れば仲間に付き添われた一人の騎士がうめき声を上げながら膝をついていた。

「傷口を見せたまえ」

すぐに船医さんが騎士の腕を見る。

「腕を噛み千切った魔物はそのまま逃走、ろくな薬を持っていなかった我々では傷口を縛って血を止める事しか出来ず……」

「これはまずいな。早く治療せんと出血多量で死ぬぞ」

「う、腕は直せるのですか!?」

仲間を心配する騎士の言葉に船医さんは首を横に振る。

「無理だ、腕を生やす様なポーションは伝説のエリクサーくらいだろう。せめて腕さえあれば、最高級のポーションでつなげる事も出来ただろうが、どのみちここにある薬草ではのう……」

「そ、そんな……」

「せめて傷口を消毒して回復魔法で血を止めよう。そうすれば命だけは助かる」

「くっ、お願いします」

船医さんの言葉に、カームさんが悔しげにお願いする。

「わかった、出来る限りの事はしよう……」

「あのー……」

ええっと、ソレよりも肉体の欠損を回復させる回復魔法を使えば一発だと思うんだけど。

なんだか妙に深刻な空気に割って入るのを、申し訳なく思いながら僕は船医さんに声をかける。

「何じゃ？　今は一刻を争う事態なのだぞ!?」

「すみません、欠損部位を……いえ、それよりもこの薬草を使ってはどうですか？」

その時僕の脳裏にあるアイデアが閃いた。回復魔法で直すのではなく、薬草を使ったポーションで怪我を完全治療すれば良い貿易の目玉になるんじゃないかと。

僕は魔法の袋からまだ鑑定されていなかった薬草を取り出し、船医さんに見せる。

「む？　これは一体？　見た事も無い植物だが、これも薬草なのかね？」

あれ？　船医さん知らないの？

「これはハイポーションを作るのによく使うテカン草ですよ」

「……テ、テカン草!?　それはもしかして薬草の大喪失で失われたあのテカン草の事かね!?」

え？　テカン草が失われた薬草？

っていうか薬草の大喪失って何!?

「ええと、薬草の大喪失って何ですか？」

「大喪失を知らんのかね!?」

はい、知りません。

「大喪失というのは、数百年前に起きた植物の大量枯死事件だ。その正体は植物の流行り病でな、多くの希少な薬草が枯れて失われたことから大喪失と呼ばれるようになったのだ」

へぇ、そんな事件があったんだ。

「それが原因でいくつもの薬が調合できなくなり、多くの人命が失われたとも伝えられている」

ええと……わ、わりと重い事件だったんだね。

「リリエラさんは知っていました？」

「ええ、一応ね。ヘキジの町で冒険者をやっていた時に薬草専門の先輩に教えて貰ったわ。大喪失で数が激減した薬草とかは高値で売れるから、見つけたら絶対持ち帰れって言われてね」

成る程、過去の悲惨な事件でも今を生きる冒険者にとっては飯の種って訳だ。皆逞しいなぁ。

「でも森島の中には普通にありましたよ？」

「な、何だって!?」

船医さんが目を丸くして驚く。

「そ、そうか。森島は地上のはるか上空にある！　だから大喪失の被害を受けなかったんだな！」

成る程、言われてみればそうかもしれない。

空島には地上では見かけなかったボールラビットが生息していたし、森島でずっと生き延びていた植物があってもおかしくはない。

「先生、それよりも治療をっ！」

「はっ!?　いかんいかん」

興奮していた船医さんだったけど、カームさんに声をかけられ、慌てて我に返る。

「あー、ともあれ儂はテカン草でハイポーションを作るレシピなど聞いた事が無い。それにハイポーションは製作難易度が高く貴重な材料を必要とするし、なにより作るのに時間がかかりすぎる」

え？　ハイポーションの製作難易度が高い？　おかしな事を言うなぁ。

ハイポーション程度なら、ちょっと成長した薬師の弟子ならすぐに作れる様になると思うけど。

「ハイポーションなら体力や失った血も回復するから治療にはうってつけなのだが、恐らくお主の言うテカン草を使うレシピは失われたものなのじゃろう。残念だが儂にはこれを活かす事はできん」

……ああ、そうか。大喪失で薬草と一緒に多くのレシピも失われたんだっけ。

だったらテカン草を使ったレシピがなくなっていてもおかしくないんだな。

うーん、魔獣の森や内大海が出来ていたり、天空大陸が無くなったり、更には植物の大喪失か。

ああ、あとロストマジックやロストアイテムとかいうのもあったし、ちょっと死んでいる間にいろんなイベントが起こってたんだなぁ。

でも、それらの事件の中に魔人が関わっていた案件があるのも気になるなぁ。

ともあれ、今はハイポーションの作り方を説明しないとね。

「ええとですね、この薬草とエーア草を蒸して抽出した薬液を混ぜれば、簡単にハイポーションが作れるんですよ」

「たったそれだけで作れるのか!?　ハイポーションの調合に必要なのはミーグ草とアハド草とバギャ草だろう？　というかエーア草なんて普通に手に入る安い薬草じゃないか!?」

そうなんだよね。そのレシピが発見された事で、ハイポーションはすっかりお手軽ポーションになって、薬師達が悲鳴を上げていたなんてエピソードがあったんだよね。

……まぁ発見したのは前々世の僕で、その所為でポーション利権で潤っていた当時の薬師ギルドから睨まれたんだよなぁ。

「そのレシピでも作れますが、テカン草とエーア草を使ったレシピの方が安上がりで早いですよ？そうですね、今から実際に調合してみせますから、出来た物を確認してみてください」

僕は魔法の袋から調合用のテーブルを取り出し、更に抽出した薬液を入れる為の容器を複数置いて、その中に採取したテカン草とエーア草を入れる。

「本来はちゃんとした手順を踏まないといけないんですけど、今回は時間がないので魔法で簡単に作りますね」

「ま、魔法でだって!?」

僕は抽出用の容器の中に入ったそれぞれの薬草に手をかざすと薬効抽出魔法を発動させる。

「コンポーネントセパレート！」

すると薬草が瞬く間に萎びていき、採取時の切り口から薬液が染み出て容器の中に満ちていく。

「な、なんだこの魔法は!?」

「ただの薬効抽出魔法ですよ」

「薬効を取り出す魔法!?　そんな魔法は見た事が無いぞ!?」

え？　これは医者や薬師に弟子入りすれば普通に教わる魔法の筈なんだけど。

「これは繊細な扱いが必要な薬草の薬効成分を壊さずに抽出する為に開発された魔法ですよ。それなりに実力のある薬師なら普通に知っている魔法だと思いますよ？」

「そ、そんな魔法が存在していたのか……？　だ、だが一体何処でそんな魔法を……？」

んー、もしかして船医さんは師匠から薬効抽出魔法を習わなかったのかな？

でもそんな事あるのかなぁ？

薬効抽出魔法は医療関係者なら必須の魔法だと思うんだけど？

「と、成分の抽出も終わりましたので、調合を行います」

と言っても、ハイポーション程度なら成分の調合といっても量を調整して混ぜるくらいだけどね。

僕は計量カップに薬液を流し込むと、攪拌用の水晶棒でそっと薬液を混ぜていく。

すると二つの薬液の色が少しずつ混ざっていき、美しい緑色へと変わっていった。

「ハイポーション完成です」

僕は出来上がったハイポーションを皆に見せる。

「ハ、ハイポーションがこんなに簡単に……」

船医さんが口をあんぐりと開けながら呆然と呟く。

こんなので驚くなんて、一体船医さんはどんな面倒な作り方をしていたんだろう？

ああでもそうか。船医さんは揺れる船の中で薬を作るからその分大変なのかもしれない。

更に陸から離れた船内で、しかも長旅を考えれば保存の利く薬草だけで作る必要があるだろうから、その分難易度が高いんだろうね。

だから船旅での調合技術に特化している分、逆に普通の薬の作り方には疎いのかな？

「さぁ騎士さんに飲ませてください」

「あ、ああ」

僕からハイポーションを受け取ったカームさんが腕を失った騎士に薬を飲ませる。

「う、うう……」

すると薬を飲んだ騎士がうめき声を上げて苦しみ始める。

「お、おい!?　大丈夫なのか!?」

周りの騎士達が本当に飲ませてよかったのかと僕に詰め寄ってくる。

「大丈夫ですよ。お仲間の方をよく見てください」

「「「何？　……って!?　ええ!?」」」

騎士達だけでなく、カームさんやバーンさん達まで驚きに目を丸くする。

「う、失った筈の腕が生えている……？」

よしよし、調合は成功だね。

「こ、これは……一体⁉」

船医さんがワナワナと震えながら、僕に聞いてくる。

「ハイポーションですよ」

「ハ、ハイポーション⁉　こ、こんな、腕が、腕が生えてくる薬がハイポーションだと⁉」

あれ？　別におかしな事じゃないと思うんだけど。

「ほら、普通の傷口だって怪我をしたところは肉が盛り上がって治るでしょう？　質の高いハイポーションはそんな自然治癒力に強く働きかけて欠損部位を再生させるんです。まぁ要は爪が伸びたり髪の毛が伸びるのと同じ要領で腕を生やしているんですよ」

「「「「比較する対象のケタが違いすぎる⁉」」」」

「あれ、魔人の使ったハイポーションよりも高性能なんじゃない？」

「あれ見たら魔人もひっくり返りそうだな……」

あれ？　なんで皆そんなに驚いているの？

僕が作ったのは普通のハイポーションなのに。

「は、ははははっ！　腕が、無くなった俺の腕が、元に戻ったぁぁぁぁぁっ‼」

腕が生えた騎士さんが、涙を流しながら喜んでいる。

うんうん、綺麗に治って良かったね。

「ま、まさか失われた肉体を再生するほどのポーションの原料があるとは……」

「そ、そうか！　テカン草のハイポーションだからこれ程の薬効が出たんだな！」

えっ？　突然何を言いだすんです？

「これは素晴らしいハイポーションですよ！　今現在市場で販売されているハイポーションとは訳が違う！　肉体の欠損が治せるこの薬は、全く別のポーションと言っても過言ではないですよ！」

いやいや、それは幾らなんでも過言でしょう？

「ではこの薬草は……？」

「ええ、今回の貿易においては文字通り目玉商品と言えるでしょうな！」

「「「おおーっ!!」」」

その場に居るほぼ全ての人間から感嘆の声が上がる。

「良かった、これで貿易を行う為の商品が出来た……」

「ありがとう！　ありがとう！　君のお陰で仲間が腕を失わずに済んだ！」

「私からも深く感謝いたします！」

カームさん達は交易品が出来た事と、仲間の傷が完治した二つの喜びから僕に感謝を述べてくる。

「ところでだな」

皆が喜びで沸き立つ中、船医さんだけが真面目な顔で僕に話しかけてきた。

「何でしょう？」

「うむ、これは非常に重要な頼みなのだが……」

頼みって一体何だろう？　あっ、テカン草を多めに出して欲しいとかかな？

「さっきの抽出魔法を教えてくれんかっ!!」

えっ!?　薬草じゃなくて魔法!?

「あの魔法は素晴らしい！　あの魔法があればより多くの薬草を短時間で確実に抽出できる！　そうなれば抽出ミスで薬草を無駄にする事も無くなり、より多くの薬を作る事が出来るようになる！頼む！　その魔法を教えて欲しい！」

うーん、冗談で言っている様には見えないし、本気で言ってるのかなぁ？

それにまぁ、薬効を抽出する為の魔法だし、悪事には使えないから大丈夫かな。

「分かりました。それではお教えしましょう」

「おお、感謝しますぞ師匠！」

「何故師匠!?」

以前にも同じようなパターンあったよね!?

「レクスさん、僕にも教えてください！」

って、今度はノルブさんまで!?

「レクス殿！　我が国の薬師にも教えてください！」

うわぁ、更にカームさん達まで参加してきたよ!?

「師匠のお陰でポーション業界に革命が起きますぞ！」

ポーション業界なんてあったの!?

結局、勢いに負けた僕は、船の出航までの間皆に抽出魔法を教える事になったんだよね。

第73話　卵の殻ともう一つの商品

うーん、薬草が売物になるのは良かったけど、それだけだと心配だな。

一つの売物しかないと、何かの弾みでそれに頼れなくなった時に困る。

前世や前々世でも、飢饉や採り過ぎによる枯渇で大きな問題が起こっていたからなぁ。

何かもう一つ空島だけの名物になる売物があると良いなぁ。

という訳で、もう一度森島に行ってみようか。

◆

「やっぱりないなぁ」

目ぼしい収穫物は、バーンさん達グッドルーザー号の乗組員さん達に確認してもらっているから、わざわざ貿易してまで欲しいと思わせるほどの品はないんだよなぁ。

「うーん、どうしたもんか」

そうやって森の中を散策していた僕は、ふと見覚えのある場所に出た。

「魔人のゲートがあった遺跡か」

遺跡と言っても天空大陸時代の住居の跡地って感じで当時を知っている僕からすればそう珍しいものじゃないけどね。

「ゲートもバッチリ踏み潰されているなぁ」

うん、バハムートの全体重が掛かっているから、もうこのゲートは使い物にならないや。

まぁ魔人が簡単に森島にこれなくなったのなら、それはそれでいいのかもしれない。

「ねぇレクスさん。アレは何かしら？」

と、その時リリエラさんが何か黒いものを指さして聞いてきた。

「あれは、バハムートの鱗ですね。多分抜け落ちたヤツじゃないかな？」

「バハムートの鱗!?」

何故かリリエラさん達が目を丸くして驚いている。

「アレがどうかしたんですか？」

「だってバハムートってSランクの中のSランクって言われる程の魔物なのよ!?　だったらその鱗も凄い価値があるんじゃない!?」

そんな馬鹿な、抜け落ちた鱗にそんな価値なんて、と言いそうになった僕だったけれど、よくよく考えるとグリーンドラゴンでもかなりの金額になったんだし、バハムートの鱗にも意外な需要があるかも知れない。

たとえば僕の知らない薬の材料とかね。

「ねぇ、回収していきましょうよ！　きっといいお金になるわよ！」

「凄いなぁ」

「え？　何が？」

僕はリリエラさんの発想に素直に感心していた。

「確かに、バハムートがSランクの魔物なら、鱗に価値があっても不思議じゃないですね。ええ、回収しましょう！」

ふむふむ、となると、もしかしたら他のバハムート由来の素材もお金になるんじゃないだろうか？

そう思った僕達は、バハムートの鱗を回収すると、周囲を見回して他に何か無いかを確認する。

「あっ、あれは、バハムートの角の欠片かな？」

「そんなものまで!?」

探してみると意外と見つかるもので、僕等はそれらの品を集めるとグッドルーザー号の人達に鑑定して貰うべく空島へと戻っていった。

「まさかバハムートの素材が手に入るなんて！　これで装備を作ったら絶対凄いのが出来るわよ！」

帰り道の間、リリエラさんは終始ご機嫌だった。

◆

「こ、これがバハムートの鱗！」

「これがバハムートの角の欠片!?」

持ち帰ったバハムートの素材を早速バーンさん達に見てもらったんだけど、皆の様子がおかしい。

全員挙動不審なくらい興奮している。

まぁ、バハムートもそれなりに良い素材だしね。楽して手に入れたとなれば多少は驚くのも分かるけど、ちょっと驚きすぎな気も。

「そ、空島にはこんな物がいくつもあるのですか？」

「えーっと、いくつもはないですけれど、探せば他にもあるかもしれませんね」

ガタッという音を立ててグッドルーザー号の船員達が色めき立つ。

皆の反応を見るに、これは金になりそうな感じだね。

「どうでしょう、バハムートの素材はお金になりそうですか？」

「そう、ですね。私は鑑定士ではないので断言は出来ませんが、この鱗などは硬く、そして軽い。このようにナイフで切りつけても傷が付くどころかナイフの刃が欠けてしまう有様です。これならば武器だけでなく、鎧の素材としても十分な価値があるでしょう」

よかった、これなら良い儲けになりそうだ。

「まさかあの忌まわしい魔物の素材が金になる日が来るとは……」

カームさん達天空人は嬉しさ半分の微妙な気分みたいだ。

まぁ長年苦労させられた相手だからねぇ。

「ですがそうなると、バハムートが居なくなってしまったのは残念な事かもしれませんね。新しい素材が手に入らなくなってしまったんですから」

「不謹慎な事を言うな馬鹿者！」

騎士の一人がそんな事を言うと、カームさんが怒りの言葉と共にゲンコツを落とした。

「痛っー……」

カームさんのゲンコツがよっぽど痛かったのか、騎士は涙目だ。

でもそうだね。確かに継続してバハムートの素材が回収できるならそれに越した事は無いか。

「それ、良いアイデアかもしれませんね」

「えっ？」

もしそれほど離れていない場所で子育てをしていたら、うまくすれば長期的にバハムートの巣から素材を回収する事が出来る様になるかもしれない。

「よし、バハムートの巣を探しましょう！」

「「「えええええっ!?」」」

◆

「今度はこっちを調べてみるかな」

バハムートの巣を探す事にした僕は、周辺の空島を巡ってバハムートの巣を探していた。

新しい空島を見つけたら、探知魔法で強い魔物の気配を探る。

それを繰り返す事数回、ついに大きな反応を捉えることに成功した。

「居た、バハムートだ」

よし、早速行ってみよう。

「あのー……」

と、僕がバハムートの巣に向かおうとしたら背後から遠慮気味な声が聞こえてきた。

「何ですかカームさん？」

声をかけてきたのは一緒についてきたカームさん達空島の騎士達だった。

「その、本当にバハムートの巣に攻め入るんですか？」

「いえいえ、そんな乱暴な事はしませんよ」

「で、ではなぜバハムートの巣に行くのですか？　それもバハムートが居る時に」

「はい、バハムートを躾けて、巣から定期的に素材を回収出来ないかなと思いまして」

「「「はぁ!?」」」

カームさん達が信じられないという顔で僕を見て来るけど、前々世じゃあ魔物を飼育して素材だけを回収するという行為はよくあった。

「要は家畜を飼うのと同じ感覚ですよ」

「「「感覚の規模が違い過ぎる!!」」」

えー？　そんな事はないと思うけどなぁ。

「基本的に動物は自分よりも強い存在に服従します。魔物も動物ですから、バハムートもちょっと説得すれば言う事を聞いてくれますよ」

「それは……バハムートに勝てる事が前提の話ですよね？」

「ええ、勿論です！」

自分より強い相手を生かしたまま素材を得るのは、かなり大変だからね。

それこそ専門家としての知識と経験が必要だ。

でもバハムートならまぁ、ちょっと気合を入れて殴り倒せば言う事を聞く様になるだろう。

前々世の知り合いの手伝いで、よく魔物を叩きのめして力の差を分からせていたからなぁ。

強い魔物程、力の差を理解できる知性があるんだよね。

まぁ一部の魔物は知能が低くてそれを理解出来ない奴もいるんだけどそれは例外だ。

「本当に行くつもりなのか？　相手はバハムートだぞ？　俺達死ぬんじゃ……」

「バハムートを倒したマジックアイテムも壊れてしまったからなぁ」

「いや、相手はレクス殿だぞ？　何の考えも無しに挑むとは思えん。何か策があるんじゃないのか？」

「確かに、あれほどの強さを持っているだけでなく、マジックアイテムに対する深い知識を持っている彼ならば、バハムートを従える何かしらの知識を持っていてもおかしくはないか！」

いいえ、単に力技ですよ？

「では行きましょう」

「「「はい！」」」

僕は納得してくれた騎士達を連れてバハムートの巣へと向かう。

「あの、何故我々も同行させたのですか？　バハムートと交渉するのはレクス殿なのですよね？」

お、良い所に気付いたね。

「それはですね、今後バハムートの巣に素材を回収に行くのは皆さんの仕事になるからです。なにせ僕はいずれ空島を去る身ですから」

「ああ成る程、確かにそうで……って、えぇぇぇぇぇぇぇ!?」

カームさん達が驚きのあまり大声をあげる。

「な、何を無茶な事を!?　我々にバハムートを従えるなんて無理ですよ!?」

「大丈夫ですよ。最初にガツンとやって言う事を聞かせますから」

「聞かせますからって……」

「キュウ！」

と、ここで頭に乗っけていたモフモフが声をあげる。

モフモフも一応魔物だから、もしかしたらバハムートとの交渉の役に立つかもと連れて来たんだ。

といっても、モフモフは子供だし、どれくらい交渉の役に立つか分からないんだけどね。

「ほら、モフモフも大丈夫って言ってますよ」

「はぁ……」

なんて話している間に、バハムートの住みかの間近へとやって来た。

目の前には森島にあったものと同じ、木をまるまる使った巣がそびえ立っていた。

グルルルゥ……

バハムートの唸り声が聞こえる。威嚇と警戒といった所かな。

けれど僕は胸を張ってバハムートの巣へと入っていく。

野生の獣を相手にするんだから、気弱な態度を見せる訳にはいかないからね。

「皆さんも胸を張って堂々としてください。獣は弱気な相手を見抜きますよ」

「そ、そんな無茶な……」

その時だった。カームさん達の弱気を感じ取ったかのように、黒い影が立ち上がり、黒い翼を広げて瞬く間に空を覆った。

「ひぃ!?」

「う、うわぁ!?」

バハムートが立ち上がった、ただそれだけで騎士達が浮足立つ。

まぁ彼等は元難民で、バハムートとは長年の因縁があった訳だから、しょうがないか。

「バハムート、君に頼みたい事がある！」

僕は声を張り上げてバハムートに語り掛ける。

「君の巣に散らばる抜け落ちた鱗や角の欠片を僕達に譲って欲しい！　対価として僕達が狩った魔物の肉を君達に差し出そう！」

取引をする以上、対価は必要だ。

家畜や軍馬だって餌を与えたり、寝床を掃除してやる必要があるからね。

それに騎士達が魔物退治で手に入れた肉をバハムートに提供すれば無駄が無いもんね。

グルル……

お？　バハムートが考え込んでいるみたいだ。

そう言えば魔人を倒した時もバハムートは引いてくれたし、このバハムートは結構賢いのかも。

グォォォォォォォォオオオオン!?

あれ？　なんだかバハムートの様子がおかしい様な……

っていうかバハムートってこんなイントネーションで鳴いたっけ？

うーん、バハムートの挙動が明らかにおかしい。

これは交渉決裂かな？　と思った時だった。

「キュウ！」

僕の頭の上に乗っていたモフモフがひと際大きな声をあげたかと思うと、バハムートの前に立つ。

そしてバハムートに対して何かを語り掛ける様に声をあげ始める。

「キュウ！　キュキュウ！　キュキュキュウ！」

グルルルル……

モフモフの言葉に応える様にバハムートも声をあげる。

「会話をしている……のか？」

モフモフ達の様子に、カームさんがそんな感想を漏らす。

「おそらく。多分バハムートを説得してくれているんですよ」

まさかモフモフが他種族と会話する事が出来るなんて驚きだ。

そして話し合いが終わったのか、モフモフは僕の方を向く。

「ギュウッッ!!」

そしてひと際大きな声をあげて僕の胸に飛び込んで来た。

「おっとと」

いけない、慌てて受け止めてしまったので顔面を摑んでしまった。

チョロチョロチョロ……

あっちゃー、顔面を摑んだ所為で驚かせちゃったみたいだ。

モフモフがまたおもらししちゃったよ。

いやほんと、ごめんごめん。

「キュウキュウキュウ！　キュウー！」

そしたら突然手の中のモフモフが悲鳴をあげる様に鳴き声をあげ始めたんだ。
グ、グルルルゥ……
そしてそれを聞いたバハムートが、呼応するように低い唸り声をあげる。

そうして、バハムートはしばらくの間モフモフと会話を続けたと思ったら、突如反転して巣の中へと入り、中で散らばっていた鱗や角の欠片をかき集めて僕の前に差し出してきたんだ。

グルルルゥ……

更に地面に寝っ転がったかと思ったら、ひっくり返ってお腹を見せて来た。

服従の証のつもりかな？

「バ、バハムートがお腹を見せて尻尾を振っている!?」

「レ、レクス殿に服従の意を示しているのか!?」

ともあれ、バハムートの方から僕達に素材をくれた事を考えると、交渉は無事成立したみたいだ。

これもリリエラさんがバハムートの素材をお金に出来ないかと言ってくれたお陰だね！

「ご苦労様モフモフ」

僕は交渉を成立させてくれたモフモフを撫でてやる。

「キュウン！　キュウン！」

ははは、尻尾を振って本当に人懐っこいなぁお前は。

◆

我悪い事してないよ!?

巣を引っ越して静かに子育てしていたのに、何故か、何故か！　また人間がやって来た。

また人間が来たぁぁぁぁぁ！

ギャァァァァァァ！

「※※※※※※※※」

「まぁそう怯えるな空の魔物よ」

我が怯えていると、人間の頭に乗っていた白い魔物がこちらに話しかけてきた。

「我はあらゆる魔物の王、貴様の救い主だ」

救い主……だと？

一体どういう意味だ!?　貴様はその人間に勝てるとでも言うのか？

貴様もなかなかの力の持ち主である様だが、それでも目の前の人間に勝てるとは思えん。

「ふっ、確かに今の我ではかの人間には勝てぬ。それは認めよう」

しかし白い魔物は不敵に笑ってこう言った。

「だがそれは我一人で戦った場合の話。我と貴様が力を合わせれば話は別だ！」

な、何だと!?

「どうだ？　我等が手を組めば、あの人間と言えどひとたまりもあるまいて」

くぅ……どうする？

確かにこの魔物より感じる力に侮れないものがあるのは間違いない。

だが、我の後ろには愛すべき我が子が居る。

危険な賭けをしても良いものか……正直、この魔物の言葉は胡散臭過ぎる！

「悩む余裕があるのか？　貴様も死にたくないのだろう？　後ろの子供も含めてな」

くっ、この魔物の言う通りだ。

どれだけ悩もうとも、この人間に我等の命運を握られている事に変わりはない。

ならばいっそ、己の運命は自らの手で切り開くべきなのではないか？

勝てずとも、我が子を逃がす時間稼ぎくらいは出来るはずだ。

「決心が固まった様だな。では我に続け！」

白い魔物が人間の喉元を嚙み千切らんと飛び掛かる。

ガシッ！

あ、顔面を摑まれた。

チョロチョロチョロ……

そして漏らした。

「い、命が惜しければ……我がご主人にお前の体の一部を差し出すのだ！」

酷いなお前！　ホントもう色々と酷いな！

あとなんで我が体の一部を差し出さないといけないのだ!?

「ふっ、人間は我等の体の一部を戦利品として身につける生き物なのだ。だから殺されたくなければ、そこら辺にある抜け落ちた体の一部でも差し出せば生かして貰えるだろう！　我がご主人は慈悲深いからな、貢ぎ物さえすれば逆らった者であろうと命だけは助けてくれると我は信じている！」

いや、逆らったのはお前だけだろう。

「ふははは！　我がご主人がそう思うかな!?　悩んだ時点で既に我と貴様は一蓮托生よ！」

ひ、酷いなコイツ！　本当に酷いな！

だが、ある意味これはこれで良かったのかもしれない。

この魔物がこうもあっさりと捕らえられたという事は、やはり二人がかりでもこの人間には勝てなかったという証に他ならない。

ならば我は迷うことなく我が子を守る為にプライドを捨てよう。

最後に確認するぞ、本当に貢物をすれば我等は助かるのだな？

「うむ、我がご主人は慈悲深いからな」

成る程、だからお前は生きているんだな。

我は観念して、そこらに散らばっている抜け落ちた鱗や角の欠片を人間の前に差し出し、更には寝転がって腹を見せる事で完全なる服従の姿勢を示した。

子供に悪影響とかは考えない。無心だ、生きる為に無心になるのだ。

寧ろ圧倒的な強者に出会った際のやり過ごし方を子に学ばせる事が出来たと思おう。

「※※※※※※※」

すると人間はそれで満足したのか、我の体の一部を持っておとなしく帰っていったのだった。

超助かった。

◆

「※※※※※※※※※」

今日も人間達がやって来た。

最近ではすっかり人間が巣に入り込むのにも慣れたものである。

我が子など、人間が持ってきた魔物の肉を美味そうに食べているほどだ。

正直狩りの練習に身が入らなくなるのでやめて欲しいのだが。

まぁ、勝手に巣を綺麗にしてくれるので、子育てに専念できてありがたかったりするのだが。

……だが我が子よ、あの魔物の様にだけはなってはいけないぞ。

エピローグ　コノートレアとの別れ

こうして、バハムートとの交渉が成功した事で、空島は高品質（？）なハイポーションを作れる薬草だけでなく世界で唯一バハムートの素材を定期的に出荷できる国家になった。

地上の国々との交流は色々大変だろうけど、副長曰く強気で商売できる商材らしいから上手く渡り合えば各国と対等な関係を築けるだろうとの事。

まぁそこらへんは偉い人達にお任せだ。

そして新しく作った飛行船なんだけど、これはバハムートの素材と幾つかの薬草、それに天空城の要らないマジックアイテムと交換で売却する事にした。

僕が私的に作った飛行船を国家の貿易に使うと色々と手続きや権利で面倒な事になりそうだったから、それならいっそ売ってしまった方が手間が少ないって考えた訳だ。

一応壊れた時の為のメンテナンスメモを渡しておいたから、自力で修理はできるだろうし、どうしても駄目なら冒険者ギルドに言って僕に指名依頼を出すように言ってある。

これでようやく天空島の問題も全部解決したから、安心して島を後にできるよ。

「本当に帰ってしまわれるのですかジャイロ様……」

僕達が帰ると聞いて、見送りにきてくれたコノートレア女王は、ジャイロ君とのお別れを悲しんでいた。

「仕方がねぇさ。俺は風来坊の冒険者だ。一つ所には留まれねぇのさ」

あっ、ライガードの物語でライガードがお姫様と別れる時に言ったセリフだ。

「何カッコつけてんのよ」

「似合ってない」

「まぁまぁ、ジャイロ君も恰好を付けたい年ごろなんですよ。

うん、皆から容赦なくボコボコにされてる。

「お前らなぁ！　もっとこう、言いようがあるだろ！」

ジャイロ君が皆に怒ると皆が蜘蛛の子を散らす様に逃げ出す。

こういうのも友情なのかなぁ？

「……ったく、まぁそういう訳だからよ。俺達は帰るぜ」

「ジャイロ様！」

するとコノートレア女王が感極まった表情でジャイロ君に抱き着く。

って、抱き着いちゃったよ!?

「あらまぁ!?」

「ちょっ!?」

「おー」

「あわわっ」

まさかの光景に、皆が驚きの声を上げる。

「ジャイロ様、この国に残っては頂けませんか？　ジャイロ様が残ってくださるのでしたら、私はジャイロ様に相応しい地位を用意いたします」

「ち、地位って……」

困惑するジャイロ君に、コノートレア女王が畳みかける。

「ジャイロ様は国を救ってくださった英雄です。ならばジャイロ様には相応の地位を差し上げるのが道理。伯爵でも侯爵でもお好きな地位を用意致します！」

「お、俺が伯爵!?」

「大出世だねジャイロ君！」

「いやいやいやいや、待ってくれよ兄貴！　てかコノート、俺に貴族なんて無理だって！」

「いえ、私はそうは思いません。貴族とは相応しいからなるものではありません。成し遂げたからこそ、貴族と讃えられるのです！　かつての私達の祖先の様に！」

そう言えばこの国の貴族は、避難してきた人達を纏める為に貴族を名乗った民間人の子孫だものね。コノートレア女王の発言にはある種の重みがあった。

「だったらそりゃ兄貴の方が相応しいだろ！　騎士団を鍛えたのも、バハムートを倒したのも、空島をくっつけて誰でも採取に行けるようにしたのも、交易品を見つけたのも、輸送船を作ったのも全部兄貴の手柄だぜ！」

あー、言われてみればそうなんだけどね。

「そう言われるとジャイロって大した事してないわよね」

「ジャイロが伯爵ならレクスは国王になれる？」

「これだけ聞くと、レクスさんの活躍が半端ないですねぇ」

「どうするレクスさん、国王になる？」

「いやいや、なりませんよ」

何でそんな話になるのさ。

「……」

と、コノートレア女王が無言で何かを考えている。

まさか皆の発言を真に受けてないよね？

「……ジャイロ様」

「お、おう」

考えがまとまったらしいコノートレア女王がジャイロ君をまっすぐ見つめる。

良かった、僕の件は無かった事にされたらしい。

「レクス様の件は感謝しておりますが、それはまた別の話です。というか、正直功績が大きすぎて何を褒美にすれば良いのか困っているくらいなのです」

「あー、そうなのか？」

そんなに大した事はしてないと思うんだけどなぁ。

「幸い、バーン様にレクス様が所属している冒険者ギルドなる組織を紹介して貰える事となりましたので、その組織を介してレクス様には定期的に交易で得た外貨を褒美として支払う予定です」

「えっ!?　そんな事考えていたの!?」

「当然です。国を救う大偉業を成し遂げてくださったのですから。とりあえず褒美としては10年間の年金支払いを行うつもりです。報酬の合計は金貨1万枚を予定しております」

「「「「金貨1万枚!?」」」」

まさかの金額に僕達は目を丸くしてしまう。

「10年で金貨1万枚なら、1年で金貨1000枚！」

「これは遊んで暮らせますねぇ……」

「……流石に金銭感覚が麻痺してきたわ」

「まぁ、レクスさんの功績を考えると、これでも十分かどうかは悩む所よねぇ」

「凄ぇぜ兄貴！　貴族だってそんな大金貰えねぇんじゃねぇのか!?」

いやいやジャイロ君。大物貴族なら年間金貨1万枚どころじゃないから。

「レクス様には本当にお世話になりました。本来ならこの程度の褒賞で済む恩ではありませんが、我が国の国力ではこれが限界なのです。我が身の不足を心よりお詫びいたします」

「いえいえ、その気持ちで十分ですよ」

あんまり欲張っても、疎まれるだけだからね。

「寛大なお言葉ありがとうございます。この先レクス様がお困りになられた時は、我が国が全面的にレクス様を援助いたしますので、いつでも頼ってくださいませ」

「お心遣いありがとうございますコノートレア女王」

「……という訳で、レクス様の件はこれで解決です。後はジャイロ様との問題です」

そう言ってコノートレア女王が再びジャイロ君に向き直る。

「あー、じゃあ俺もレクスの兄貴みたいに報酬を支払って貰えばそれで……」

「私はジャイロ様に残って頂きたいのです！」

おおっ、ぶっちゃけた。

「あの時、ジャイロ様に救われたあの時、私は貴方と出会うべくして出会ったと確信したのです！　貴方こそ、私を救ってくださる運命の英雄なのだと！　だからジャイロ様、私と共にこの国で暮らしてください！」

「はっきり言った！」

「マジなの!?」

「ええと、僕達ここに居ていいんでしょうか？」

コノートトレア女王の情熱的な告白に、周囲の皆があてられたように顔を赤くしている。

うん、こんな光景、物語の中くらいでしか見れないもんね。

「……コノート」

すると熱い告白を受けたジャイロ君が真剣な顔でコノートトレア女王を見つめ返す。

「コノートの気持ちは凄く嬉しいぜ」

「で、では……!?」

「けど、俺は兄貴達と冒険する為に王都に住んでるんだ。ここからじゃ遠すぎて王都のギルドには通えねぇ」

「「「「……え？」」」」

ええと、どういう事？

「あの……ジャイロ様？　それは一体どういう……？」

「だから、この国に引っ越す事は出来ねぇって話さ」

引っ越す？　ジャイロ君は何を言っているの？

「引っ越す？　え？　え？　え？」

「ねぇジャイロ君、引っ越すってどういう意味？」

さすがに訳が分からな過ぎて僕はジャイロ君に質問する。

「え？　いやコノートは俺に冒険者としてこの国で暮らして欲しいって言ってるんだろ？　けど俺は兄貴と冒険したいから、引っ越すのは無理って言ってんだよ」

「冒険者……？」

え？　今の話からどこに冒険者が？

「……あっ、そういう！」

と、そこでミナさんが声をあげる。

「ミナ、どういう意味なのジャイロ君のアレは!?」

「ミナ様！　私にも教えてください！」

「あー、つまりね、ジャイロはコノートレア様の発言をこう解釈したのよ。運命の英雄イコール、コノートレア様にとってのライガードだって」

「「「へっ？」」」

何でライガード？

「ど、どうしてそこでライガードが？」

「コノートレア様はライガードの物語を聞いて、冒険者に力を借りようと考えたわ。そしてライガードの事を窮地の人を救う英雄だと。だからジャイロは、自分を英雄だと言われた事と共に暮らして欲しいと言われた事で、ライガードの様に強い自分にこの天空島の冒険者として活躍してほしいと解釈したのよ!!」

「「「「な、なんだってぇぇぇぇぇぇ」」」」

そ、そんなバカな!? いくらジャイロ君だってそこまで鈍感な筈は……

「そうそう! そうだよ。何だよ分かってんじゃねぇかミナ!」

「「「「えぇぇぇぇっ!?」」」」

ほ、本当にそうなの!?

「……そ、そんな……」

「まぁコノートの申し出もありがたいけどよ、兄貴の足元にも及ばない今の俺じゃ、ライガードの名は荷が重いぜ。せめて兄貴に一人前と認めて貰うまでは修行を積まなきゃよ! つっても、コノートにライガードと同じくらい凄ぇって思われたのは光栄だぜ!」

ジャイロ君に完全に勘違いされてしまい、コノートレア女王はショックでへたり込んでしまった。

「えーっと、ライガードを尊敬していると言ったのが裏目に出てしまったという事でしょうか?」

「その前に、ジャイロに気持ちを伝えるのなら、もっとはっきり言わないと駄目みたい……」

「……まったく、鈍感なんだから」

と言いつつも、ミナさんはなんとなくほっとした様子だ。

「そんじゃ帰ろうぜ兄貴!」

「え? う、うん」

コノートレア女王を放置しちゃって大丈夫なのかなぁ？

「待て！　余の問題がまだ解決しておらぬぞ！」

と思ったら、またしても誰かが僕達の前に立ちふさがった。

「あれ？　どうしたんですか、先代天空王陛下？」

うん、僕達の前に現れたのは、先代天空王だ。

「ようやく民の安全を確保して気楽に王位を退く事が出来たと思ったのに、何故余の仕事が増えねばならんのだ!?　余はもう引退したのだぞ!?」

「いやー、そんな事言われましても、そう言う話はコノートレア女王としてください」

「コノートレアはまだ若いからと文官達が持ち込んでくるのだ！　お前達が持ち込んだ騒動なのだ！　政務の方も何か知恵を出さぬか！　と言うか出してくれ！」

うん、それはもう僕の出る幕じゃないよね。書類仕事は前世じゃやってなかったので。

前々世？　ほら、時代が違うから、書類形式も違うよねきっと！

しかし、この人変な所で真面目だなぁ。

素直に自分は引退したからって逃げれば良いのに。

前世や前々世の権力者達は、何か困ったことがあったらあっさり引退して後継者に全部押し付けていたよ？

案外この真面目さが災いして、変な風に歪んじゃったのかもしれないね。

「まぁそれはしょうがないですよね。先代国王としてお仕事頑張ってください！」

「ま、まて貴様ぁぁぁぁぁーっ！」

僕達は後ろから追いかけてくる元天空王を振り切って空島を後にした。

「いいの放っておいて？」

と、リリエラさんがモフモフを抱きかかえながら聞いてくる。

「僕達にできる事は全部すませましたから。後は元天空王がコノートレア女王を立派に育てれば、隠居もできますよ」

後進の育成は先達の仕事だしね。

「コノートなら大丈夫だぜ兄貴！」

と、ジャイロ君がコノートレア女王なら問題ないと太鼓判を押す。

「なにせあいつは、他の連中が全然やべぇって思ってなかった頃から、味方も無しに動いたんだからよ！　コノートはガッツがあるから大丈夫だぜ兄貴！」

成る程ね、ジャイロ君はコノートレア女王のそういう所に共感したから手を貸したんだ。

「レクス、この馬鹿の場合、単にノリで手を貸しただけよ」

と思っていたら、ミナさんが心を読んだようにツッコミを入れて来たよ。

「なんだよ、頑張ってる奴を応援すんのは当然だろ！」

「別に悪いとは言ってないわよ」

「まぁまぁ二人共、その辺で……」

急に不機嫌になったミナさんが剣呑な雰囲気になったから、慌ててノルブさんが仲裁に入った。

「ミナはジャイロが他の女の子と仲良くなって嫉妬してるだけ」

「そ、そんな訳ないでしょ！」

メグリさんがそんな事を言うと、ミナさんが顔を真っ赤にして否定する。

皆、仲が良いなぁ。

「さっ、それじゃあなつかしの我が家に帰ろうか！」

「なつかしって言うほど空けていないけどね」

今回の冒険は色々と予想外の事が起きたけど、終わってみれば良い冒険だったと思う。

そう思えたのは、皆が僕の凝り固まっていた貴族への感情を揺さぶってくれたおかげだ。

英雄として共に戦ったかつての仲間達は、良い人や仲良くなった人達が沢山居たけど、結局彼等と一緒に冒険する機会はなかった。

でも皆との冒険は、戦うだけだった前世の僕の旅と違って、色々な驚きを僕に与えてくれる。

うん、やっぱり冒険者になって良かったよ。

次は最初から皆と一緒に冒険に出かけたいね！

八章おつかれ座談会・魔物編

メイルドラゴン	(・ω・) ノ「鳴り物入りで出てきたけど、弟子の成長の成果のために倒されましたー!」
空島の魔物達	(;ω;) ノ「名前すら出ませんでしたー!」
森島の魔物達	(;ω;) ノ「不良品のマジックアイテム投げつけられて倒されましたー!」
西の村の魔物達	(;ω;) ノ「歩く木に貫かれましたー!」
メイルドラゴン	(;´Д`)「どんどん倒され方がカオスに……」
バハムート(小)	(・ω・) ノ「どうもバハムートです」
メイルドラゴン	_(:3 」∠)_「でたー! 嵐天の王者(笑)ーっ!」
バハムート(小)	(;゜゜'ω゜'):「(笑)を付けるなーっ! あと何だ(小)って!」
メイルドラゴン	_(:3 」∠)_「いやー、実際後から出た奴に比べると小さいし」
バーゲスト	_(:3 」∠)_「やれやれ、随分と煩いな」
ロドルガ	_(:3 」∠)_「ふっ、所詮魔物よ」
バハムート(小)	(・ω・) ノ「出たーっ! 定番の小物ボスコンビ!」
バーゲスト / ロドルガ	(;゜゜'ω゜'):「「誰が小物だーっ!」」
メイルドラゴン	_(:3 」∠)_「いやだって、三巻のボスが復活したのに速攻で撃墜されてるし」
バハムート(小)	_(:3 」∠)_「逃げようとして踏み潰されてるし。魔人ってもうオチ要員だよね」
ロドルガ	(;゜゜'ω゜'):「そもそも踏み潰したのはお前の同族だぁーっ!」
グッドルーザー号	_(:3 」∠)_「やれやれ、醜い争いですね」
バーゲスト	(;゜゜'ω゜'):「またお前かーっ!」
バハムート(大)	_(:3 」∠)_(戦わずして逃げ去った事は内緒にしておこう)

あとがき

作者「どうも作者です！　二度転生4巻をお買い上げ頂き誠にありがとうございます！」
モフモフ「まだ買ってない奴は今すぐこの本を持ってレジに走らず早歩きで向かえ、モフモフだ」
ウッドゴーレム「木です。いやーとうとう4巻ですねぇ」
作者「いや待て、しれっと会話に参加するな。なんで木が居るんだよ!?」
ウッドゴーレム「いや私味方枠ですし。そうなると魔物座談会の方にいるのはおかしいかなと」
モフモフ「ゲストヒロインを無視して木がゲストに登場とは世も末だな」
作者「（人間の比率が少なすぎる……）」
グッドルーザー号「いやまったくですね」
作者「お前魔物座談会にも居たよね!?」
グッドルーザー号「ははは不沈艦ですので」
モフモフ「ところでこの作品ももう4巻なのだから、そろそろスピンオフで偉大なるモフモフ様の
　下克上物語とか始まらんのか？」
作者「ねーよそんなオチの見えた企画」
モフモフ「何を言うか！　我が集めた強壮なる魔物軍団による華麗な下克上物語だぞ！」

作者「そして最後は頭を鷲掴みにされて漏らすんだろ？」
モフモフ「も、漏らさないもん！」
ウッドゴーレム「それはともかく、４巻ですよ。４巻！　うっかり大幅書き下ろししちゃった４巻ですよ！」
モフモフ「作者がこの章の出来がいまいち気に入らないとか言ってやってしまったのだよなぁ。ちょっとジャイロの出番多すぎない？　今からでも我の出番増やさない？」
作者「増やさねーよ。ともあれそんな訳でうっかり超絶加筆やらかしちゃったよぅ……ヨロヨロ」
モフモフ「更に執筆中にヘルニアが発症したりと踏んだり蹴ったりだったな」
作者「ＭＲＩとか初めて体験しました。めっちゃデカくてうるさかったよ！　そしてこの件で心配してくださった皆様、ありがとうございました。皆さんから励ましの言葉を頂き、とても嬉しかったです！　そして担当氏、締め切りを延ばしてくださってありがとうございました！」
モフモフ「周囲に迷惑かけ過ぎぃ！　まぁしかしそんな状況でも締め切りは迫ってくるのだよなぁ」
グッドルーザー号「ですから喫茶店をハシゴしながら必死で執筆しまくってましたね」
作者「喫茶店の店員がレジに行く前に既に領収書を書き終えていた件」
モフモフ「完全に顔を覚えられてるじゃねーか！」
作者「多分行きつけの店全部に顔覚えられてるよ！」
モフモフ「店の売り上げに貢献しすぎだ！」
作者「宅配便のお兄さんにも顔を覚えられています」

モフモフ「それは通販のしすぎだ」
グッドルーザー号「おかげで物理的に軽い執筆環境を整える事が出来て、外で作業し易くなりましたねぇ」
作者「宅配のお兄さんいつもありがとう！」
ウッドゴーレム「そういえば、この4巻の発売とほぼ同時に二度転生コミックの2巻も発売するんですよねぇ。いやぁめでたい」
グッドルーザー号「マジですか!?」
モフモフ「おお、それは素晴らしいな！　やはり我が可愛いからか？」
ウッドゴーレム「貴方まだコミック本編に出てませんよ？」
モフモフ「何でだぁーっ！」
グッドルーザー号「はっはっはっ、イケシタ先生の描くマンガはとてもクオリティが高いですからね。ええ、私も自分の出番が待ち遠しいです」
作者「っていうかさ、動けない木の癖に何でそんなに情報早いんだ？」
ウッドゴーレム「私の枝で休憩する鳥（型の魔物）達が噂していたんですよ。あと美味しかったです」
作者「大事な情報源を襲って養分にするなよ」
ウッドゴーレム「などと馬鹿話していたらもう時間ですね」
作者「（コイツ、スルーしやがった!?）」
モフモフ「今回話題の半分くらい作者の赤裸々な私生活の話しかしてなかったような気が……」

作者「そんなわけで、次は5巻でお会いしましょう皆さん！」
モフモフ「うむ、次こそ我が丸々1冊乗っ取って大活躍の話をっ……」
作者「さよぉーならぁー！」
モフモフ「聞けや作者ぁぁぁぁっ！」

がココにある。
私の従僕
私、能力は平均値でって言ったよね!
二度転生した少年はSランク冒険者として平穏に過ごす
～前世が賢者で英雄だったボクは来世では地味に生きる～
転生したらドラゴンの卵だった
～最強以外目指さねぇ～
戦国小町苦労譚
領民0人スタートの辺境領主様
毎月15日刊行!!
https://www.es-novel.jp/

あなたの"好き"
反逆のソウルイーター
～弱者は不要といわれて
剣聖（父）に追放
されました～
転生した大聖女は、
聖女であることをひた隠す
冒険者になりたいと
都に出て行った娘が
Sランクになってた
即死チートが
最強すぎて、
異世界のやつらがまるで
相手にならないんですが。
人狼への転生、
魔王の副官
アース・スターノベル
EARTH STAR NOVEL

EARTH STAR NOVEL

二度転生した少年はSランク冒険者として平穏に過ごす ～前世が賢者で英雄だったボクは来世では地味に生きる～ 4

発行 ―――― 2020年2月15日　初版第1刷発行

著者 ―――― 十一屋　翠

イラストレーター ―――― がおう

装丁デザイン ―――― 冨永尚弘（木村デザイン・ラボ）

発行者 ―――― 幕内和博

編集 ―――― 増田 翼

発行所 ―――― 株式会社 アース・スター エンターテイメント
〒141-0021　東京都品川区上大崎3-1-1
目黒セントラルスクエア　5F
TEL：03-5561-7630
FAX：03-5561-7632
https://www.es-novel.jp/

印刷・製本 ―――― 中央精版印刷株式会社

ISBN 978-4-8030-1388-7